講談社文庫

新装版　歳　月（上）

司馬遼太郎

講談社

目次

歳月(上)

巌頭の馬

一

この稀代《きたい》の――というには後述に待たねばならないが――策士がはじめて世間に姿をあらわしたのは、幕末の京である。文久二年の夏であった。

河原町通りに、長州藩邸がある。南塀が長く、高瀬川の瀬までつづいている。門は、河原町に面していた。この男は、南からきた。これが長州藩邸であることを見きわめると、ためらいもなくその鉄鋲を打った門扉の前に立った。笠をぬぎ、ぬぐや、

「もし」

と、一声、高く叫んだ。そのかん高さは、あたりの空気を裂くようであった。齢のころは二十八九であろう。丈《たけ》は高く眉が濃い。顔は道中のほこりと陽焼けでまっくろ

であり、髪は大津絵の鬼のようにみだれていた。それに服装のまずしさはどうであろう。黒木綿の紋服はあかにまみれ、袴すらはかず、すそを尻《し》っ端折《ぱしょ》ってすねを出し、帯びている大小は塗りもはげていた。

（脱藩浪人か）

たれがみても、それとわかる。門番は格子ごしにみてそうと判断した。脱藩がいかに流行の世とはいえ、脱藩というのは何石取りといった石《こく》取りの上士がその身分をすてて京に出てくるなどはまず無い。たいてい郷士か、足軽、庄屋階級である。この門前の男は、さしずめ足軽階級であろう。

（合力《ごうりき》を乞うためにきたな）

と、門番は、そうおもった。脱藩して京に馳《は》せのぼってくる者はみなこの長州藩邸をたよってくる。

この文久二年においては、すくなくともそうなのである。土佐藩は下級武士こそ革命化していたが、藩主が公武合体派であくまでも幕府を立てていたし、薩摩藩も、本心はどうであれ、公武合体として装っていたから、脱藩浪士などをかくまうことはない。長州藩のみが、一藩が白刃のように尖鋭化し、幕府に対抗し、諸藩の脱藩の士をかくまい、かれらに米銭《べいせん》を出し、かれらの京での志士活動を支援していた。その首領が、木戸であった。明治後孝允。この当時は桂小五郎といったり、木戸準一郎といったりしている。

（その手合いだろう）

と門番はおもいつつ、格子ごしに声をかけた。どなたである、と訊《き》いた。

男は顔をこちらにむけた。しかし名を名乗らず、用のみをいった。

「桂小五郎どのにお目にかかりたい。重要なる件がこれあり、はるばる九州よりまかり越したる者。して、桂どのは」

「待った」

と、門番はさえぎった。

「まずお名前をうかがいたい。何藩のお方なりや。お名前をお名乗りあれ」

「…………」

男は、百姓蓑《みの》をかかえていた。それを左脇から右脇に移し、不必要なほどの高声で、「肥前佐賀藩を脱藩亡命したる者」といった。その様子には、一種凛乎《りんこ》としたものがある。

「して、お名前は」

「名は無し」

「これは異《い》なることをうけたまわる。この世に名のないひとがありましょうか」

「私は」

と、その大津絵のような男はいった。道理をいっているのだ、という。脱藩亡命の者に名があろうか、脱藩亡命者である以上、この天下の公藩の御門前にあっては名をはばかるのが当然。藩法は脱藩をかたく禁じている。私は藩法にそむいたる罪人。罪人が堂々名を名乗っては第一、貴藩へのかぎりなき無礼になるであろう。

「そうではありませぬか」

と、この男はいった。門番は一驚した。この長州藩邸の門番は数多くの他藩脱藩の者を見てきたが、このようなことをいった人間ははじめてであった。

——よほどの理屈屋だ。

とおもったが、それにしてもこの男の口から出る理屈のたくましさはどうであろう。ひょっとすると相当の奔走家かもしれず、とりあえずこれを桂に一報しようとおもった。門番は男を門前に待たせ、邸内へ駈けこんだ。

桂は、その自室で夕食をとっていた。この几帳面な男は箸を置き、膝をただし、廊下にいる取り次ぎからすべてをきき、数分考えた。刺客であってはこまるのである。しかし報告によると門前の男の理屈っぽさはどうであろう。他藩の門前でのっけから

それほどの理屈をまくしたてる男に底意があろうとはおもえない。理屈屋に悪人はいないともいう。あるいはそうかと思い、

「通せ」

といった。しかしこの用心ぶかい男は、すぐ気持を変え、別なことをいった。

「その仁《じん》、空腹なのではあるまいか」

すでに時分どきである。飲まず食わずで九州からのぼってきた男が、すき腹をかかえ、他藩の門前で声ばかりたかだかと空理屈《からりくつ》を弁じたてている姿を桂は想像した。会うかどうかをきめる前に、台所で残りめしでも食わせておいたほうがいいであろう。その間《かん》、たれか適当な者に接待させ、接待させているうちに様子をうかがわせておく。どの程度の人物かということは、会う前に知っておくほうがいい。

（応接には、伊藤がよかろう）

とおもった。伊藤は名は俊輔、のちに博文と称したが、この時期の藩における身分は門番程度のもので、その出自《しゅつじ》のいやしさはこの藩の勤王仲間でも類がなかった。父は百姓ですらなく、その居村から城下の萩へ流浪してきた者で、萩にきてから藩の小者としてやとわれ、駕籠舁《かごか》きなどをした。伊藤はその子だったが、向上心が異常につよく、つてを求め、十六歳で家中の上士の小者になった。十七歳で吉田松陰の松下村

塾に入り、師の松陰にみとめられた。「俊輔は学才があるとはいえないが、しかし余人にない才能がある。周旋の才である」と松陰はいう。周旋とはひとのあいだを駈けまわって、ものごとをまとめるしごとであろう。松陰は俊輔におけるその才を愛し、九州の同志などに使いとして派遣したりした。この松下村塾の塾生であったことが伊藤に幸いし、この塾の閥が藩政を牛耳《ぎゅうじ》るとともに俊輔はしだいに人がましくなった。しかし身分は相変らず卑《いや》しい。足軽ですらなかった。「藩士」としての体裁だけはととのえるために桂は伊藤を自分の手付ということにしてあった。手付とはまず下僕というようなところであろう。しかし桂は、

——あくまでも便宜としてのことだ。君は私を主人とおもわなくていい。私も君を下僕とおもわず同志としてあつかう。

といった。他藩とは異り、長州藩の勤王党においては一種の平等主義がすでに根をおろしつつあった。とくに桂がそうであろう。桂は上士という、いわば藩貴族の出身であり、足軽以下の者から見あげれば雲の上の人といっていいほどの尊貴さであったが、桂は早くからそういう意識をすててかかった。長州のこの時期の気分というべきものであり、この点長州藩は、薩土両藩とくらべても飛びはなれた先取性をもっていた。

ともあれ、伊藤俊輔である。伊藤はこの年二十二歳であったが、桂によばれ、その話をきいたとき、門前の客が、

「肥前佐賀の者」

であるというだけで眉をあげ、ある種の重大さを感じ、感じるというそれほどにまでその政治感覚は老熟しはじめていた。

「佐賀人ですか」

伊藤はつぶやき、よろこんでその男と接触したい、と桂にいった。

伊藤は門前に出た。鄭重に会釈し、手をとるようにして邸内に招《しょう》じ入れ、
と、伊藤は邸内の土間を歩きつつたずねた。

「ご夕食はすでに？」

「まだです」

男は昂然と答えた。

ああ左様か、と伊藤はうなずき、藩邸の台所へつれてゆき、小者に命じて冷めしをかきあつめさせた。汁も多少残っていた。伊藤はそれを温めさせようとしたが、男はいやそのままでかまわない、と百姓のように大きな掌を振った。男はそのつめたい汁を飯にかけ、椀に口をつけ、顔を振りたてるようにして掻きこみはじめた。伊藤はそれをみながら、

（これはどういう身分の男だろう）

とおもい、ひょっとすれば自分以下の身分の出身ではないかとおもった。男は何杯かの椀のめしを残らず食いおわると、

「私はたしか、まだ姓名を名乗っておりませんでしたな」

といった。

言ったくせに、別に名乗ろうともせず、伊藤を見つめたままじっとしている。伊藤は機敏にあることに気づき、ふと思いだしたような様子で、

「左様、桂が」

といった。

「お会いしたいと申しています」

案《あん》の定《じょう》、男はすぐ反応してきた。伊藤が察したとおり、男はそういう流儀の人間らしかった。桂が会う、といえば自分の名を名乗る。ちょっと風変りにみえるが、しかし論理《すじ》はそのほうが通っているではないか。しかも男は、おなじ名乗るにしても入念であった。腰の矢立《やたて》をさっと抜き、しばらく筆さきを宙に舞わせ、やがて懐紙に名をかいた。目のさめるような達筆であった。名は、

「江藤新平」

とある。伊藤は松陰在世当時から九州の勤王志士の世界にあかるいとされていたが、しかしこういう名をきいたことがなかった。しかしそういうそぶりをみせず、

「よくぞまあ」

と、伊藤は話の誘い水としていった。脱藩なされましたな――ということであった。伊藤がなかば讃歎していうのはむりもなく、脱藩という非常行動はたとえば土佐藩などでは流行現象のようなものであったが、肥前佐賀藩ではありえないことといってよかった。京にはいま諸国から浪士がつぎつぎに流れこんできているが、その出身地でみて、おそらく肥前佐賀藩出身というのだけは絶無であろう。

肥前佐賀藩は三十五万七千石という鎮西《ちんぜい》の大藩であったが、この風雲のなかできわめて特異なゆきかたをとっている。

藩政は他藩のような家老まかせではなく、藩公である鍋島閑叟《かんそう》による完全な独裁体制下にあり、それだけでも異常であるのに、この閑叟が三百年来の傑物とされた。

幕府は、その草創のころからこの佐賀藩に対し長崎警備を命じてきている。閑叟は藩にとって数百年来その荷重な義務を、むしろ逆に藩にとって有利なかたちとしてきずきあげようとした。佐賀藩の管理下にある長崎港の諸砲台を近代設備にするという

口実で幕府の手前をつくろい、藩を洋式化しようとした。藩の銃砲装備を最新式なものに一変させ、藩軍を洋式体制にし、そればかりではなく製鉄所や工作工場などをつくっていまや小型軍艦でさえ国産で建造できようという域にまで達していた。いま、日本に内乱がおこれば佐賀藩の一手で幕府も諸藩も平らげられてしまうであろうほどの実力であり、これは諸藩にとっても幕府にとっても脅威であるべきであった。しかし佐賀藩は幕府に対しては、

——長崎は日本の関門である。外夷が侵略してきた場合、これを撃退するためできるだけ兵器を精妙にしておかねばならない。

という理由をかまえ、幕府の了解をとりつけていた。しかし幕府も佐賀藩の軍容を知らなかった。その軍事的実力をもし正確に知ったならば、いかに幕府の権威がおとろえてしまっているこんにちとはいえ、おそらくだまってはいなかったであろう。

そういう世間への配慮もあって、鍋島閑叟はこの藩内事情を極秘にした。

「藩内のことはすべて機密である。いっさい世間に洩らしてはならない」

とし、藩士が他藩の士とつきあうことも厳禁した。厳重な禁制であった。

——佐賀の二重鎖国。

と世間でいわれているのはこれであった。日本そのものが徳川家の祖法によって鎖

国体制下にあるのに、佐賀藩にかぎっては国内的にも鎖国体制をとっていた。

時勢が、騒然としている。世間の他の藩も藩内がゆらぎ、下級藩士に過激思想をもつ者があらわれ、それらのなかで極端な者は脱藩して京で奔走する者もあり、自然、京は過激政論の中心になった。諸藩も有力な藩士を京に送りこみ、他藩士と交際させることによって今後の藩方針をきめてゆこうとしていた。京における諸藩には、

「周旋方」

「公用方」

といったあらたな職名ができていた。京における諸藩外交をつかさどる役目であり、長州においては桂小五郎がそれであり、薩摩藩においては西郷吉之助、大久保一蔵などがそのしごとに任じ、土佐藩においては下級藩士の首領格である武市《たけち》半平太がその任についていた。

が、佐賀藩の鍋島閑叟は、

「わが藩にあってはいっさい他藩の者とまじわるべからず」

という法をいよいよきびしくし、京都藩邸の留守居役も、よりぬきの無能で無口で鈍重な者をえらんで送った。そういう者ならば他藩から働きかけてきてもそれに乗せられることはなく律義《りちぎ》に藩法をまもりぬくであろうとおもったのである。

事実、そうであった。

長州の桂などは、佐賀藩の驚嘆すべき軍事的実力を知っていたために、

「佐賀を抱き入れれば天下の事は成る」

とし、一時、しきりと佐賀藩の京都屋敷に接近しようとしたが、しかし相手があまりにも愚昧《ぐまい》であるためそのことに絶望し、手をひかざるをえなかった。なににしても京の過激志士のあいだでは鍋島閑叟と佐賀藩はきわめて評判がわるく、

「狡猾《こうかつ》である」

とした。当然であった。内密で藩を洋式軍事国家にすべく異常な努力をはらっているのみで、いっさいの政論に参加しないというのはなにか裏に奸謀を秘めている証拠であろうといわれても仕方がなかった。閑叟のことを「肥前の妖怪」と評する者すらあった。国内の対幕抗争が激化して内乱にでもなったとき、閑叟はそれをはるか肥前の地から遠望し、ころをみて洞《ほら》ケ峠における筒井順慶がそうであったように勝つ側につこうとするのであろうというのであった。

そのため、佐賀藩には脱藩者がない。

（ところが）

と、伊藤俊輔はこの江藤新平という男を桂のもとに案内すべく廊下を通りながら、

（この男がそうだ）

　とおもわざるをえない。そういう政情からいえば珍物であるというべきであり、見方によっては長州藩とその革命勢力にとっては、この男が飛びこんできたことは、将来おもわぬ収穫となってあらわれるかもしれなかった。

　政情通の伊藤にはそれがわかっている。

　桂も、むろんそれがわかっていた。わかっていたればこそこの粗末な、うらぶれた山賊のような姿の男にある程度の礼をつくして対面する気になったのである。

「わたくしが」

　と、桂は江藤と名乗る男の前にふかぶかと頭をさげ、

「桂でござる。以後どうか」

　お見知りおきくだされまするよう、と桂はいった。すでに天下の名士とされている桂の側からいえば重すぎるあいさつであった。

　江藤は、書生然としている。

　頭をひとつ下げ、咳き入るような気ぜわしさで本題に入った。

「わが藩はごぞんじのとおり二重鎖国にて」

　と言いはじめた。そのため世間の風雲にかかわりがなく、狭い肥前の天地で跼蹐《きょくせき》の

くらしを送っている。しかし肥前佐賀藩といえども憂憤の士が絶無ではない。

「むしろ多い」

江藤はいった。かれは名をあげた。「まず佐賀には枝吉神陽《えだよししんよう》という巨人がいることを知っていただかねばならない」という。長州における吉田松陰のごとき人物であった。

古来、政治は土佐、学問は佐賀、という。枝吉神陽の学問は早くから一藩に重く、儒教から抜け出て独特の勤王思想体系をつくりあげ、藩学の朱子学を否定したばかりか、この藩の論語といわれる「葉隠《はがくれ》」という鍋島独善主義を排し、よろしく京を中心とした統一国家をつくるべきことを唱えた。この神陽が、ひそかに藩内で思想結社をつくった。それが「義祭同盟」というものであり、その同盟員として神陽の実弟の副《そえ》島種臣《じまたねおみ》、神陽の門人の大木喬任《たかとう》、大隈重信、そして拙者江藤新平などがいる。

「みな歯ぎしりして藩方針を憎んでいる。しかしなにぶん一同は書生で藩に対して力がよわく、藩政に影響をあたえるところまでとてもゆかない。そのうえ藩公鍋島閑叟は学問識見とも英雄底《てい》のお人であるが、それだけに個我の執着がつよく、一藩の考えをことごとく自己一色でぬりつぶしており、異見奇説というものを認めない。要するに佐幕家におわす」

と、江藤はいう。

「これらの壁が厚く、義祭同盟の者はその壁をたたけどもやぶれず。結局、外界と連絡をむすぼうとするが」

江藤は、言いつづけた。

「二重鎖国のために関所がうるさく、他藩の士と交通することができない」

江藤は、いわゆる勤王運動の名士をほとんど知らなかった。筑前出身の名士平野国臣がわずかにこの藩地に潜入し、枝吉神陽に面会したことがあるが、そのとき江藤は神陽のそばにあって平野国臣のはなしをきいた。平野の説くところは、「長州藩と同様、佐賀藩も京に出兵し、他日にそなえよ」ということであり、一方で佐賀藩の懦風《だふう》をはげしく攻撃した。この平野国臣の佐賀入りは、江藤らの義祭同盟に火をつけたというべきであろう。江藤が脱藩を決意した契機は、これによるものであった。

が、江藤には旅費がなかった。かれは脱藩につき同志にうちあけた。

みなその勇気をほめた。脱藩は死につながるものであり、たとえ江藤がうまく逃げおおせてもその家族が罪科をうけるであろう。富裕な上士階級の同志が、

「旅費はなんとかする」

といってくれた。大木喬任であった。大木は家から大金をもちだして江藤にあたえ

た。江藤は出奔した。

出奔はしてみたところ、しかし藩外に出てもあてどがなく、結局平野国臣をさがし、平野によって勤王運動家を紹介してもらうよりほかなかった。江藤は長州下関にゆけば平野の消息がわかるかとおもい、門司から海峡を渡って下関の町をあちこち歩いたがみつからなかった。さらに九州にもどり、平野の出身藩である筑前に入り、福岡城下で平野の姿をみつけようとしたが、みつからなかった。ついに江藤は勇を鼓し、山陽道をへて京へのぼった。たれの紹介状ももたぬというのは無謀に似ているが、しかし運を天にまかせ、賽《さい》でも投げるつもりで桂をたずねた。

「右のような次第でござる。こころよく会ってくだされてありがたい」

と一礼し、江藤はその雄弁を休ませた。

（じつに、これは）

と、聞きながら桂はあきれる思いであった。これほどの明弁の人物をいままでみたことがない。

「それで、貴藩としては今後どうなさる」

と、桂はきいた。

「左様」

江藤はうなずき、その厚い唇を湿した。弁じはじめた。「とにかくもわれわれは知らねばならぬ。わが藩の義祭同盟の連中も天下の情勢についてはなにひとつ知っていない。志は燃えている。燃えているが方向をもたぬ。方向をもつには、まず情勢を知ることである。私はしばらく京に滞留してそれを知るつもりである」といった。

「もっともなことだ」

桂は、感心せざるをえない。うち見たところ相当な気慨人であるようだがそのくせすこしも興奮せず、吐くことばは水のようにひややかである。

桂は、情勢につき、ながながと話した。一時間ほどにおよんだ。

その間、江藤は全身を耳にして聴き入った。ときどき短い質問を発した。その質問はつねにするどく、つねに急所をついていた。佐賀は秀才の多出地であると桂はきいているが、この男はそのなかでも尤《ゆう》なるものなのであろう。話がおわり、やがて桂が、

「おやどは?」

と、きいてやった。今夜の宿所はどうなっている、というのである。

滑稽なことに、あれほどすずやかに展開したこの快弁家が、こと自分の宿所のことになると、急に態度があいまいになり、口ごもらせ、一種のおびえに似た色さえ出し

た。

（おかしな男だ）

と、桂はおもった。性分なのか。他のことなら快刀乱麻を断つ頭脳をもっているのに自分の身のまわりのことになるとこれほどにうろたえてしまう。

「まだきめておりませぬ」

と、江藤は、聞きとれぬほどの小声でいった。桂は、好意をもった。

「どこか、お心づもりのお宿がござるか」

「いいえ、それは」

顔まで、冴えを喪《うしな》ってしまっている。金がないのだ、と桂は想像した。それと、うまれてはじめて京にのぼってきた田舎侍のものおじもあるのであろう。この藩邸を一歩出れば江藤は西も東もわからないにちがいない。

「では、おまかせくださるか」

桂はいった。江藤はうなずいた。桂は別室にしりぞき、伊藤をよび、

「かの佐賀人を鄭重にもてなしたい」

といった。伊藤にはその理由がわかっている。心得ました、という表情をしてみせた。

宿についでは、桂が懇意にしている祇園町の町人で繁次郎という者にたのむことにした。しかしさしあたって今夜はどうにもならない。

「いや、拙者がおあずかりしましょう」

と、伊藤はいった。

桂は、この好色すぎる若者の魂胆がわかっていた。この接待を理由に藩邸の費用でもってあの佐賀人を鴨東《おうとう》の花街へつれだすつもりであろう。

二

結局、伊藤はそのとおりにした。妓楼にのぼり、江藤に妓《おんな》をあてがい、自分もなじみのおんなと寝た。江藤は階上であり、伊藤は階下である。

（あの男は、女あそびもしたことがないのではないか）

と、伊藤は階上の佐賀人の物馴れぬ様子をおもいだしてはひとりおかしくおもった。

しかし軽侮はできぬとおもっている。伊藤はかつてその師松陰のつかいで九州にゆき、佐賀城下をすぎたころのことを思いだした。

（いい土地だった）

と、そのころのことをおもった。佐賀城は北方に山をひかえた広大な田園の中央にあり、前面に有明海をひかえ、東に筑後川をめぐらせて筑後平野との境いとしており、国は富み、士は勁《つよ》く、馬は騰《あが》っている。戦国のころから鍋島ひとすじでこの国が統治されてきたため領民はよく藩法になずみ、士も民もそれぞれその堵《かき》のうちで安んじ、いかにも統制のとれた感じであった。

この藩の特異さはいくつもあるが、伊藤俊輔がこれが佐賀であるとおもってその師の吉田松陰にも報告した第一はその学制にあった。学制は緻密《ちみつ》すぎるほどに完備していた。その藩校を弘道館といい、藩士の子弟で六七歳になれば義務としてそこに入校せねばならない。これが小学・中学の課程であり、十六七歳で修了する。ひきつづき大学課程へ進ましめ、二十五六歳で修了するというもので、学級がすすむにともなって試験があり、もし不合格ならば先祖代々の家禄の八割を没収されてしまう。一藩の子弟はこの家禄没収をおそれ、ほとんど狂気したように勉学し、城下の武家屋敷町をあるけばどの窓からも書物を誦《よ》む声がもれてくる。

この学制は、ペリー来航の直前から実施されたという。年少のころの伊藤はこの藩風をみてほとんど恐怖をおぼえ、ゆくゆく天下は佐賀藩がにぎるのではないかとさえおもい、松陰にはそのことをまっさきに報告した。

——どうお思いになります。

と、伊藤は松陰に意見をもとめた。しかし松陰は思案するばかりで答えず、ただ、

「どうかな」

というのみであった。

ちなみに伊藤は博文と称するようになってからかれの同僚になった佐賀人大隈重信にこのことをきいてみた。大隈はこの弘道館の秀才であり、館内に設けられた蘭学寮の出身であったが、この学制につきひとこともほめなかった。

「倜儻不羈《てきとうふき》の気をうしなわしめる」

と、大隈はいうのである。大隈のいう倜儻不羈の気とは若者らしい謀反気《むほんぎ》、客気というものであり、佐賀藩ではそういうものをひたすらにおさえつけている。さらに勉学ということは体《てい》がよくても、実際には朱子学と葉隠のみを押しつけの思想として若者を一つ鋳型に入れようとしていた。それは不可である、というのである。

いずれにせよ、特異な藩風であった。

(二階の男も、そういうところから出てきたのか)

と、伊藤はおもいつつやがてねむった。ところが明朝、まだそとは暗いというのに枕頭に大声が湧きおこった。伊藤は刺客かとおもい、はね起きた。

と、枕もとの黒い影がいった。伊藤の敵娼《あいかた》はこの無断の侵入者によほど腹を立てたのか、江藤にむかい、なにやら甲《かん》高く叫んだ。

江藤は、動《どう》じもしなかった。

「ゆうべ、ひと晩じゅう考えたのです」

きょうからの行動を、である。やはり公卿のなかの傑物とされる姉小路公知《あねのこうじきんとも》だけは謁をたまわっておきたい。国みやげになる。公卿の出仕は朝であろう。出仕前に姉小路屋敷にゆきたい。

「ついては、この服装《なり》です」

という。この粗末すぎるなりでは、いくらなんでも貴人に対して無礼であるし、佐賀藩の恥にもなる。

（なにを言いやがる）

と、伊藤は寝入っているところを起された不機嫌さのなかでおもった。佐賀藩の恥、などとはよくもいったものだと伊藤はおもった。足軽同然の身分の男が藩の代表のつもりでいられては佐賀藩のほうが泣くであろう。

「わかった、要するに服装ですな」

「私です、江藤です」

伊藤はすぐ江藤の気持も事情も察した。京では服装の粗末なもの、みだれた者は軽んじられる。伊藤はこの佐賀人のために服装をととのえてやろうとおもい、部屋の前の廊下までこの楼の番頭をよび、

——古着屋まで走ってもらおう。

と、桂から渡されている現金を番頭にあずけた。黒木綿の紋服、高マチ袴をすぐ買ってこいということであった。

「ご安心あれ」

と、伊藤は部屋にもどってきて、すぐそれらが調達できる旨《むね》をいった。江藤は、伊藤の敵娼のきせるでゆったりと煙を吐いていた。

「かたじけなし」

と、それでも礼だけはいった。しかしどこか、自分のためにひとが気をつかうのは当然だというふてぶてしさがあった。伊藤はめったに腹をたてぬ男だったが、このときばかりは、

（この田舎者め）

と、のどの奥で叫んだ。江藤は吐月峰《はいふき》にきせるをたたきおわると、

「伊藤どの」

といった。

「拙者、体が、よごれています」

（そりゃそうだろう）

と、伊藤は肚のなかでどなっていた。色里の朝というのはからだがよごれているのはあたりまえであり、それに江藤は昨夜、旅のよごれのまま妓を抱いたはずであった。妓もたまらなかったであろう。

（この男、湯に入りたいのだ）

伊藤は、その天稟《てんぴん》である察しのよさでそれをおもった。女郎を抱いたそのままのからだで町へ出、ひとを訪問するのは気がひけるのであろう。わかっていたが、伊藤はとぼけて、

「つまり、なにをしたいと申されるのです」

「潔斎《けっさい》をしたい」

江藤がいった。伊藤はあやうく笑いだすところだった。潔斎とは、神主が祭りをする前に水などで身をきよめることではないか。しかし、伊藤は思いかえした。笑うほうがどうかしている。京の公卿といえば天子の眷族《けんぞく》であり、日本人の血統崇拝の心情からいえば神にもっとも近い存在であった。伊藤らはすでに京にも馴れ、公卿の愚か

さも知りつくし、かれらを操《あやつ》ることのみに腐心して敬する心をわすれ、いわばすっかり志士ずれしてしまっているが、この佐賀人はまだういういしいのである。しかしそれにしてもたかが青公卿に会うのに潔斎とは言葉がおおげさすぎはしまいか。

江藤は、銭湯に出かけた。

そのあと、江藤の敵娼《あいかた》が階上からおりてきて伊藤の敵娼になにやら囁き、しきりとこぼしている様子であった。あとで伊藤が自分の敵娼からきいたところでは、江藤の房中のことであった。ひどくひっこいという。ゆうべはその相手でまどろみもできなかったというのである。伊藤は、畳を打ち、声をあげた。

しかし、笑わなかった。あの佐賀人はその精気といいその弁才といい、ひょっとするとよほどの屈強漢ではないかとおもいはじめたのである。

三

江藤は、姉小路少将公知を訪問した。書院縁側で江藤は座をもらい、謁を受け、一時間ばかり問答した。姉小路はこの当時、攘夷派公卿の急先鋒でこの翌年暗殺されるまでのあいだ京都政界の中心のような観があり、眼光に異彩を帯び、顔面は異様にくろく、志士のあいだでは、

「黒豆」

というあだながあった。白豆は三条実美《さねとみ》であった。黒豆白豆が、いわば長州系志士の御輿《みこし》のようなものであり、宮廷での勢力ももっとも強かった。が、いかに気鋭の男でもそこは世間知らずの公卿であり、この脱藩浪人の江藤新平をあたかも佐賀藩の代表者であるかのようにおもい、

「佐賀藩は天下の雄強であるときく。であるのになぜ兵を発して上洛せぬ」

と、対面早々するどく攻撃してきた。江藤はおどろいた。やむなく陳弁した。

「なにぶん、長崎警備が多端にて」

と、まるで藩主鍋島閑叟が答弁しているかのような内容をしゃべった。同行した伊藤俊輔はこの点、江藤が他の脱藩者とちがっていることに気づいた。他の脱藩者なら自分一人で天下をくつがえすようないきおいで大言壮語し、自藩の因循姑息《いんじゅんこそく》なうごきを罵倒するだけであったが、江藤は藩が派遣した正式の特使のような態度で理路整然と弁護するのである。

江藤は退出し、下宿へもどった。下宿へもどると、たったいま姉小路少将とかわした問答につき、それを忘れぬよう、詳細に記録した。この点でも他のおおかたの志士とはちがっていた。江藤はなによりも記録がすきであり、正確であることがすきであ

った。

江藤の京都滞在は、わずかな日数でしかなかった。ざっとひと月であったであろう。これだけの日数が、のちの参議江藤新平の生涯における唯一の志士活動であった。しかもその間、江藤は実践運動にはくわわらず、手帳を持ちあるいてはその見聞を書きとめ、それだけにとどまった。この男は志士ではなく、志士の記録者であった。七月も末になったころ、早くも、

「藩地に帰る」

と言いだして、伊藤をおどろかせた。

「いますこし、京にいたほうがいいのではないか」

と伊藤はいったが、江藤はきかなかった。この点も伊藤にはふしぎであった。藩に帰れば江藤を待っているものは死であろう。すくなくとも捕吏であり、牢であろう。

「それでも帰るのか。死を好むのか」

と、伊藤はとめた。しかし江藤の気持はひるがえせなかった。江藤はいう。

「死は好まず、生はもとより好むところである。しかし脱藩の罪は罪であり、このように目的を果した以上、藩法によって服罪するのが士たる者の道である」

（よほど勇気のある男だ）

と伊藤はおもったが、それでも奇抜の感をぬぐえなかった。佐賀人というのは、それほど藩法や藩秩序が大事なのか。革命とは秩序をぐさぐさに崩すことではないか。げんに伊藤が属する長州藩などは下層の過激が下剋上《げこくじょう》して藩を動かし、泰平のころの藩秩序はとっくになきにひとしくなってしかるべきであるのに、この江藤はちがう。江藤がかわっているのか、佐賀藩もそうなっているのか、それがよくわからない。佐賀藩というのがよほど特異な体質をもっているのか、それがよくわからない。

江藤は結局、京を発った。

伊藤は、この孤独な佐賀人を見送らなかった。藩ぐるみで反幕活動をしている伊藤らにとっては九州から京へのぼってきた風雲観察者——いわば閑人《ひまじん》——の接待役をつとめきるほどのゆとりはなかった。長州人は多忙であった。江藤が京を発ったその日、伊藤は桂とともに京を発ち、陸路江戸へむかっていた。この時期、桂は藩命によって江戸駐在を命ぜられていたからであった。その途次、近江草津の宿で豪雨に遭った。かれらは水口《みなくち》の旅籠《はたご》までたどりついて雨を避け、そこで終日降り籠められた。

(あの佐賀人も、西国街道のあたりで雨に遭っているだろう)

とおもうと、竹藪の多い西国街道の雨けむりのなかを西へくだってゆくあの男の姿が、一幅の画のなかの光景のようにおもえた。しかしそれにしてもあれはいったい何者であろう。

「松菊《しょうぎく》先生」

と、伊藤はいった。伊藤は桂のことをこのころ、そのようによんでいた。

「どうおもわれます」

あの佐賀人の気質や思考方法の不可解な点について、桂の意見をもとめた。

桂はこのとき、枝豆を食っていた。食ってはその殻《から》を膳部のすみに丁寧に積みあげていた。枝豆を食うよりも殻を積みあげる作業のほうに興がありそうな、そういう丹念さで積みあげている。かれは返事をせず、伊藤の質問を無視した。しかし目を伏《ふ》せ、ひどく暗い表情になっている。この男のこういう暗い貌《かお》つきを伊藤は見なれていた。桂という、いかにも長州人らしい怜悧《れいり》さと長州人ばなれした粘りのある思考力をもった男が、一つごとを考えはじめたときの癖であることを伊藤は知っていた。伊藤はだまっていた。桂はやがて、
あれは刑名家《けいめいか》だな。

といった。そう、刑名家であるにちがいない、と桂はひとりうなずいた。さらに桂はいった、「そう見る以外に江藤新平という男をとくかぎはなさそうにおもえる」といい、枝豆の殻の山を、指さきでそろえはじめた。

桂のいう刑名家とは、法家《ほうか》のことであろう。しかしそういう人間が日本人のなかで存在しうるかどうか。

法家とは古代中国における思想分類法からみた一派で、たとえば商鞅《しょうおう》、韓非子《かんぴし》がこの思想の代表的存在であり、孔子を学祖とする儒教とはまっこうから対立している。孔子の儒教は性の善なることを前提とし、道徳をもって国家をおさめようとするいわば楽天的な政治哲学であったが、法家はこれとちがい、人間の性は本来悪であるということを大前提とし、法律を整え、刑罰を厳にし、人間の恐怖を刺激することによって国家をおさめようという、いわば人間に対して悲観的な、そういう政治思想であった。

「そう」

と桂はつぶやく。江藤新平は刑名家だな、と何度かつぶやくのだが、もしそれがまとを射ているとすれば江藤は読書人としてはよほど珍奇な部類に属するであろう。

なぜならばそういう刑名家がはたして日本に存在しうるかどうかであった。日本の場合儒教があくまでも政治思想の本宗《そう》とされ、その儒教のなかでも朱子学が官学とされ、他は異端の学とされている。韓非子などは読むことすら忌《い》まれ、それを表看板にしている学者はむろんひとりとしていなかった。そういう国情であるのに佐賀に住む江藤新平だけが突如法家たりうるだろうか。

伊藤にもその辺の事情はわからない。

桂にもよくわからなかった。しかし事情はどうであれ、江藤新平というあの無口な、しかし弁じはじめれば痛烈きわまりない明弁を展開し、しかも法に忠実すぎるあの男を理解するには、法家――刑名家であるとしておく以外に理解の便法がないようにおもえた。桂は木戸孝允と称するようになったのちのちまで江藤に対してこの観察法をすてたことがなかった。

四

一方、江藤新平は西へくだっている。伊藤が近江水口で想像したとおり、江藤は山城山崎のあたりで大雨に遭った。しかし茶店へ入るだけの余裕が嚢中《のうちゅう》になく、まるで滝のなかをくぐるような雨中を、江藤はひた歩きに歩いた。蓑で体をつつみ、百姓笠をかたむけ、風に追われるようにして歩いてゆく。

かれは摂津西宮に出た。この湊《みなと》から瀬戸内海の諸港を経由して下関へゆく客船が日に何度か出ている。江藤は船問屋にゆき、船賃をきいた。しかし持ち金がすでに乏しく、あきらめざるをえなかった。かれは陸路山陽道を歩き通そうとした。それも旅籠を多少とも節約するため日に十里歩こうとした。泊まろうとする宿場《しゅくば》には夜ふけに入る。旅籠は暗がり発ちをする。歩行時間をできるだけ多く稼ぎだそうとする旅行法であった。

一種の超人的な体力にめぐまれているらしく、旅籠に入っても三四時間しかねむらない。寝床に入ると、行燈《あんどん》をひきよせ、臥せりつつ書きものをするのである。熱中してついにそのまま朝発ちをしてしまうこともあった。

旅籠によっては宿泊客のこういう夜仕事をきらった。ときに番頭が、

——行燈の油代を別に頂きます。

と要求したが、江藤は一度も払わなかった。そういう番頭に対しては江藤は銅壺《どうこ》のようによく光った前額部を番頭にむけたまま沈黙し、いっさいものをいわなかった。番頭はみな薄気味わるくなって退散した。江藤には一種そういう不気味な気魄があったようであった。

ともあれ、江藤は道中をいそいだ。下関から門司に渡ったころにはかれが泊まりの

夜ごとに書きつづけてきたこの書きものが、冊子としてとじれば数冊にまでなるほどの量になっていた。かれはこれに表紙をつけ、表題を書き、

「京都見聞」

と名づけた。さらに雨露に濡れぬよう、油紙につつみ、宝物でもあつかうようなもののしさでそれを荷作りした。

（これが、おれを救うだろう）

江藤はおもった。江藤のつもりではむろん死ぬために脱藩したのでもなければ帰国するのでもなかった。江藤はなにごとかを賭けていた。

佐賀藩は二重鎖国の藩である。しかも正確な意味での情報機関を藩外にもたず、そのため藩主も家老も、京を中心に進行しているあたらしい情勢についてはうとかった。江藤の書きあげたこの「京都見聞」は佐賀藩の今後の藩外交の方向をきめるうえではかり知れぬほどの貢献をするであろう。ただし藩政当局者が、新情勢に鋭敏な態度と感覚をもっていればのことであり、そうでない場合はこの報告書は俗吏の手で火中にされ、江藤の身柄は獄に下され、断罪されざるをえない。

死である。

その可能性のほうが強かった。なぜならば藩の独裁者である鍋島閑叟は一方ではあ

れほど西洋文物をとり入れることに熱心でありながら、その対幕意識となると別人のように固陋《ころう》で保守的であくまでも幕藩体制以外の政体を考えたこともない。そのうえ閑叟はちかごろ老いた。往年、あれほどみずみずしい思考力をもっていた男が、ちかごろはただの老人になりはてているようなふしがあった。

しかし江藤の恃《たの》むところはこの老公の一断であった。

（老公さえこのわしの見聞、熱情、誠意をみとめてくれれば）

と、おもった。

その一点が、江藤の生死のわかれであった。認められねば軽くて切腹、重くて斬首である。しかも江藤の悲痛さは老公にその名すら知られていない賤士《せんし》であることだった。江藤の家はこの藩では「手明鑓《てあきやり》」と称せられる階級で、足軽でこそ辛うじてなかったが、それに近い。むろん藩主に対して御目見得《おめみえ》の資格がなかった。この階級ではいかに英才でも藩政の要路に登用されることがまれで、要するに藩主の座からみれば土の中に棲《す》む虫のような存在にすぎなかった。自然、この「京都見聞」も江藤自身の手から藩主の手もとにじきじきにさし出す資格がなかった。帰国すれば江藤はつてをたのみ何人もの藩吏の手をくぐって上提せねばならぬであろう。そのあげくのはてに御披見《ごひけん》という稀有《けう》のことが実現するかどうか、それは、神仏しか知るよしがない。しかし江藤はそのことに賭けた。江藤はいっさいを賭けた。かれはかれ自身の生命と生涯の運をこの一巻の報告書に賭けたにちがいなかった。

それほどの賭博を演じないかぎり江藤のような身分の卑《ひく》い男が、その手腕相応の権力の座へ近づくことは不可能であり、生涯小役人の世界に沈湎《ちんめん》せざるをえないであろう。江藤の場合、かれの脱藩は他の多くの同時代の志士たちとはちがい、とりあえず自己を自藩のなかで顕示《あらわ》したいという、異常すぎるほどの功業欲がエネルギーになっていたともいえぬことはない。

江藤が門司に上陸したのは、八月のなかばである。すぐ小倉にむかい、城下に入ったのは夕刻であった。

嚢中の銭《ぜに》はいよいよ乏しくなり、きのうから昼食を抜くことに堪えていた。この夕、疲労と空腹がはなはだしく、心気が尋常ではない。路上、すれちがった旅の武士に、

「江藤」

と声をかけられたときも、江藤は最初気づかなかった。袂《たもと》をとられ、はじめてそこに同藩の吉武仙十郎の小さな顔があることに気づいた。江藤は、逃げる体力もなかっ

た。

「逃げる必要はない」

と、吉武はまず江藤を安堵させ、そのあたりの茶店に入った。すでに路上は暮れはじめており、茶店のなかは暗い。

ここで吉武仙十郎に出遭ったことは、江藤にとって小さな幸運であった。

吉武は江藤とおなじ手明鑓の階級に属している。江藤の家が佐賀郡八戸村にあった幼童のころの隣家の少年で、江藤とは同年であった。十六歳のときともに弘道館内生《ないせい》になり書生寮に入寮したが、江藤の家が極貧であるため、その寄宿料が容易に支払えなかった。宿舎料は一日の割りで米で五合、銭で十二文を納付しなければならないという規定になっている。ただし副食物については成績抜群の者には官給されることになっていた。江藤はこの官給を受けており、この官給の副食物だけを食ってようやく飢えをしのぐ日が多かった。そういうとき、この吉武が見かね、ひそかに米を都合してきて江藤に食わせたりしたことがしばしばある。

吉武は明治後城北高取山の山村に退隠したが、この弘道館のころ江藤が空腹のために蒼白になりながらも、

——空腹は恥ずべきものにあらず。人智は空腹より生ずるものなり。

と、その書物の裏に細字をもって書いていたのをおぼえていた。

弘道館の内生とは、初等・中等科のことである。外生とはそれ以上の高等教育課程であったが、江藤は貧のためについにそれへ進むことができず、藩の卑役についた。手術方目付、代官方手許《てもと》などの職を経ていまは貿品《ぼうひん》方の下役という職につき、やや役料がふえた。

この貿品方というのは貿易業務をあつかう役目で、吉武もこの役所にいた。吉武は学業で外生まで進んだためその修了後この役所につとめ、学業履歴の点で江藤よりもやや上位の役職についていた。

「わしは、大坂へゆく」

と、吉武がいった。貿品方は大坂での物産販売のしごとが主要業務であったためこの役所にいるかぎり大坂へ出張することが多い。

「が、ただの出張ではない」

と、吉武はいう。藩の内命によると、もし上方《かみがた》において江藤の消息をきけばすぐ藩邸留守居役と相談しそれを搦《から》め捕る方法を講じよ、ということであった。

「それだけではない」

と、吉武はいう。吉武のいうところでは、江藤の出奔後、藩のさわぎは江藤が想像しているところのおそらく数倍であろう。飛脚が京大坂に飛ばされ、同時に横目の数人が上方へ急行した。しかもこのさわぎは老公の閑叟のお耳にまで達してしまっている、と吉武がいったとき、暗い茶店の奥で、江藤の表情がはじめてうごいた。

「老公のお耳に？」

と、江藤は顔を近づけ、念を押した。たしかに達したか、と低い、しかし歓びをおさえたような声で反問した。吉武はその様子を奇異におもった。

「達した」

と、吉武はいった。「達した以上、もはやこの罪はのがれられぬ」と、吉武はいう。だから藩外へ逃げろ、生涯藩地へ帰ろうとはおもうな、と言いかさねた。

が、江藤の耳には入っていない。江藤は空腹をわすれ、激しく膝を打った。

「わしのような卑賤の士の名、行動が老公のお耳に達するなどは尋常ではありえぬことだ。藩へ帰る」

と、ほとんど叫ぼうとするほどの勢いでいった。吉武はぼう然とした。間違っている、なにをうろたえたか、と小声で叱責した。江藤は、吉武の顔をあらためて見た。

「吉武」

と、江藤はいった。

「男子はすべからく巌頭に悍馬《かんば》を立てるべきだ」

江藤はこのことばが生涯すきであったらしい。男子たる者は気の荒い馬に乗り、それを進めて巌頭に立たねばならぬという。断崖からころげ落ちるか、大きく飛躍するか、そのどちらかを賭けるべきだというのである。

野路の村雨

一

江藤新平、名は胤《たね》雄
天保五年、肥前佐賀藩の小吏の家にうまる。
十六歳、藩校弘道館書生寮に入る。この時期、その家、貧窮、極に達す。
十九歳、佐賀藩における吉田松陰ともいわれる枝吉神陽の塾にまなぶ。
二十六歳、小役人になる。
二十九歳、脱藩。

少年のころから、一種狂気がある。
――アルイハ、狂人カ。

と、世間のある者は、そうみたらしい。

佐賀藩は、佐賀城を主城とする。かつては五層の天守閣がそびえていたというが、享保《きょうほう》年間に焼失し、江藤のころにはない。この城内から外郭《がいかく》に通ずるほそい道路がある。外郭へめざして右手が石垣である。

この道路は武家屋敷町に通ずるために当然ながら武士しか通行せず、

——からたち小路
とよばれていた。右手の石垣のすきまのわずかな土にからたちが根をおろしてはびこっていたためにそのように通称されたのであろう。ただし奇妙なことに藩士たちはそうはよばない。殿中につかえる婦人たちだけがそのようによんでいた。

殿中の婦人たちは、平素窮屈なお城ぐらしをしている。行儀作法の窮屈さにかけてはこの藩はほとんど固陋《ころう》といってよく、あるいはどの藩にも類がないといえるであろう。鬱屈のせいか、殿中の婦人たちに奇習があった。年が暮れる。迎春《げいしゅん》の支度に奥女中たちはいそがしいが、大晦日《おおみそか》になるともはや用事はなく、この日一日は無礼講になる。

殿中で、拝領の酒をいただく。ひとわたり酒がまわると、一同白鉢巻をしめ、白だすきをかけ、すそをからげ、まるで仇討のような姿をして城内の石段をどっと降りて城門に勢ぞろいし、からたち小路の一角に陣どる。

そこへ、たとえば家老が下城してくる。

「ご家老さまあーっ」

と、一同声をはりあげ、とりかこみ、いやがる家老を押し倒して手足をとり、どっと胴上げをしてしまうのである。美貌の若侍などのばあいは大変であった。手をとる者、抱きつく者、頰《ほお》ずりをして相手の頰に紅をつけてしまう者、やがては空中にほうりあげ、わっ、わっ、と拍子声をあげてなかなかおろさない。

藩士たちは平素、葉隠《はがくれ》という偏狭な倫理で規律づけられた暮らしをしているため、年に一度のことをよろこぶ者もあり、わざとこの小路をえらんで胴上げされたりするが、多くの者はこの恥辱をきらい、この日は裏門から大まわりの道をとって避けてしまう。

江藤が、十八のときである。かれはこの日それがあることをうかつに忘れていた。この小路にさしかかった。

――きた。

と、門の内側にかくれていた奥女中たちは目顔で諜《しめ》しあった。来る者は、若い。その若さが、彼女らの収穫であった。容貌は？　と大将格の者がきいた。偵察《ものみ》に出

ていた娘が、

「なんだか、奇妙でございます」

といった。両眼が、遠目にもながく切れているが額《ひたい》が盛りあがり、両眼がそのひたいの翳《かげ》で光っている。

「どこの家の？」

ときいても、偵察のだれにも見覚えはなかった。見覚えのないところからすれば上士の子でないことはたしかだが、とにかく服装が遠目にも粗末である。やがて近づいてくると、袴、肩、袖のいたるところに継ぎがあたっており、乞食よりもすさまじく、とにかく城下の武家でこれほどひどいなりをしている者は彼女らはみたことがなく、さすがに一同、心をひるませた。

江藤は、気づいた。

――きようは、あの日か。

とおもい、内心ろうばいし、わずかに足をとめ、身をひるがえして逃げようかとおもった。しかし逃げれば逃げたで彼女らはゆるさず、小路の途中まで追いすがってきて、「それでも佐賀のお侍でありますか、ご卑怯ぞや」と罵声《ばせい》をあびせるということをきいている。

江藤は、決心をした。なにごとも決心の多い男であった。かれは――元来うぬぼれのつよい男であったが――それでもつねに自己というものが何者であるかについて執《しっ》拗《よう》に知りたがっており、それがかれの終生の異常なほどの関心事であった。ここで試したかった。この小路に入った以上、奥女中どもはその胴あげから人を見のがした先例がないときいている。江藤はその例外になりたかった。はたして自分の気《き》魄《はく》、機略が、彼女らを屈せしめるかどうかをためしたかった。

江藤は懐中に、「孟子《もうし》」を入れている。

ちなみに「孟子」はかれの愛読の書であったが、しかし孟子を尊敬しきっているわけではなかった。かれは古今のどういう人物、書物についても「その欠点をさがさねば真に知り、愛し、敬したことにならない」という信条（性格というべきか）のもちぬしであり、これほど孟子を愛読しながらも孟子のある部分を軽蔑しきっていた。孟子が諸国を遍歴して諸国の王に行し、受け入れられることない自分の思想を説きに説く。その精力と情熱は江藤のはげしく好むところであり、ついに世に容れられなかった孟子晩年の挫《ざ》折《せつ》を江藤はとくにこのむ。さらに江藤がこの古代中国の政治思想家についてて好きなのは、その華麗な雄弁であった。人を瞬時でも陶酔させずにおかぬその雄弁を江藤は自分のものにしたいとおもった。しかし同時に江藤は孟子の雄弁の雄弁を軽蔑する。孟子は自分の理屈を正当化するためにタトエバナシをひきすぎる。タトエバナシというのは俗耳《じ》には入りやすくても所詮《しょせん》は不正確であり、たとえば長崎の朱欒《ざぼん》は砂糖のようにあまいといっても、朱欒と砂糖は形状も色彩も質もちがい、つまりはまるでちがうものなのである。理屈は理屈として純粋に層々と積みあげてゆかねばならぬというのが、江藤がひそかに考えている論理術であった。さらにはまた、孟子の思想そのものについても江藤は終生、疑問と反発をもって考えつづけていた。「孟子は仁と言い、義と言う。仁義をもって国をおさめることができるという。しかしそれは妄想にすぎず、一国は法律と刑罰、つまり民に法を恐怖《おそれ》しめることをもって治めねばおさめられるものではない」と考えていた。これが、長州人桂小五郎をして直感せしめた、「あれは刑名家《けいめいか》である。あのような感じの男を見たことがない」ということなのであろう。

さて、からたち小路に江藤新平は立っている。臘月《ろうげつ》の風は寒く、午後の陽が、江藤の影をながくしている。江藤は、「孟子」をひろげた。

歩き進み、奥女中たちのむれに近づくや、両腕をのばし書物を眼前にかかげ、針を噴くような声で朗読しはじめた。あらんかぎりの高声ではあったが、朗々ということはいえないであろう。かれは生来の悪声であり、声は異様にするどく、脳天に穴があいてそこから黄液がほとばしるような声であった。

この異常さが、女中たちをすくませた。遠目でも継ぎはぎのそれがわかったが、目近《まぢか》にみると、その風体《ふうてい》である。この寒中にあわせも着ず、単一枚《ひとえ》であった。しかしこれほどに布切れが継ぎはぎされておれば単にも厚味ができ、あわせと似たようなものになっている。

——これは狂人です。

彼女らはそれぞれ口早にささやき合い、やがて後退《あとじさ》りし、江藤のために道路をひらいた。なかには「乞食《ほいと》かもしれぬ」とささやく者もいた。まさか乞食ではないであろう、乞食が大小を差しているであろうか。

それらの囁きは、すべて江藤の耳にきこえている。

(乞食《ほいと》。——乞食でもいい)

と、胸中、そのことばをはげしく反芻《はんすう》し、(そう呼ば呼べ)とひそかにののしったが、しかしまだ多感すぎる齢ごろであり、この小路を通りすぎたとき、不覚にも涙がこぼれた。

かれは後年、このときのことをときに人に語った。狂人とよばれたことについてむしろそのことを誇りとし、

──古来、事をなした者はことごとく狂人とよばるべき者である。

といったが、乞食《ほいと》とよばれたことについてはあまり語らなかった。わずかにその実弟の源作に洩らした。江藤はのち東京で愛人を得それを浅草三筋町に住ませたが、この婦人が江藤について奇態におもったことは、江藤が新政府の大官であるにもかかわらず着物を仕立屋につくらせたことがなく、つねに浅草仲店あたりの古着を買ってきては着ていることであった。婦人はこの癖《へき》につきなかば詰《なじ》るようにいったとき、江藤は突如狂ったように怒気を発し、

──わしを、乞食《ほいと》というか。

といった。婦人はあきれ、自分はあなたさまを乞食と申しあげたおぼえなどございませぬ、と抗弁したが江藤の憤りはおさまらず、「いや、その貌《かお》がいった。おんなことごとくそうである」と、さらに怒り、どうなだめようと手のつけようがなかった。おそらく江藤には往年のこのからたち小路での屈辱が体の底に沈澱し、痼疾《こしつ》のようにわだかまり、ついにかれの婦人観の一要素をまでかたちづくるにいたっていたのであろう。

江藤の脱藩は、二重鎖国を方針とする――天下に類がない――佐賀藩では、ほとんど他藩の場合では考えられぬほどの衝撃をあたえた。筆頭家老の原田小四郎などは、「藩法をやぶることこれほどはなはだしきはなく、三百年来未曾有《みぞう》の大罪であり、藩をあげて探索し、捕縛し、惨刑に処すべきである」とまでいった。他の家老伊東外記《げき》、中野数馬らもこれに賛同した。

二

この佐賀藩の二重鎖国については、他国人が書いた旅行記で「西遊雑記」という寛政年間のふるい文章がある。

佐賀は平城《ひらじろ》ながら要害はわるくない。市中は十八丁であり、城下の戸数は六千軒である。城下とはいえ草ぶきの小さな家もまじり見苦しい町である。ところで佐賀侯の御家法として、この国にうまれては他国に出ることの自由はみとめられない。他国にはない制度である。たとえば僧として本山で修行すべく、医師として他郷で修行すべく、学問をなすがために京へ江戸へゆくべき者があっても、御定めの年数があり、もしそれに遅れて帰国したり、あるいは帰国せずに他郷にとどまった場合は重く罰せられる。こういう奇妙な法は佐賀藩勝手の作りの私の法であり、天下の法ではない。

藩では、たかが江藤新平という卑賤《ひせん》の士を探索するために、大坂、伏見、京都の三藩邸をうごかし、国境の関所関所には厳重に警戒させたが、しかしその程度の網《あみ》の目では容易にかからぬであろうと思い、

「父助右衛門に命じて探索させよ」

ということになった。妙案であろう。しかしこの妙案を出したのは、下級の目付《めつけ》（警吏）ではなかった。江藤のような藩主にお目見得《めみえ》資格のない、つまり士格でなくそれ以下の下士の身分の者の犯罪は下級の目付があつかうのが制度であったが、この妙案を考えこの命令をくだしたのはなんと佐賀三十五万七千石の老公である鍋島閑叟《かんそう》であった。これによっても江藤がやぶった国禁の重さがわかるであろう。

父助右衛門に藩命がくだった。

「なんということだ」

と、助右衛門はこの度かさなる不幸に半日ばかり痴呆のようになり、ひとがなにを

いっても目をうつろにあけ頰の肉を垂れたままでいた。

じつをいえば助右衛門には禄がない。

この老人もまた別の罪名での藩の罪人であり、ここ数年のあいだ禄を召しあげられたまま、藩から一粒の米ももらっていないのである。助右衛門は若いころ藩の卑役をつとめ、やがて郡目付《こおりめつけ》になった。領内を巡視して百姓の非道をとりしまる役目であったが、かれにはこの職がむかなかったらしい。助右衛門はその子の新平とはまるで人柄がちがっていた。人が無類によく、遊芸がすきで、はたらくことがなによりもきらいであった。かれは領内巡視をしているときもろくに村々を歩かず、庄屋の家に腰をおちつけ、出された酒をなによりもよろこび、百姓をあつめては得意の義太夫をきかせた。武士の遊芸は謡曲と詩吟ということにきまっており、義太夫のごとき下情のものはどの藩でも禁ぜられているのに、助右衛門はそれがすきで、好きな以上我慢のできぬたちであり、ついには職権を利用して百姓どもにそれをきかせた。当然、藩はそれを糾弾し、禄召しあげのうえ永年の蟄居《ちっきょ》という刑に処した。新平の数えて十三のとしである。一家は窮迫した。

城下に住めなくなり、他に移らざるをえなかった。結局、妻の実家をたよって佐賀城下から西北五里離れた晴気《はるけ》村に移ることにしたが、引越しの金さえなかった。助右衛門はその金を得るために鍋釜をのぞくほとんどの家財道具を売ろうとした。

その売り方が、助右衛門らしかった。

かれはそれを家の前の路傍に置きならべ、自分は踏台《ふみだい》に腰をおろし、道をゆく町人や百姓を「こりゃこりゃ」と手まねきしてよびとめ、「これを購《あがな》え、なに、値《あたい》か、値はそこもとの思うがままにまかせる。断わることは許さぬ」といった。武士は手仕事はしても商いをすることを禁じられている。そのためもあって値をつけることをしなかったのであろうが、しかしひとつには助右衛門の春風のような人柄によるであろう。呼びとめられた者はみなそれを買い、これによっていくばくかの金を得、やっと晴気村に移った。

晴気村でのくらしの悲惨さは、言語に絶した。助右衛門は手習いの師匠をし、新平はたばこの葉をきざむ内職をした。たばこ葉を毛のように刻む技術はよほど困難であったが、新平はそれを習練し、ついに一人前の職人同様の域に達した。

食は三食が十分に食える日はめったになかった。副食物はまれに鰯《いわし》を食い、それもときには鰯の頭のみであることが多かった。江藤は明治初年、東京で病《やまい》を得、東京医学校傭外国人教師エルウィン・ベルツの診察をうけた。ベルツは診察にさきだち、内科医の常識として栄養状態をしらべようとし、平素どのような副食物をとっているか

を通訳にきかしめた。江藤はべつに恥ずる気色《きしき》もなく、
「ここ、二三年前までは世間でいう副食物など食ったことがない。十日に一度ほどは鰯の頭を焼いて食った。思いだせるのはそれだけである」
といった。通訳は当惑した。そのままベルツに通訳すれば日本武士の貧しさというものがそれほど極端なものかとかれは江藤の極端な例において錯誤するであろうと思い、そのまま訳さず、「漬物のたぐいが好きでそれのみを摂《と》っていた。米の飯は十分に食ってきた」とうそを訳した。それでさえその栄養の貧しさは言うをまたないが、ベルツはくびをかしげた。江藤のからだを診察するに筋骨は十分に発達し、皮膚のつやはわるくなく、しかも固有の精気というものが充溢《じゅういつ》し、決して右のような栄養事情からこのような体ができあがるとはおもえなかった。ベルツは日本人の内臓事情はヨーロッパ人とはちがうのではないかとさえおもった。

ちなみに（余談だが）ベルツは人類学上の日本人の身体的特性について学問的関心をもっており、江藤にむかい、「あなたは九州か」と問うた。江藤は即座に、そうである、というと、ベルツはさらに、「九州の中部であろう。肥前あたりか」といったためさすがに江藤はおどろき、なぜそれがわかるときいた。

ベルツはやがて「日本人の身体的特性について」という論文を本国の学会雑誌に発

表するのだが、それによると、かれは日本人種というものを、「北方朝鮮から入り来ったモンゴリア人種の血と、南方薩摩より入り来ったマライ人種の血が混淆《こんこう》して現代日本人の体質を構成している」というのであり、江藤の容貌、骨格がなんとなく北方朝鮮系が勝ち、しかもどこか南方のものと中和を得ているところがあるということからそう憶測したのではあるまいか。ベルツがなぜそういったか、ベルツ自身にきかねばわからない。

ともあれ、助右衛門のことである。この老人は、藩命によってその息子をさがしに旅立たねばならない。藩命には、「新平こと、もし帰国することを肯《がえん》ぜねば容赦すべからず。父の手で討て」という含みがあった。しかし助右衛門の苦はそのことよりも道中の費用であった。家には一文の貯えもなくその日の食にも事欠くというのに京へのぼるほどの路用の金があるはずがなかった。

藩はこれを機に、永年にわたる助右衛門の蟄居《ちっきょ》をゆるした。が、藩刑法は一族連帯主義であるため捜索のための費用が藩からおりる道理がなく、助右衛門は自分で調達せねばならなかった。かれは、一家中の冬衣装と夜具まで売り、やっと路銀を作った。が、その路銀も京大坂までゆけるようなものではなく、せいぜい下関あたりで尽きはてる程度のもので、妻がそのことをいうと、助右衛門は、

「おそらく広島のあたりで野たれ死ぬことになるだろう。そのときは路傍で腹を切って死ぬつもりだ」

と言い、旅立つというより、まるで冥土へでもよろぼい出るような姿で晴気村を出た。道を、藩境の三瀬《みつせ》の関所にとった。いったん博多へ出ようとした。本来、佐賀から博多へ出るには鳥栖《とす》・大宰府の経路をとれば道はゆるやかであり、途中人家も多く、たいていはそのようにする。が、助右衛門にはそういうまわり道をとるほど路用にゆとりがないため、佐賀城下の背面の山岳地をまっすぐに北上するちか道をとった。三瀬越えがそれであり、その間《かん》七里の嶮路をゆかねばならない。

三瀬には、藩の関所がある。この関所に、たまたま藩の目付の古賀定雄という者が旅装のままで休息しており、

「なんと、助右衛門どのではないか」

と、あわただしく駈けよってきた。「わしだ、古賀だ、おまえさま方の新平の消息が知れた」と、おどろくべきことをいった。

江藤新平は京からもどって、いま博多まできているという。事情は簡単であった。江藤は藩に自首するつもりで博多から飛脚便を出し、目付の古賀に所在をしらせたという。古賀は博多へ急行すべくここまでくると、運よく助右衛門に出会ったという算

段なのである。

「よろしゅうござったな」

と、古賀は、助右衛門の貧しげな旅装を痛ましそうに見た。助右衛門は安堵で気落ちがしたのか、その場にひざを折り、顔を西にむけてすわりこんでしまった。西に藩境の雷山《いかずち》がそびえている天に初秋の色があり、筑前の空は青く、肥前の空に雲が多い。古賀定雄は、助右衛門をたすけおこした。


江藤は、晴気村にもどった。晴気村は佐賀城下から西北五里の山中にあり、鎌倉のころは下総《しもうさ》から移ってきた千葉氏の居館のあったところであり、村はずれの小高い雑木林のなかに、古城館のあとらしい一角が遺《のこ》っている。江藤の家は、ほとんど小屋といっていいであろう。罪を待つ家の作法として表には青竹をもって竹矢来《たけやらい》を組み、戸を締め、窓に板をうちつけた。江藤は帰来後、家の裏の物置き――前住者は牛小屋にしていたものだが――に入り、わらをかぶって寝ていた。

「斬首ときまったらしい」

というのは、世上のうわさであった。常識で考えても百に一つも斬刑をまぬがれることはないであろう。

帰来した日、夜になって妻の千代が足音を忍ばせ、松のじんに火をともしてこの牛小屋に入ってきた。千代は同藩の士江口央助という者の娘で、早くから利発者で知られていた。五年前に江藤家に輿《こし》入れしてきた。彼女はあらかじめ江藤家の貧窮ぶりや、弟妹の多さも知っており、実家ではこの縁に不賛成であった。しかし彼女は兄がたまたま江藤と同学であったためにかれについて知るところが多く、「そういう人の女房になれば他の婦人に味わえぬ一生が送れるかもしれない」と言い、みずからすすんでこの家に入った。世間では酔狂だといったほどであった。すでに三歳の男児がある。

千代が牛小屋でみずからを禁錮《きんこ》しはじめているこの夫にききたかったのは、なぜ死罪とわかっていながら帰藩したのかということであった。脱藩するならするで、上方《かみがた》で流浪しておればつけ狙うのは幕吏のみであり、広い世間ならば身ののがれようもあるではないか、ということなのである。

「千代」

江藤は闇のなかで目を光らせ、その質問とはまるでちがうことをいった。

「上方には天下の有志がむらがりあつまっている。西国、東国の諸藩もこの王城の地に藩の人傑をよりすぐって置き、浪人にして志ある者もあらそって京にのぼり、あたかも天下の人材の競市《せりいち》のごとき観があるといわれてきた。とりわけ長州、薩州、土州の三雄藩はきわだった人材藩であり、評判も高く、はたして然るかと思い、期待してのぼった。わしは滞京中、その重だつ者にはことごとく会った。千代、しかしながら」

声に、一瞬喜色を帯びた。

「この江藤新平に及ぶ者はおらぬ」

千代は、息をのまざるをえなかった。なるほど京は人材の市《いち》であろう。しかしこの亭主は、自分がひそかに蔵している才骨と世間に華やぐ才人たちの才を見くらべるためにわざわざ死を賭して京にのぼったのか。とすれば、狂人ではないか。

――いや、このひとには、そういうところがある、とおもった。この男は、みずから恃《たの》むところの巨大さを蔵しつつ、その才と自尊心を発揚充足する場を藩があたえぬために、身をこがすほどにもだえている。しかし足軽に毛のはえた程度の江藤家の門地にうまれた以上、どうにもならぬではないか。

――それゆえ、勤王である。

と、この男は平素、千代にだけはひそかに洩らしている。京に天子がいる。天子のもと万姓《ばんせい》――将軍、大名はいうまでもなく、およそ士たる者――は平等であり、いまやそういう世にせねばならず、ならぬどころか、早晩そのようになる、時運がそこまできている、というのである。

「しかしまさか」

と、千代は先刻の話題にもどした。おのれと他人を見くらべるために京へのぼったのではございますまい。

「あたりまえだ」

と、江藤はいった。「では勤王のために」と千代がきくと、江藤は当然だ、という。それではなぜ、と千代はきいた。

「お帰りあそばしたのでございます。ご帰国の上は、もはや死罪」

「賭けている」

と、江藤はいうのである。京で一介の脱藩浪士として奔走したところでたかが知れている。それよりもこの三十五万七千石の大藩を佐幕主義から勤王藩に転換させ、藩もろともに風雲に打って出ねばどうにもならぬ。

(薩の西郷、大久保をみよ。この江藤新平同様の卑士《ひし》から身をおこしていまや藩の代表になり、天下を動かそうとしているではないか)

江藤の肚《はら》は、それであった。しかしながらいまここで首を喪《うしな》ってしまってはその野望もなにもあったものでないであろう。千代はそれを言いたかった。

が、江藤はその一点については、この男のどこかにうまれつきの狂気が宿っているせいか、常人が怖れるはずのそれをすこしも危念せず、その様子もなく、闇の中でわらの擦り音をたてている。手さぐりで縄をなっているのである。

——おれには「京都見聞」というものがある。

と、江藤はいった。帰路の道中、夜の目も寝ずに書きあげた京都の政情に関する探索の条々とそれについてのかれ自身の論評の書稿なのである。その書稿は、かれを捕えた目付古賀定雄に手渡した。国禁の罪人の書稿は当然、藩の要路の者の手に入るであろう。さらにそれは御隠居の身ながらみずから藩政を総覧している鍋島閑叟《かんそう》の手もとまで上《のぼ》ってゆくにちがいない。江藤はこの佐賀という大藩のなかで自分にややちかいほどの才器の者は大隈（重信）でも福島（種臣《たねおみ》）でも大木（喬任《たかとう》）でもなく、おそれながら閑叟公であるとおもっていた。閑叟ならばあの「京都見聞」の価値の高さは十分にわかるであろう。

千代はそのあと、江藤に抱かれた。しかし前途の不安をおもうと、抱かれていることにどういう陶酔もなかった。江藤のからだには、堆肥《たいひ》のにおいがした。

翌朝、老父が牛小屋にきた。

「きょうおそらく組頭《くみがしら》を通じて御城から差紙《さしがみ》がくだってくるであろう」

と、小さな声でいった。助右衛門はそのあと、

「老いの繰りごとではあるが、なぜおまえはそのように息ぜわしく事をいそぐ。なぜ時を見、運を見さだめ、物事の熟するを待てなんだのであろう。古歌にもあるではないか」

と、その古歌を口ずさんだ。

急がずば濡れざらましを旅人の
あとより晴るる野路の村雨
言われて、江藤はしばらくその歌を口ずさみ、考えこんだ。

(はたしてそうだろうか)

とおもう。なるほど自分には父のような悠長《ゆうちょう》さ——父はそうでありすぎるが——はないかもしれない。しかし、急がぬ、悠長である、というだけが智恵で生きえた時代はおわりはてている。風雲は足をはやめている。いそぐべきではないか。

「息ぜわしすぎる」

助右衛門は最後にいった。

「おまえは、ひとが呼吸《いき》を一つするあいだに三度している。それではついには事を破

げんにその生をうしなおうとしている。助右衛門の教訓はおそすぎたというべきであろう。
り、生《せい》をうしなう」

助右衛門が牛小屋から出て行ったあと、江藤は折れ釘をひろい、釘のさきを粗壁《あらかべ》にするどく突きさし右左《みぎひだり》にひきつつその古歌を改作した。

急がずば濡れまじきものと人は言う
　急がで濡るるときもこそあれ

江藤は漢詩に長じ、歌学は婦人のものとしてまなばなかったために調べはととのっていないが、「これが辞世の歌であってもいい」とおもった。

陽がやや昇ったころ、案の定目付《じょうめつけ》古賀定雄が裃《かみしも》姿でやってきた。古賀の小者が先《さき》駆《が》けしてあらかじめ江藤家にゆき、門と玄関をことごとくあけ放たさせる。藩使が来る場合の作法である。とはいえ江藤家は小作人小屋同然の家屋であり、門も玄関もなかったが、とにかく当主の助右衛門は表の戸をあけはなち、二間《ふたま》きりの奥の家の間で紋服をつけて藩使の到来を待った。古賀は作法どおりひとことの口もきかずに入ってきてずかずかと家にあがり、上座にすわった。

「汝助右衛門せがれ新平儀、このたび不都合これあり」

と、古賀は役儀とはいえ人変わりしたかとおもわれるほどの憎々しさで申し渡した。出頭せしめよという。出頭するには慣例により、組頭のほかに縁者一人がつきそうべし。出頭さきは、家老の鍋島志摩さま御屋敷である、と古賀はいった。助右衛門はたまりかねて叫んだ。

「して、御沙汰は」

「存ぜぬ」

古賀はいった。当然である。判決は家老邸にて申しわたされる。そのあと古賀は江藤家を出ようとしたとき、ふと助右衛門をふりかえって、

「お覚悟、それだけはしておかれたほうが」

と、小声で言い、急に身をひるがえし、逃げるように去った。察するに御沙汰は死であろう。

翌日、江藤は、付き添いの弟源作とともに、城下にむかった。丑《うし》の刻（午前二時）に家を出た。弟源作は四つ年下の二十五歳であり、兄からするどさをぬいてやや細面《ほそおもて》にしたような顔で、背はやや低かった。ふたりは紋服を着ていた。江藤のは父親からかりたものであり、源作のは母の実家江口から借りたもので、紋がちがっていた。

途中くらやみの野道を、ふたりはほとんど無言であるいた。三里ばかりゆくと、嘉瀬という在所がある。この在所の真宗寺院の塀ぎわをすぎているとき、江藤はふと、

「源作、父母をたのむ」

と、いった。わが亡きあとは父母の孝養をたのむといわれたのかと思い、源作はたまりかね、両掌で顔をおおった。江藤はそれを無視するかのように、

「わしの恨みは、藩の法である。士農工商をこのせまい藩境内に縛りつけ、他郷にゆく自由すら禁ずるなどというのは、古今に類もない悪制である。さらに一度の取りしらべもなく、ひとことの陳弁もさせずに断罪するなどという暴刑は、天下に類がない。わが恨みはそれだ」

「兄者《あにじや》、それは」

源作は、いそいでいった。死にのぞんで恨みを残しては成仏することができない。そのようにいうと、江藤はするどくふりかえり、

「源作、おれは死なぬぞ」

といった。金輪際《こんりんざい》、死なぬ。いま死ねばこのおれが地上になんのためにうまれてきたかわからぬ。死なぬ、と激しくいった。源作は当惑した。かといっても藩が斬刑に処するとなればどうにもならぬではないか。

嘉瀬をすぎたころに夜があけた。やがて城下に入ると、組頭の南里新八のもとをたずねた。新八は装束して待っていた。

「同道する」

南里はひとこと言う。江藤は無言であたまをさげ、付き添いの源作が江藤にかわって礼をのべる。

やがて家老鍋島志摩の屋敷の門前までまかり出、南里がまず入り、やがて当家の家来が出てきて両人をよび入れた。当家の家来は、

「御玄関から」

と、ふたりに言った。ふつうなら、江藤程度の身分の者が、家老屋敷をたずねるにしても玄関から入るわけにいかないのに、この日は「御玄関から」という。

「御玄関からでござりまするか」

と、弟の源作は希望をもち、問い返した。しかしすぐそれが当然であることがわかった。江藤が卑士《ひし》であるとはいえ、藩みずからが御沙汰をくだす公式の場合なのである。玄関から入《はい》らしめるのがあたりまえであろう。

鍋島家は大藩であり、その家老屋敷となると小大名の御殿ほどの宏壮さがある。やがて長い廊下を通らされ、案内されたのは、五十畳ほどの広間であった。両人は、そ

のはるか下座《げざ》にすわらされた。組頭の南里新八はやや離れてすわったが、すぐ立ちあがり、部屋を出て行った。かれにはきょうのことにつき、事務連絡があるのであろう。

鍋島志摩は、なかなか出て来ない。ふつうこういう場合、一時間も待たされることがあると江藤らはきいている。

江藤らは、置きざられのかたちになった。そのとき江藤の両眼がぎょろりと光って、

「源作」

と、ふりかえった。源作は一瞬、身がすくんだ。源作はこどものころからこの兄を尊敬していたが、しかし同時につねに威圧感と恐怖に似た感情もひそかに抱《いだ》いている。いまの、この目である。

「源作、見たか」

と、江藤はいった。なにをでございます、と源作は声をふるわせた。

「あれだ」

というように江藤は上座のほうにあご、をしゃくった。はるか上座に、一基《き》の黒塗りの机があり、その机の上に白木の三方《さんぽう》がのせられており、さらにその三方の上に一封

の書状が置かれている。

源作に、それがやっとわかった。あの書状こそ、江藤の生死を決定する判決書であろう。源作はそれが運命の書であることがわかったとき、ふたたび胴のあたりがふるえはじめた。兄が、すかさずいった。

「盗み見て来い」

というのである。

源作は、泣きそうな顔になった。その様子をみて江藤は源作の気をしずめさせるためにわざと顔をやわらげ、

「おれはな」

と、低い、しかしさりげない調子でいった。

「死罪だと書いてあれば、おれはいまこの場から塀を乗りこえて脱走するつもりだ。長州へ逃げる。長州で桂小五郎をたよる。このおれを、源作、むだに死なすな」

そういわれると、源作は急に身のうちに勇気が湧いてきた。

――兄者《あにじゃ》、やる。

かれはねずみのように上座へ走った。畳数にして十枚ほどのあいだが、何丁ほどもの遠さにおもえた。源作は終生、この数秒のあいだのことを夢に見た。

見た。

源作はいそぎひきかえしてきた。兄者、兄者、と江藤の耳もとでささやいた。

「死罪ではない。永蟄居《えいちっきょ》」

といった。江藤はにわかに微笑《えみ》をふくみ、うなずいた。それでよし、と思った。命さえあればいつかは世に出る機会があろう。

そのとき、ほんの数秒の差かとおもわれるほどのきわどさで、鍋島志摩が入ってきた。志摩が着座し、その用人が着座し、用人が書状をひらき、読みあげ、読みおわると、念のため江藤にむかってその書状を高くかざした。

江藤と源作は平伏した。


江藤は後日、死罪をまぬがれたいきさつについてひとからきくことができた。

当初、当然ながら死罪であったという。藩の筆頭家老の原田小四郎は断固として死罪説をとり、もし生かすならば第二、第三の江藤が出るおそれがあるとし、

——死罪以外にない。

とゆずらなかった。原田は思想的にも頑固な佐幕派でもあった。かれは藩内における勤王派——人数からいえば微々たるものにすぎなかったが——を一掃しようとし、

つねに弾圧対策をとりつづけてきた。原田については佐賀勤王党のひとりの大隈八太郎(のち重信)は「とにかく資性頑固で、どのようにもその持論を変えない。しかしながら人としては巍然《ぎぜん》として動かすべからざる気節をもっていた」と語っている。その原田が、死罪を力説し、それを老公の鍋島閑叟《かんそう》に上申《じょうしん》した。

が、閑叟はかぶりをふった。

「殺すな」

という。閑叟はすでに江藤の「京都見聞」を読み、その情勢観察のするどさ、立論のたしかさ、その文章のみごとさにおどろき、これほどの男がわが藩の卑士のなかにいたかと感心した。閑叟は、

「人は、殺してはそれでおしまいだ。生かしておけば他日用いることがあろう」

といった。閑叟にはそういうところがありかれ自身佐幕傾向の男であったが、他藩のように政治犯に対して死罪をおこなうようなことはいっさいせず、たとえば極端な例では藩士深川亮蔵という者がかつて幕府の老中堀田備中守を暗殺しようとして事成らず捕縛された。この深川をすら、閑叟は、「そのような少年(深川は当時十八歳であった)は他日かならず有為の人物になるはずだ」とし、その罪を問わなかったばかりか、嗣子《しし》鍋島直大《なおひろ》付きの近習《きんじゅう》にさせた。

が、江藤の場合、深川のような上士とちがい、お目見《めみえ》得以下の者であり、原田はこれを力説し、さらに閑叟に拝謁し、死罪をもってこれに説き、頑として退《ひ》かなかった。閑叟はついに、

「これは予の命である。永蟄居にせよ」

と、直裁のかたちをとり、そう命じ、そういういきさつによって江藤は死罪をまぬがれた。

「すべて閑叟の仁愛の性格のたまものである」と、右の大隈はのちに語っている。

「他藩にあっては多くの志士が惨刑に処せられたが、佐賀藩にあってはそういう悲運に遭った者がひとりもいなかった。予のごとき、江藤のごとき、もし藩公が閑叟でなければとっくに命はなかったであろう」

三

しかしながら江藤と江藤家の窮迫はさらにひどくなった。罪を得たためかれは晴気村の父の家から別な場所に身を移さざるをえなくなったが、かといってどこへ移るあてもなく、そのための金もなかった。たまたま支藩小城《おぎ》鍋島家の同志で富岡敬明の口ききにより、小城領内の山奥に大野原という山里があり、さらにその里から山を踏み

わけると、朽ち荒れた廃寺があることを聞き、そこへ移ることにした。たまたま江藤の妻は次男を出産したばかりであった。江藤はその嬰児《えいじ》を土運びのもっこに入れ、棒を通して妻と前後してかつぎ、山中を終日あるいてついに廃寺にたどりつき、ここを棲家《すみか》にさだめた。ここで木樵や炭焼きの子をあつめて文字を教え、それによってわずかに生活の資を得たが、それでも食えず、妻の千代が山中をさまよって木の実をひろうなどしてかろうじて生きた。

二年を経て、佐賀城下の南部の丸目村に移った。そこでも暮らしはさほど変らなかった。

この間《かん》、時勢は変転をつづけた。

文久年間、京であれほど声威のあった長州藩も、薩摩・会津の連合勢力のために京を追われ、ついで元治元年、武装上洛《じょうらく》して幕軍および薩摩藩のために撃退され、幕府はすかさず朝廷に奏請して長州藩を朝敵とし、幕府は官軍になり、長州征伐をはじめた。

ついで数年の激動期があったのち薩摩藩が倒幕の内意をかため、土州の坂本竜馬の仲介できのうまでの政敵であった長州藩と手をにぎり、秘密攻守同盟をむすんだ。

　さらに情勢が転々するうち、慶応三年十月、天下にとってはほとんど寝耳に水のような事態が突発した。将軍徳川慶喜による大政奉還であり、このことは慶喜は諸侯にも幕臣一般にも相談することなくほとんど個人的決断でやったため、天下は騒然となった。

　もっとも当惑したのは、朝廷そのものであったであろう。

「慶喜は狡猾《こうかつ》である。かれは『政治』というもっとも荷厄介なものを御所の塀のうちにほうりこんだにすぎない」

と、当時、公卿たちは口々にそういった。むりもなかった。幕府は外交問題でゆきづまり、内政問題、財政問題でゆきづまってどうにもならなくなって、

——それほど御所方《ごしょがた》がご異論のみお唱えあるならばご自分でこの国をおやりなされ。

という、いわば捨てぜりふを吐かんばかりの勢いでこの荷物を御所にほうりこんだにすぎないということもいえた。

　朝廷は、狼狽《ろうばい》した。朝廷には国政を担当するほどの行政機構もなく、公卿には政治の経験はなく、なによりも朝廷が幕府からもらっている禄高は五万石程度であり、経費がなく、さらに政権に必要な軍事力といえば一隻の軍艦どころか一人の陸兵も一挺

の小銃ももっていない。朝廷にあってはこの混乱の当初、慶喜をなだめて政権をもとの徳川家にかえすという意見さえ出たほどであった。そういう公卿たちを、薩摩藩と土佐藩が説き、

「とにかく雄藩が合同して朝廷をお協《たす》けいたすゆえ、ここは目をつぶってお受け下さい」

と言い、ついに受けることになった。それほどの騒ぎであった。

薩摩藩が、政治の主舞台で本格的な活動をはじめたのはこの時期からである。この藩にすれば、徳川家の領地――八百万石とも言い、四百万石ともいう――を奪ってそれを朝廷の所有《もの》にせぬ以上、京都政権は成立しがたいことを知っていた。しかし慶喜は政権という荷物を返上したものの、徳川家の領地までは返上する気がなく、またそれは不可能であった。なぜならばその領地をもって俗にいう旗本八万騎を養ってきたのであり、もしそれを朝廷にあたえれば旗本の士はたちどころに路頭に迷うのである。

が、薩の西郷吉之助、大久保一蔵は、どうあってもそれを慶喜から奪おうとした。当然これがためには慶喜を挑発し、徳川方を怒らせ、戦争を起さしめ、砲煙と流血のなかでそれを奪いとるしかない。

が、諸藩は、この薩の策謀に乗らず、これをもって島津幕府をつくるための奸謀であるとし、会津藩などはまっさきに武力をもって戦おうとしたが、他のほとんどの諸藩は中立を保ち、この混乱がどちらかに落ちつくまで観望しようとした。

薩摩は、京に戦力をあつめようとした。長州の藩兵をいそぎまねいた。長州軍は薩摩藩さしむけの汽船に乗り、西宮《にしのみや》に上陸し、京にむかった。土佐藩は上部機構は煮えきらなかったが、国もとから板垣退助が独断で藩軍をひきいて京をめざして急行した。が、おそらく開戦まで間にあわぬであろう。

幕軍は、大坂にいる。その兵力は五万であり、京を占領中の薩長は四千程度の兵力しかなく、薩長の謀主たちは、

「これではとうてい勝目がない」

とした。この時期、かれら京方が渇く者が水を恋うように望んだのは、佐賀藩の兵力であった。

――もし佐賀藩が京にあれば。

とたれしもがおもった。佐賀藩は、鍋島閑叟の多年の先進的経営によって、三百諸侯のなかではもっともヨーロッパにちかい藩軍を備えていた。藩軍が洋式化されてい

るだけでなく、驚くべきことにこの藩の工業力は同時代の日本の水準をはるかに抜いており、新式火砲の鋼鉄を鋳鍛造《ちゅうたんぞう》することができたし、小銃を生産することができたし、その造船所では小蒸気船程度ならば建造することができ、幕府などもその保有艦船が故障すれば佐賀藩の船渠《ドック》に回航して修理を依頼するというほどにまでその工業能力が到っていた。

――佐賀藩の奇跡。

とよばれるこれらのことは、さまざまの原因、理由があるにしても、要するにこの藩の独裁者である鍋島閑叟の能力と努力にすべては帰せらるべきであろう。

が、閑叟は老いている。

もともと閑叟は幕府への同情者であり、政治的には保守主義者であり、かといってその保守主義をすら藩外にむかって露《あらわ》そうとせず、佐幕家でありながらいかなる佐幕行動もとらず一藩の独善的中立をまもりぬこうとし、風雲のなかに超然としてきた。

このため京方にあっては、

「肥前（佐賀藩）は、鵺《ぬえ》である」

とか、

「閑叟は一個の妖怪であろう。洞《ほら》ケ峠をきめこみ、京方と関東方とが争闘して両者へとへとになったとき天下の権をさらおうとする心算にちがいない」

といわれてきた。

江藤はこの時期、蟄居後何度目かのひっこしをし、いまは佐賀城下本行寺小路の陋《ろう》屋《おく》に住んでいる。相変らず、

「夫婦食《しょく》せざること、月に数日」

という貧窮ぶりであった。かれは雷管《らいかん》製造の内職をし、その妻とその老母は水引《みずひき》の内職をしていた。

その時期、京にあって大政奉還の政変があった報をきき、これを同志副島種臣がもたらしたとき、おもわず雷管をなげうって立ちあがった。

（来た。――）

と、おもった。千載《せんざい》に一度という時節が、である。おそらく諸藩相みだれ、天下は戦国のころ同然に乱れぬくであろう。乱世こそ自分の待ちのぞんでいたときであり、かれの器才を飛躍せしむべきときであった。

が、佐賀藩はうごかない。

大政奉還後も閑叟はなお、天下を観望しようとしているのか。

閑叟には、独自の薩長観がある。薩については、閑叟は、

「わが藩は、三百年の反薩である」

とかつて洩らしたことがある。歴史的にはそうであった。徳川家の祖家康が、この鍋島家――関ケ原では一兵も出していないのに――三十余万石という大封《たいほう》をゆるしていたのは、薩摩の島津家が万一謀反《むほん》をおこしたときの防衛力にするがためであった。

さらに長州については、かつて長州藩が四ヵ国艦隊と交戦したとき、ひそかに佐賀藩に使いがきて大砲の借用を申し入れたことがあった。閑叟は拒絶した。そのあと、

「長人は本性が臆病であるため口舌が盛んであり、弁論に巧みである。事をおこせばある程度はやる。しかし本性臆病であるためやがては腰がくだける。事を共にする相手ではない」

と側近の者に洩らした。

江藤は、そういう閑叟の薩長評は洩れきいている。その評が的を射ているにせよ、いないにせよ、薩長はすでに時代の尖端を独走しはじめている。いま佐賀藩が、あいかわらず閑叟流の怜悧《れいり》でひややかな傍観者流でありつづけるならばついには時勢の落伍者たらざるをえないであろう。

江藤は矢もたてもたまらなくなり、受刑中の身ながら、かれの監視責任者である目

付重松基右衛門《もと》という者の屋敷にゆき、

「断《た》ってのお願いがございまする」

と、申し出た。重松が玄関さきで江藤に応対し、その申し条をきいてやると、

——老公に拝謁させてくれ。

というとほうもない願い出であった。最初、重松はこの男、狂うたか、とさえ思った。江藤新平なる者はただささえ殿様にお目見得資格をもたぬ身分であるのに、永年蟄居中の境涯であり、それでありながらじきじきの謁《えつ》をうけたいという。

が、江藤は顔から血を噴くほどの必死な形相《ぎょうそう》でいった。

「非常の場合でござります。老公に時勢についての建白をしとうござりまする」と言い、「もしきいてくださらねばこの玄関を拝借し、腹を切ります」と叫んだ。江藤はこのとき、本気で腹を切ろうとおもった。

その勢いが、目付重松基右衛門を動かし、いそぎ登城し、その旨閑叟に申しあげた。

「あの男か」

閑叟はよく覚えていた。永年蟄居を命じたのが文久二年の夏のおわりであったことも覚えており、その年から指折れば足掛け六年になる、ということも言い、重松がお

どろいたことに閑叟は江藤がむかし上提した「京都見聞」の文章の一節をすら諳《そら》んじていた。

「あの男のいう時勢になった。この間《かん》よく堪えたものだ」

と、閑叟は、その長すぎる、ほとんど棒のようにすら長い顔を心持ちかたむけた。

「ゆるしてやれ」

閑叟はいった。許す、というのは江藤の永年蟄居を即刻解くこと、その申し出ている拝謁のこともいま直ちにゆるす、ということであった。

重松はすぐ屋敷にもどり、江藤をともなってふたたび御前へ出た。江藤は縁《えん》の板敷《いたじき》のうえにすわり、平伏し、平伏しつつ佐賀藩としてはいまなにをなすべきかを陳《の》べ、説き、その説くところはそのまま速記しても名文になるほどに整然としており、論旨にいささかのあいまいさもなかった。

閑叟は、終始だまってきいていた。聞きながらすでに閑叟の意中は、江藤のいま説きつつある言説以前にきまっていた。

——そろそろ出ずばなるまい。

ということであった。

閑叟は風雲の傍観者であったとはいえ、世間でいうような洞ケ峠ふうの野望のぬしではなく、どちらかといえばかれの情熱は風雲の渦中に入ることに指向もせず関心も薄かっただけのことであり、この事態になってもなおその種のことに身をのりだすことを物憂く感じている。が、もはや天下の事態は佐賀藩をしてこのままでおらしめることを許されなくなっていた。閑叟は、かれが永年丹精した洋式部隊の一部を京にさしのぼらせようと思っており、そのやさきに江藤が拝謁を申し出た。

閑叟は、この男を起用しようと思った。この男は京にある薩長の指導者と面識があり、かれを抜擢《ばってき》して京における藩外交をさせれば諸事都合がいいであろう。

「新平」

と、閑叟は江藤をその名でよんだ。江藤にとっては天にものぼるほどの名誉であった。江藤家代々のうち、藩公からその名をよばれた者があったであろうか。

「京にのぼれ。周旋し、探索せよ。ただし軽挙はなすべからず。ひとえに言う、京における佐賀藩の位置を重からしめよ」

と、閑叟はいった。

梨木町三条家

一

「神仏が、霊験《れいげん》（奇跡）をあらわすのではない。霊験をあらわすものはなにか。時勢である」

という言葉を、江藤新平は好む。「時勢が奇跡をうむ」ということなのである。江藤ほど、生涯、身をもってこの言葉を味わった者はないであろう。

ともあれ、京で大政奉還がおこなわれた。

すると肥前佐賀にあっては即座に奇跡があらわれた。「札《ふだ》つきの勤王屋」といわれた江藤新平がにわかにながい蟄居《ちっきょ》刑から釈《と》き放たれ、だけでなく老公の鍋島閑叟《かんそう》に拝謁をゆるされ、とりあえず京にのぼれ、京の新情勢を探索し、藩がいかにあるべきかを報ぜよ、ということになったのである。

江藤に、役名がついた。

「郡目付《こおりめつけ》」

というのである。知行《ちぎょう》ももらった。二十石であった。この一見すくなすぎる知行を藩のたれもがわらわないであろう。二十石であれ何石であれ、石《こく》がつく。石《こく》取り侍である。石取り侍というのは藩の正士であり、士官であり、高等官であり、お目見得格であり、大げさにいえば藩貴族であり、いままでのような下士ではなかった。

「新平、われらの世がきたぞ」

と、かれの仲間の義祭《ぎさい》同盟（佐賀勤王党）の連中は酒を持ち寄ってささやかな門出《かどで》祝いをしてくれた。ところが藩を代表して京へのぼるにはその服装はあまりにもひどかった。両刀といってもかれの場合は柄《つか》糸はすりきれ、鞘《さや》の塗りが剝《は》げて木地が出ていた。

「なあに、服装など」

と江藤は肩をそびやかしていったが、しかし江藤のなりは侍というようなものではなく、これでは佐賀藩の恥になるであろう。見かねて野口という同志が、

「せめて、大小だけでも」

と言い、野口家につたわっている銀拵《ぎんごしら》えのりっぱな大小を贈ってくれた。江藤はこ

の会合の帰路、城下の道具屋に寄り、不用になった剝げ鞘の大小を売った。たった二朱でしか売れなかったが、帰宅し、妻の千代にその金を渡した。

「不在中、これで、なんとか食いつなげ」

といったが、二朱やそこらの金で藷《いも》や干魚がどれほど買えるというのか。

ついでながら佐賀藩というのはさまざまな点で独自の制度やしきたりをもっているが、もっとも変っているのは、役目についたからといって役料が出ず、まして支度金などは出ず、江藤の場合わずかに旅費が出ただけであった。家族は、餓えねばならなかった。

江藤は出発した。

博多へ出、博多から小倉、小倉から下関に出、山陽道を懸命に歩いた。

(一刻も早く京へのぼらねば)

そのあせりが、かれの足をすさまじく回転させた。時勢は回転している。江藤はこの空前の大変革に乗じて、佐賀藩を薩長という先進革命勢力に割りこませ、できれば佐賀藩と自《みずか》らの手に時勢の主導権をにぎりたかった。薩長の者がこの江藤の野望をもし知ったとすれば、卒倒するか、笑い出すか、狂人あつかいにするか、それとも怒ってたたき殺すかもしれなかった。佐賀——肥前——は幕末にあって沈黙をまもりつづけ、藩利益を追求するのみで天下の公憂からひたすらに背をむけ、藩方針は事なかれの佐幕傾向であった。その佐賀藩士が、幕末惨澹たる苦労をしてきた薩長または土州のあいだに割りこんで革命の果実だけを横どりしようというのである。

（いまなら、まだ遅くない）

と、江藤は思っていた。大政奉還とはいえ、徳川氏は単に政権を京都御所にほうりこんだのみで、その公領数百万石と旗本八万騎を擁して依然として日本最大の実力をもっており、薩長がいかに朝廷を擁し、いかに強藩であるとはいえ、この徳川氏と対抗してゆくには、第二の戦国時代といった内乱の戦火をくぐらざるをえないにちがいない。

こうした内乱の場合、

——軍事は肥前。

と言われた肥前佐賀藩のずばぬけた洋式軍事力が天下の運命をきめ、佐賀藩の発言力を大ならしめるであろう。江藤は、それを計算していた。まだまだ風雲は去っていないのである。

瀬戸内海の海岸街道にむかってゆく江藤の足には、蒸気を噴くかのように活力がみなぎっていた。かれは山陽道の宿場から宿場を、ほとんど小走りに駈けてぬけてゆく。

（――あたかも）

と、かれはこの道中、備前（岡山県）を通過するとき、昂奮をおぼえつつおもった。あたかも自分の姿は古英雄のごとくである。秀吉であろう。京の光秀を討ちにむかう太閤記の秀吉のこのくだりのようではあるまいか。秀吉は本能寺の変報をこのあたりできき、いそぎ大軍を旋回させて江藤のごとく山陽道を駈け、山城（京都府）の山崎で光秀を討ち、天下の基礎をかためた。この、江藤新平という、天成功業心のつよすぎる男は自分を古英雄に比することを好み、そのばあいにもっとも自分に昂奮した。

が、齢ではある。

どうにも齢であった。以前脱藩出京したときの道中では疲れというものを覚えなかったが、この道中では、朝、旅籠《はたご》から駈けだすとき、きのうの疲れが足腰に残っていた。

齢か、あるいは足掛け六年にわたる永蟄居《えいちっきょ》中の貧困と粗食によるものか。いずれであるにせよ、江藤新平はこの慶応三年十二月は三十四歳であった。薩長土の高名な、いわゆる志士たちの年齢がおどろくほど若く、また江藤と似た年輩の者がいてもかれらはたいてい二十代のはじめごろから奔走し、風雲のなかにすでにきわだった足跡をのこしている。たとえばこの大政奉還というあざやかな時勢転換の事を立案し、実現させ、そしてほどなくその生涯を終えた土佐の坂本竜馬は江藤より一つ年下であり、江藤が先年京で会った長州の桂小五郎は江藤より一つ年上であり、その桂の下で連絡役をつとめていた伊藤俊輔にいたっては七つ年下であった。

それはいい。二重鎖国の佐賀藩にうまれたということで、みずからをなぐさめることができる。

江藤にはそれ以上のくやしさがあった。おなじ佐賀藩といっても、手明鑓《てあきやり》とよばれる卑士階級にうまれたことであった。貧困もいい。屈辱もいい。なによりも江藤という政治ずきな、仕事ずきな、なによりも功業心のつよいこの精力漢を鬱屈《うっくつ》させていたのは、この階級に身を置くかぎり藩政にたずさわれぬということであった。これはあたかも絵師を志す若者に絵具や紙絹をもたせぬということであり、絵を指で空中に描かせつづけるということであり、事実江藤は、身もだえするような思いで空中に絵を描きつづけてきた。ついになすこともなく中年になった。この、ながい歳月の怨念が江藤のこの三十四歳という年齢にこもっている。

備前岡山の城下に入ったときが、昼であった。茶店で餅を食おうとし、餅の値段をきき一皿注文した。そのあとほどなく茶店に飛びこんできた旅の者が、この店の老爺と懇意らしく、

「水。水だけでいいんだ」

と言い、言いつつ裏へ通りぬけ、裏の井戸で水をのみ、やがて店さきにもどってきて、

「カミじゃア、大変じゃで」

と、老爺にいった。備前では京・大坂のことをカミという。男は姿からみて岡山城下の飛脚問屋の飛脚らしく、それもいま上方《かみがた》からもどってきていまから城下の店にもどる、というその途中らしかった。

「いくさだ」

というのである。

江藤は餅をあわててのみこみ、左腕をのばし、飛脚のそでをとらえた。「どこだ」といった。どことどことが戦《いくさ》をしている、ときいた。

「薩州さま、長州さま、でさ」

飛脚は迷惑げに江藤の手をひきはなし、かかわりあいをおそれたのか、それだけ言

いのこして駈け出してしまった。

（薩摩と長州とが戦争をしている）

江藤はとっさに、そう錯覚した。この錯覚は、この男の顔に喜色をうかばせた。江藤が空想し、待ちのぞんでいたことはそれであった。薩長という二大革命勢力の仲のわるさは天下の評判であり、文久三年夏には薩摩は会津と手を組んで京都から長州勢力を一掃し、いわゆる七卿落ちの悲劇を味わせた。翌元治元年夏には長州は復権のために大挙武装上洛《じょうらく》し、それを薩摩が幕府と協力して迎え討ち、撃退した。いわゆる禁門ノ変とか蛤《はまぐり》御門ノ戦とかよばれているものである。以来、長州が薩人を憎むことははなはだしく、長州の指導者高杉晋作——この男もこの年の春二十八歳で死んだが——なども、「薩人と手をにぎるくらいなら、夷人の靴をあたまにのせるほうがましだ」とまで極言していた。

（その仲の悪い薩長が、ついにいくさか）

江藤はそれを望み（おそらくかれは生涯それを望み夢想しつづけたといえるであろう）、その薩長が激闘のあげく共だおれをしてしまったあとに肥前佐賀藩の栄光をきずくことを江藤は考えた。

（肥前の世がくる）

と、江藤はおもった。とにかく、道をいそがねばならなかった。江藤はいそいだ。が、かれに不幸がおこった。岡山を離れて四里ばかり行ったところに備前古井村という野鍛冶《のかじ》の多い村がある。そこから吉井川を渡船がわたって対岸の福岡村にゆくのだが、その渡し舟のなかで、船頭から声をかけられた。

「旦那、お顔が」

といわれるほど、江藤の顔は死人のようであり、返事をする余力もなかった。わずかに船頭にむかってうなずき、そのあとは目をつぶった。高熱が出ている。

船が対岸につくと、江藤は河原をすこし歩き、草むらを求めて吐いた。

そのあと、福岡村、長船《おさふね》村、香登《かかと》村、院部《いんべ》村という街道をどう通ったのか覚えもない。ときどき、街道わきの林のなかに入り、下痢《くだ》した。ときに自分の汚物のなかに倒れこみそうになったが、かろうじて立ちあがった。すでに日は暮れていた。あとは登り坂になってゆく。体は、昨日からよくなかった。けさはそのため遅発《おそだ》ちをしたため江藤はできるだけ里数をかせごうとしていた。ふつう旅人の一日の里程は七里というのに、江藤はこのからだでもう八里以上を歩いてしまっており、気力もここまですさまじくなれば、もう狂人の範疇《はんちゅう》といっていいであろう。しかも香登《かかと》村からは、星あかりと、備前の街道の白さをたよりにあるいてきているのである。

ついに路上で倒れ、そのまま意識がうすれはじめたとき、あたまのどこかで、

（無残だ）

と、われながらわが身をおもった。江藤がこのように一日の里程を稼ぎにかせいでいるのは京へいそぐということのほかに、旅費のとぼしさが理由していた。足をのばせば泊りの数がすくなくなる。その疲労が土台で江藤はついにこのていたらくまできたのであろう。江藤は、動けなかった。

ただ幸いなことに片上宿《かたがみじゅく》まで帰るという駕籠屋が江藤をみつけ、介抱してのせてくれ、近くのその宿場の旅籠《はたご》の土間まで運んでくれた。運ばれながら江藤は駕籠賃のことが胸裏をはなれなかった。が、駕籠舁《か》きもこの幽鬼のような、みすぼらしすぎる武士の財布から銭の何枚かをとりあげることが酷《こく》のようにおもえたのであろう。

「旦那、あっしどもの善根《ぜんこん》ということにしておいていただきます」

と先棒《さき》が言い、後棒《あと》はよほど茶目な男らしく、

「酒手《さかて》は来世にいただきます」

といって逃げだした。来世、などといったのはこの武士はもう死ぬ、とおもったにちがいなかった。

旅籠で、三日寝た。旅籠で医者をよぼうといってくれたが、江藤は手を振り、はげ

しく拒否した。ついには金がないといった。旅籠の好意で、千田《せんだ》丸という黒い丸薬をのませてくれた。このむこうの三ツ石の丸屋という薬屋で売っている万能薬だという。

二日目の夕、かゆをもってきてくれた女中が、上方方面からのくだり客は口々に戦争《いくさ》の話をしているという。江藤は女中の親切さにあまえ、「頼む」といった。できるだけくわしい話をきいてきてくれまいか、といった。女中が、気軽にうけあい、やがてもどってきて、聞いた話をすっかり吐きだしてくれた。反《そ》っ歯がきずの大年増だが、話す手順にソツがなく、よほどの利口者とおもえた。

「薩州さまと長州さまが」

味方同士だという。それに土州がくわわり京に駐留している。幕軍は大坂にいる。幕軍のほうから京に押しだし、鳥羽・伏見のあたりで大いくさだというのである。どっちが勝ちだとまではわからず、とにかく大坂あたりからも京都方面の空が真っ赤に焼けていることがわかるという。

四日目に旅籠を出た。

からだのしんがまだ空《うつろ》で、有年《うね》峠のあの長い坂を越えるのがつらかった。越えれば播州《ばんしゅう》（兵庫県）であった。正条《しょうじょう》という宿場でとまった。

そこできいた風聞では、幕軍が勝ちということであった。おどろいたが、明石城下に入ったときは薩長の勝ちということがあきらかになった。ここは敗北側にまわった明石松平氏の城下だけに藩士たちが城門のあたりにむらがり、尋常事《ただごと》でない様子がありありとわかった。摂津西宮《にしのみや》までくると、旧幕府がそこに設けていた高札場《こうさつ》の高札が打ち倒されており、たれが倒したのかときくと、二十人組の盗賊が白昼関所の屋敷に押しこみ、ひきあげるときわあわあ喚きながら押し倒して行ったのだという。

「薩長の兵は？」

ときくと、まだきていないという。薩長は戦闘に勝ったとはいえ、西宮の警備までは手がまわらず、そのため無警察状態になっているのにちがいなかった。江藤は道をいそぎ、大坂に入った。ここで長州陣屋をおとずれ、情勢をきき、さらに天満八軒屋から夜船にのって淀川をさかのぼった。

二

朝、伏見に上陸してみると、そこここに戦火のあとがくろぐろと残っており、戦闘中徳川方の最前線が占拠していたという伏見奉行所は焼け落ち、焼けあとには死骸が散乱し、路上のあちこちにも、会津藩の袖印《そでじるし》をつけた死体や、新選組の羽織をきた死体が、手足をさまざまに曲げて斃《たお》れていた。薩長はそれらを片づけさせずに放置していた。革命が成功したという無言の証拠を天下に公示するためであった。

(なんということだ)

江藤はそれらの死骸を踏み越えつつ憤《いきどお》ろしさがこみあげてきた。薩長の処置を怒っているのではなく、なぜ佐賀藩が薩長に加らなかったか、という自分の藩の無能さについての腹立たしさであった。土佐藩は開戦当日はためらっていたが、戦闘二日目から戦列に参加したという。

(——せめて土佐藩のまねでもできたら)

と、悔まれた。革命の果実のわけ前にあずかりえたであろう。遅かった、とおもった。しかしこの手おくれをせめて江藤個人の力でなんとか挽回し、薩長の列に割りこまねば、とおもった。

(出来る)

とおもった。江藤の感情には、いかなる場合にも失望という嫋《たおや》かさがないのかもしれなかった。

江藤は京に入った。佐賀藩にも、京都屋敷というものはある。都心より北寄りであり、江藤は堀川を北上して元誓願寺通りを東に入った。その門前に立ったとき、

（これが三十五万七千石の京都藩邸か）

と、あまりの貧弱さにおどろかざるをえなかった。町家に入りまじって、小金持の寮のようなそういうささやかさであり、藩邸という姿ではなかった。

ちなみに徳川期、幕府は諸藩が京都に接近することを好まなかったため、どの藩も宏壮《こうそう》な藩邸というものはここには置かなかった。ところがどういうわけか例外があり、薩長土三藩の藩邸だけは徳川の全盛期から大きく、とくに薩摩藩は幕末にいたって従来の錦小路藩邸では手ぜまなため、今出川相国寺門前の近衛家の別邸を買いとって第二藩邸とし、ついで聖護院村の畑地を買ってここに第三藩邸を新築した。できるだけ多数の藩士を京にあつめておくためであり、結局こんにち薩が長をひきこんでやった京都クーデターというのはどうやら偶然の成功ではなく、数年前から沈黙のうちに準備をすすめていたということができるであろう。

（佐賀藩は、すべてが遅れた）

遅れたどころではなかった。藩の老公である鍋島閑叟《かんそう》はむしろ積極的に天下の政局から背をむけ、藩士が志士化することをゆるさず、さらに幕末政局の中心である京都には、わざと人選しぬいてもっとも無能で朴訥《ぼくとつ》な人物を留守居役として置いた。

（なにもかも、閑叟公がわるい）

江藤は、がらっと格子戸をあけた。なさけないことにこの藩邸には、他藩のように鉄鋲《てつびょう》を打った門などはなく、商人の隠居所のように格子戸であった。

「江藤新平という者でござる。藩命によってただいま出京つかまつった」

と、くらい京風の土間から声をあげたのが、江藤新平の風雲のなかに出た第一声であったといえるであろう。

奥の一室で、江藤は、藩の京都留守居役平田助大夫と対座し、そのわずか二時間ばかりの問答のなかで何度江藤は、

（これは、人か牛か）

とおもったであろう。なるほど「京には牛をつないでおく」というのが藩方針であったが、平田助大夫は文字どおり老いた牛であり、骨格は牛に似、脳髄も牛ほどにしか備えていなかった。この平田助大夫の下に、「時事探偵」という職名で長森伝次郎という者がいたが、この者もこの座に同座した。

「いったい、お手前は」

と、江藤はいらだち、ついに上位者の長森に対し、取調官のような高調子でいいはじめた。

「いったいお手前は、旧幕以来、どのような筋のひとびととつきあい、どのような筋から情報《はなし》を仕入れておられたか」

そう問いただすと、おどろくべきことにすべて幕府筋からのみであり、薩州関係の者とひとりとしてつきあっていない。そういう情報が国もとに流れているかぎり、鍋島閑叟の時勢の見通しも曇らざるをえなかったのは当然であろう。

「そして親王や公卿のほうは？」

ときいた。ところが公卿とはつきあっておらず、わずかに中院通富《なかのいんみちとみ》という地位もひくく人柄も凡庸な無名公卿とだけは交通があるという。

(ばかな)

と、江藤はおもった。中院通富の養女溶姫《ゆた》は、いまの若い藩主直大《なおひろ》の奥方であり、中院家と佐賀鍋島家は姻戚であった。藩主の姻戚の公卿とだけはつきあっているなどは、薩長土の懸命な対朝廷政策からみれば、まるでおとぎばなしのような、嗤《わら》うべき非時局性であろう。

「ほろびますぞ、佐賀藩は」

と、江藤は声を大きくしておどしつけた。

「佐賀藩を興すかほろぼすかは、今後の京都活動にかかっています。このこと、よろしいか」

とまできめつけたとき、留守居役の平田と時事探偵の長森はもはや青ざめてゆくばかりで一言もない。

――たかが手明鑓《てあきやり》あがりの二十石侍めが。

とふたりは肚の底のどこかで思いつつも、しかし江藤というこの男が、いまは時勢の興亡《こうぼう》を背おい、藩公でさえこの男を恃《たの》みとし、いまや江藤のあっせんがなくては佐賀藩は薩長とまじわってゆくこともできないのだというあたまがあり、その畏怖感が眼前の江藤の存在をいよいよ巨大にみせた。時勢の魔術というようなものであろう。

「すべて今後、貴殿におまかせしたい」

と、藩重役であるはずの平田助大夫がおどろくべき言葉を吐き、しかも江藤を指して「貴殿」とよび、さらに藩外交の全権をこの二十石取りの小吏にまかせてしまったのである。

むりもなかった。かれらは江藤ならば薩摩や長州の指導者連中と爾汝《われおれ》の仲の仲であると信じこんでおり、江藤だけが佐賀藩と新政権とのあいだの唯一の橋であるとおもいこんでいた。

(そうおもわせておけ)

と、江藤はおもった。江藤の実際のところは長州の木戸準一《じゅん》郎（桂小五郎）と伊藤俊輔を知っているのみであり、かれらも文久年間のことだけに江藤をおぼえているかどうかおぼつかない。が、それはよい。要は江藤にすれば、佐賀藩における江藤自身の虚像をつくりあげておかねばならず、そういう機微が権力をにぎるためのはやみちであることを知っていた。権力をにぎらねば仕事ができず、権力が大きければ大きいほどやる仕事も大仕事ができるのである。

「とにかく今後の大方針《おおめやす》ですが」

と、江藤はいった。

「薩長土と対等の仲間に入らねばならない。しかしながらわれわれは血を流していない」

「鳥羽・伏見において？」

「左様、鯨漁《くじらりょう》とおなじです。獲った鯨はそれとたたかった漁師だけが肉の分け前にあずかれる。われわれの藩は海にすら出ず、陸でわが畑だけを耕していた。であるのに肉の分け前を漁師同然にしろということはできない。できないが」

と、江藤はそこでことばを途切らせ、やがて、

「やらねばなりませぬ。むこうが分け前の肉を持ってくるまでに事を漕ぎつけてゆか

ねばなりませぬ。あたかも長崎の唐人《とうじん》手品のようでござるが、これは出来る。なぜならば」

と、江藤は平田と長森の顔を見た。「なぜならばこういう時勢でござる」というのである。乱世につけ入ってゆかねばならぬ。まだ敵は残っている、という。

「残っているどころか、徳川氏にとっては鳥羽・伏見はかすり傷にすぎず、江戸城があり関八州の富があり、譜代《ふだい》大名の兵がある」

それを討伐するには新政権は薩長土の兵力では足りず、当然、佐賀藩の強大な軍事力が必要になってくるであろう。たとえば江戸へ兵力を運ぶにしても佐賀藩のもつ海軍力と輸送用の汽船が必要になってくる。

「薩長は、大砲をさほどに持たぬ」

ところがわが佐賀藩は、長崎砲台に置いてある新式火砲だけでも百門を越えているのである。

「そのことを、公卿に説くべきです」

というのが、江藤のねらいの本筋というべきものであった。日本中の藩が束になっても火力では一佐賀藩におよばない、ということをである。公卿に知らせる。朝廷はいまおびえている。あの大幕府が、わずか鳥羽・伏見の一戦だけで潰《つい》え去ろうとはおもえず、それと戦うには薩長土の三藩を主力とした西国《さいこく》数藩の武力程度では不可能であろうとみていた。その恐怖を鎮《しず》めるものこそ佐賀藩であらねばならず、それによって佐賀藩の勢威をにわかに飛躍させねばならない。

「それには、なにごとも調略《ちょうりゃく》。多少事実以上に法螺《ほら》をふき、当藩の力がいかに強大であるかを、公卿たちに教えこまねばなりませぬ」

と、江藤はいった。

わかった、と両人はうなずいた。両人もあすからその法螺吹きに駈けまわらねばならぬとおもった。

さらに江藤の時勢に対する戦略は、「いまさら薩長に食い入っても仕方がない」ということであった。分け前にあずかるのに、かれら鯨を屠《ほふ》った現場の漁師にたのんだところで蹴られるにきまっている。この漁の網元ともいうべき朝廷に食い入る以外にない。公卿のあいだに佐賀への期待をうえつけてゆくしかない、という。

さて、その公卿工作である。

江藤はあすからそれにとりかからねばならないが、この乞食のような姿ではどうにもならぬであろう。これが佐賀藩の代表かといわれれば藩の恥であるし、第一、このみなりで行っても、相手を信用させることはできない。

——こまった。

と、江藤が暗い顔をすると、平田助大夫が立ちあがり、やがてもどってきたときは、二十五両の包みを三つ、三方の上にのせていた。

「これで、足りるか」

といわれたとき、江藤は不覚にも身のうちが小刻みにふるえ、顔の筋肉がこわばってきそうになることが、自分でもわかった。それが表情にまで出れば、もう江藤の武士もしまいであろう。そうなるまいと思いつつ、

(貧とは、なんとつらいものか)

と、おもった。江藤はこのとき、こういう自分を叱るよりも、うろたえても仕方のない自分のこれまでの境涯《きょうがい》を悲しんだ。江藤は物心ついてからこの齢になるまでこの男は一両の小判というものを自分のものとして手にしたことがなかったのである。

江藤はやがてゆっくりと手をのばし、さあらぬ体《てい》をつくろいつつ、「では拝借」といった。拝借といっても、べつに返済する必要のない金であることを江藤は知っている。

翌朝、この男は古着を買うために堀川のほうに行った。

「ふるてや」

という看板のかかった一軒に入り、

「装束いっさいをここで改めたい。むろん、襦袢《じゅばん》、帯、袴もである。すべて絹がいい」

といった。

古着商は「どの程度のものをお見せ致せばよろしゅうございますので」といったが、江藤には着物のことなどすこしもわからなかった。

「まかせる。が、できれば」

と、言いよどみ、しかしすぐ、

「左様、大藩の留守居役といったふうなものがよかろう。値は多少張ってもよい」

といった。古着商はこういう田舎侍がときどき飛びこんでくるのか、べつにおどろきもせず、江藤を奥座敷にまねき、そこですらすらと着変えをさせた。帯は極上の献上博多だが、しかしふち擦れがしているから値は安いであろう。襦袢はやや黄味がかったものを着せられたが、ものは歴とした白羽二重《はぶたえ》である。下着は小紋《こもん》の羽二重で、これはごく並みなものらしい。

「妙な感じだな」

着せられながら、江藤は肩をすくめ、ちょっと寒気を感じているような様子で立っていた。

「妙な感じとは、どういうことでございます？」と古着商が顔をあげてきくと、江藤は苦笑し、「絹の感触が、だ」と、正直に答えた。こういう点、かれが策士であるということとはまるでうらはらな、きわどいほどの正直さというものが、この男のすさまじさのようなものにまでなっている。

「わしは、絹というものを着たのがはじめてだ。わしの父も生涯知らなかったろう」

「どちらの御家中でございます」

「いやさ」

江藤はごまかしたが、とにかく古着商はこの田舎者の正直さに好意をもった。

「なんと申しましても、表着《おもてぎ》がかんじんでございます。とびきり上等なものを持って参りましょう」

亭主は蔵に入っていったが、やがてそれをもってきたときは、江藤でさえそれがよほどのものであることがわかった。亭主のいうのに、いまどきこれほどの表着を身につけているお人は、着だおれの京でもちょっとございますまい、という。江藤は値を心配した。しかし亭主は笑い、

「このぶんは進呈させていただきます」

といった。ただで呉れるという。

この表着は腰のあたりに縞《しま》模様のある、いわゆる熨斗目《のしめ》というもので、なるほどりっぱなものだが、じつは熨斗目はこのころだいぶ時代物になっており、あまり流行《はや》らない。

それに、紋がついている。丸に橘《たちばな》の紋で、これには江藤もおどろき、

「わしの家紋は、左巴《ひだりともえ》になった三藤《みつふじ》だが」

というと、亭主は「へい」と真顔でうなずき、「ごもっともでございますが、古着屋ではご紋までそろいませぬので」といった。なるほどそうであろう。さらにこれを逆にいえば紋のついた古着というのはいかに品物がよくても値は安い。「このぶんは進呈させて頂きます」といったのはこの亭主の商人《あきんど》らしいそろばん勘定によるものであった。

「ご好意ありがたい」

江藤は心からあたまをさげたが、このあたりは江藤の武士らしい世間知らなさというものであろう。しかし、紋のちがう着物をつけるわけにいかない。ところが亭主はそこはぬけめがなかった。

「いいえ、工夫がございます。これでございます」

といって取りあげたのは、黒縮緬《ちりめん》の羽織で無紋である。武士が縮緬の羽織を用いるなど、考えられぬほどにぜいたくなことだが、しかしこの黒縮緬羽織というのがいまの流行らしく、

「薩州さまでも御重役になりますと、みなこれをお召しになっております」

と、亭主はいった。なるほどこの黒縮緬を用いれば紋はかくれる。

袴も、絹である。いまはやりの高マチのものを亭主はすすめ、江藤も従った。代金はぜんぶで、五両であった。足袋と草履はべつの店で買い、いっさいそろった姿で堀川通りを北上した。袴が絹であるため歩くたびに音が鳴り、

(これが、古来いう絹擦《ず》れというものか)

とひとり感心した。

ちなみに江藤新平という男はこの古着買い以来、いわば古着が病みつきになり、生涯、礼服ふだん着を問わず、古着以外身に着けなかった。

このみなりで、公卿に拝謁した。案内したのは平田助大夫である。まず、中納言中院通富に拝謁した。用件は、この中院を通じて他の有力公卿に紹介してもらうためで

あった。

「まあ、そうやな」

中院中納言は、のどかにいった。

「そら、しごく結構やと麿《まろ》もおもうな。これからは佐賀藩も京で顔が広うならんと、どうにもならんよってにな。さて、たれに会いたいか」

やはり会うならば、三条実美《さねとみ》である。

三条実美も、公卿の身ながら、江藤同様、風雲というものの数奇《さっき》さを身にしみて味わった人物といえるであろう。文久年間までは長州藩にかつがれ、朝廷における過激勤王派の巨頭であった。ところが文久三年夏、長州藩が京都政界から失脚するや、実美も他の六人の長州系公卿とともに都を落ちざるをえなくなり、長州へ落ち、さらに筑前大宰府に幽閉された。しかし時勢が転換し、大政奉還とともにその罪がゆるされ、薩摩藩の汽船に迎えられて大坂に入り、京にもどったのである。罪人が一躍凱旋将軍のようになった。実美は京にもどるや、ほどなく新政府の副総裁になった。

屋敷は、御所の西どなりの梨木町にありこの中院家から遠くはない。

「つれて行ってやる」

と、中院通富は言い、気軽に立ちあがって江藤をともない、三条家に入った。江藤がおどろいたことにすでに何組もの面会者があるらしく、三条家の玄関には十数人の履物《はきもの》がならんでいた。

（きのうまでの罪人が）

とおもった。実美が大宰府にいるときは諸藩も幕府の手前をはばかって近づかなかったのだが、その当時と打ってかわったこの門前のにぎわいはどうであろう。時勢が演じた最大の魔術のひとつが、この公卿であった。

「佐賀藩江藤新平どの、とはお手前でござるか」

と、取次《とりつぎ》の者が目にみえて不愛想を装《よそお》っている様子が、江藤には不審であった。しかも「いまお取りこみである」というそっけない応対で、そのまま玄関わきの小部屋に入れられ、茶も出なかった。

（どういうわけだ）

と、江藤は考えこんだ。

じつのところ、京にのぼった江藤にはひとつ目算のはずれたことがあった。頼む杖ともいうべき長州の木戸準一郎（桂小五郎）が国もとの藩務が多忙で京にのぼっていないのである。木戸が京におれば、せめて伊藤俊輔でもおればこういう冷遇を受けなかったであろう。

（この冷遇は、三条公の意志だろうか）

と、ふと思ったが、しかしそうとも思えないのは、あの取次の士の態度であった。

やがてその取次の者が入ってきた。

「自分は土州の者、土方楠左衛門《ひじかたくすざえもん》と申す」

と、色黒の小柄なこの男はいった。

土方は、三条実美の政治秘書といっていいであろう。例の文久三年の七卿都落ち以来、土方は他の土佐脱藩の士四人とともに三条らを護衛してともに落ち、長州から大宰府に移り、その間《かん》、実美の身辺を警護しつつも京や長州などの情勢をさぐるために潜行活動をした。のち、久元。宮内大臣などを歴任し、伯爵に叙せられ、大正七年病死。

土方につづいて、長州の連中も入って来、この小部屋のすみずみにすわった。まるで査問をされるようなふんい気であった。

「江藤どのは、いかなるご経歴で」

と、土方がいった。

江藤は、無礼だとおもった。きょうは佐賀藩を代表してきているのであり、江藤個人がどういう経歴であろうと詮議する必要もないではないか。

江藤は、だまっていた。

「いやさ」

と、江藤の沈黙にたまりかねて口をはさんだのは、京都留守居役平田助大夫である。平田は江藤が勤王の士であること、しかも文久三年に脱藩したことがあること、その後足掛け六年にわたって閉居《へいきょ》の生活を送らされていたことなどを説明した。この説明は、あきらかに相手の態度を変えさせた。

「なるほど、左様でござったか」

悪かった、と土方楠左衛門は淡白に詫び、「しかし佐賀藩の評判は新政府においてきわめてわるい。われわれも警戒している」

と、急に仲間《なかま》言葉をつかい、自分たちの態度にも十分に理由があるのだ、といった。江藤は内心おどろいた。

(評判がわるいとは？……)

どういうことだろうと思ううち、相手の土州人、長州人らはとにかくも江藤個人の経歴に好感をもったのか、実美に取次ぐべく去り、やがて迎えがきて御前に連れて行った。

江藤は作法どおり、縁側に席をあたえられた。実美は座敷にいる。江藤は平伏し、

ゆるされて顔をあげたとき、
（これは上品な）
と、おもった。文久年間以来、過激公卿の巨魁《きょかい》とされ、その後劇的な変転のなかに身を置いてきた人物ともおもえぬほどに篤実げな、とても荒仕事のできそうにない、できれば田舎の神主でもやっているほうが似合いそうな顔である。齢は三十そこそこであろう。

実美は、ものをいわない。すべて江藤とむかいあってすわっている土州の土方や長州人の楢崎《ならさき》頼三が質問し、実美はその問答をきいているだけであった。ちなみに江藤はこの日から数日後に、三条とならび立つ革命派の巨頭である岩倉具視《ともみ》に拝謁したが、岩倉は薩摩藩が後押しする公卿であるとはいえ、かといって薩摩藩士がこのように取り巻いておらず、岩倉個人が大いに談論風発した。これは薩長両派のちがいというよりも、三条はひとにかつがれてやっと立っているという、担がれ姿がいいという、それだけの器量の人だからであろう。

ところで、三条側近の者が江藤にむかって衝いてきたことはおどろくべきことであった。

「佐賀藩は奸謀を抱いているのではないか」といった。「奸謀？」と、江藤はおもわず、どなるようにいった。「そんなばかなことが」

「いや、もっぱらのうわさである」

と、長州人楢崎頼三はいった。楢崎がいうのに、佐賀藩の評判が元来わるいところへもってきて、いま重大な疑惑がかさなりあっている、という。

楢崎の語るところでは、「旧臘一日（慶応三年十二月一日）、新政府にあっては佐賀藩に対し、藩主みずから兵をひきいて上洛せよ。三ヵ月のあいだ京の警備につくべし」とご命令があった、という。

（ほほう）

江藤は内心動揺した。初耳である。

「しかるに佐賀藩はいまだに藩主も上洛せず、一兵も送って来ぬ。朝命をかろんずること、佐賀よりはなはだしいものはない」

という。しかもこういう藩は佐賀藩だけだという。江藤はおどろき、とりあえず御前をさがらせて頂きたい、ほんの四半刻（半時間）ほど別室を拝借し、それについて思案させていただきたい、とあわただしく乞い、平田助大夫とともに別室にひきさがった。江藤は平田に対し、

「いまの一件、本当でござるか」

と、問責するようにいった。平田はうなだれ、「本当だ」といった。

平田と国許のあいだには、間断なく汽船飛脚の往来があるから、その事情をかれはよく知っている。あの上洛命令の一件については老公の鍋島閑叟は、

――なにかのまちがいだろう。

と、一笑に付したそうである。閑叟にいわせれば、「大政奉還後、国内に二つの政府あるがごとし。野心ある外国はこの混乱につけ入ってあるいは侵略軍をさしむけてくるかもしれず、そのとき長崎にあって戦えるのはわが佐賀藩だけではないか。その危急のときに京に兵を送っていてはどうなる」というものであった。閑叟は自分が丹精こめてつくりあげた佐賀藩の軍事力を、薩長の内政的野心に利用されることをあくまでも避けようとしているのであろう。

(なんと)

江藤は、唇をふるわせた。その事実に腹が立つのではない。その事実を知らず、知らされてもいなかったこの自分の立場の哀れさや儚《はかな》さが腹だたしくおもえるのである。考えてみれば赦免早々、やみくもに京に出てきただけで、その間たとえば藩吏として藩務にでもついておれば多少の事情もわかるだろうが、江藤のようなにわかに浮

世に出た男に藩の機密事項がわかるはずがない。江藤の滑稽さは、その程度のことも知らぬのに佐賀藩代表の顔つきで三条副総裁の前にあらわれたことだが、その点についてはこの男はべつにおかしくも悲しくもないらしい。にがい顔でいる。

「いや、おどろいたな」

と、それを江藤に教えなかった平田助大夫自身が、じつのところ江藤のこの無知におどろいてしまっていた。かれにすれば、むりもなかった。江藤という赦免人が、老公ご直々の御声がかりで上洛したというそのものものしさを過大に評価し、当然その程度のことは知っているものだとおもっていたのである。

「知らなかったのか」

「いや、しかし」

江藤は、話を変えた。

鳥羽・伏見で薩長が勝ち、「官軍」になった。それでもなおわが藩は孤立するのですか、と江藤がきくと、平田はその点までは知らない。

あとでわかったことだが、この時期の佐賀藩は狼狽とためらいに終始した。

鳥羽・伏見において薩長の連合軍と徳川方が「私戦」をはじめたということの第一報が佐賀に入ったのは、長崎に入港した外国汽船からの情報で、意外に早かった。佐賀藩はそのなりゆきを待った。やがて薩長の勝利ということを知ると、佐賀藩が最初にやったのはあらたに軍艦を購入することであった。長崎で買った。英国製の新造船で、砲は四門すわっており、とくに前装砲が大きく、七十ポンドのアームストロング砲であった。

佐賀藩が長崎で軍艦を買いつけているということは、京の薩長の耳に入っている。上洛もせずにそれほどの軍艦を買いつけているというのはどういう心事か、と、新政府部内ではいよいよ疑惑を濃くした。

「その疑惑を解かねば」

と、平田助大夫はいう。

「わかった」

江藤はなにごとかを決意し、羽織のひもを結びなおし、袴《はかま》の折り目をととのえ、ふたたび三条実美の御前にまかり出た。

そこでまず言ったことは、

「自分は出獄人であり、藩のこれまでのことについてはなにも知らない」

ということであった。

以前の身も明かした。「身分卑《いや》しく、家貧窮し、絹の着物なども用いたこともござらぬ。この衣装も」

と、自分の胸もとをみて、

「けさほど、堀川の古着屋に駈けこみ、襦袢《じゅばん》から羽織まですっかり相もとめましたるもの」

といったとき、それまで座敷でだまってすわっていた三条実美が、急に体をうごかし、

「ほッほほほ」

と、奇妙な声で笑いだした。実美は京ことばでいう笑い虫で、笑いだすととまらず、懸命に真顔になろうとするのだが、その努力はつねにむなしい。

実美は苦しげであった。

が、実美の笑いは、江藤を救った。一座の者の江藤に対する不信感や緊張がこれによって一時にゆるみ、土佐の土方などは「いやいや、それで相わかった。すべてわかり申した」と大声でいった。土方のいうところでは江藤の容儀や押し出しがあまり立派すぎるために佐賀藩という大藩でもよほどの門閥出身者にちがいないとおもい、つい藩の責任を問うためにこのような固いふんいきを作ってしまった、「いや、相わかり申した。なるほどこれは古着でござったか」と、親しみをみせたつもりか、膝を寄

せてきて、「しかしどうみても三千石の旗本でござるなあ」とくびを振った。

（ばかめが）

と、江藤は黙殺した。それにつけてもこの連中のあほうさ加減はほぼいままでの一座のにおいでわかった。相手が馬鹿か利口かということについては江藤は異常に敏感で、佐賀にいるときも、

「おれは元来、馬鹿とは話す気になれない。一瞬でも馬鹿と対座することは生涯のむだである」

といっていた。そのくせ余談ながらこの男は佐賀城下でかれを知るほとんどの者から、「面貌《めんぼう》愚のごとし」といわれ、ことに若いとき洋式銃隊の訓練をうけたとき江藤だけはどうにも手足が動かず、銃をかつぐ動作すらろくにできなかったためあほうのあつかいを受け、その銃隊訓練からはずされたことさえある。

（これが、いわゆる奔走家か）

と、江藤は肚のなかで嘲笑していた。この一座にいる土佐人は土方のほか島村左伝次、清岡半四郎、南部甕男《みかお》などであり、いずれも文久三年に脱藩し、三条実美を護衛して生死のさかいをくぐってきている。

（それだけのことだ）

と、江藤はおもい、今後はこの国に何の用もない人物どもだとおもった。徳川氏はすでに敗退した以上、今後の日本に必要なのは倒幕活動の経験や履歴ではなく、国家をつくりあげるための智略である。その智略を提供する者は、

（おれだ）

という肚で江藤はかれらの前にすわっている。が、この座は、弁護が必要であった。佐賀藩のために大いに智弁をふるわねばならない。江藤は弁じ立てた。

「佐賀藩は旧幕のころから長崎警備をその役目としてきている。幕府がほろび、天朝の御代になったからといって、このお役目が解除されたということはきかない。いま日本中が内乱を思い、それに気をとられ、外国のことをわすれている。もし長崎港に外国の侵略軍が入ってくれば、たれが砲台をまもるか。佐賀藩ではないか」

ということを説き、やがて説きやめ、「しかしかといってこんにち佐賀藩の行動のにぶさは、大いなる失態である。一日も早く陸海軍をあげて摂海《せっかい》（大阪湾）に入るよう、この江藤が奮励する」といった。

――江藤。

と、横にいる京都留守居役平田助大夫がひそかに袖をひいた。うかつなこと約束するな、という合図である。江藤はかまわず、

「関東を討伐なさるについては海軍が要りましょう。佐賀藩は艦船をあげて天朝の御為に忠を致し、いちはやく横浜を占領いたさねばなりませぬ。江戸を攻撃するには、巨大なる攻城砲が必要でござる。佐賀藩はそれらの砲を船によって品川沖に送りましょう」

「ほう」

と、さけびをあげたのは、三条実美であった。実美はすぐいった。

「良案だが」

と言い、あとは言わず江藤の顔をそのおだやかな目でじっと見た。

「良案だが、それがお前にうけあえるのか」と言いたげなことばである。江藤はそれをきき、その実美の言葉を皮肉な意味にとった。

――古着を着ているお前にできるのか。

ということであった。江藤は懐紙をとりだし、そこに自作の詩句を書き、土方楠左衛門に渡した。土方は実美の御前に進み、それを見せた。

左ニ割腹刀ヲ提《ヒッサ》ゲ

右ニ天下ノ事ヲ指《ユビサ》ス

本是《モトコレ》丈夫ノ心

とある。要するに自分という男は、左手に腹を切る刀をにぎり、つねに腹を切る覚悟で天下の事をやろうとしている。そういう自分に、出来るか出来ぬかということをあらかじめ問うなどは、男子に対して礼を欠いている、ということであろう。同時に、もし佐賀の藩軍が上洛せねば自分は腹を切る、ということなのである。

「江藤のいうこと、わかった」

と、三条実美はいった。実美はひどく江藤が気に入り、「毎日ここへ詰めよ」といった。江藤ののぞむところであった。

江藤は、幸運であった。

このころ国もとの藩論が大いに変りつつあり、江藤と義祭同盟の同志である大隈、副島、大木らの奔走によって出兵のことが促進されつつあった。

すでに先発隊をひきいて家臣の鍋島孫六郎が観光丸、甲子《かつし》丸に陸兵をのせて東上しつつあり、あとの本軍は若い藩主みずからがひきいて上洛すべく電流丸、孟春《もうしゅん》艦、皐《さ》月《つき》丸の整備をいそいでおり、第三軍は鍋島閑叟がそれをひきいて後発する手はずがととのえられつつあった。これらの陸海軍が上方《かみがた》に入れば、京でできあがったばかりの新政権の武威は大いにあがり、佐賀藩の勢威はおそらく薩長土と肩をならべるほどにあがるであろう。

都の花

一

江藤とはかかわりの薄い余談からはじめねばならない。

新政府と金のことである。この国の近代をつくった京都政権は、一文の金ももたずに出発せざるをえなくなった。

これにつき、土州の坂本竜馬が大政奉還の直後、それを心配し、薩摩の西郷吉之助にむかい、

「万事、金である。金のない政府など、木の札《ふだ》（看板）だけのものだ。癸丑《きちゆう》（ペリー来航の嘉永六年）生きのこりの志士たちには人材雲のごとくいるが、財政ができる者がひとりもいない。これができる男を、私はみつけてある」

といい、当時まったく無名であった越前藩士三岡八郎（維新後、由利公正と改名。

子爵）をすいせんした。西郷は大いによろこび、そのご仁《じん》を新政府によぼうということになり、坂本は単身、越前に急行した。この当時、由利（三岡）は危険思想のかどをもって藩から禁錮刑に処せられていたが、坂本は藩にたのんでそれを釈放させ、一躍、越前藩を代表しての新政府への徴士にした。坂本はその仕事を最後に、つまり由利公正という人材を置きみやげにしてこの世を去っている。

由利公正は、坂本の死の直後、獄から出、早駕籠をもって京にのぼり、新政府の財政を一手にうけもった。

が、この理財家をもってしても、無一文の新政府の財政はどうにもならず、まず京、大坂の町人をおどしあげそこから基金を得ようとし、その名簿をつくり、両都の富商あわせて百三十人を京の二条城によんだ。最初、大坂の町人は新政府というものを信用せず、申しあわせの理由をかまえて腰をあげようとしなかった。さらに使いを京から出した。やむなくかれらは、鳥羽・伏見街道の幕軍の死体を踏みこえるようにして京にのぼってきた。かれらは、かつては大名か直参以外にはいれなかったという大広間に通され、平伏させられた。

由利公正は、かつては将軍以外にはそこにすわれなかった上段の間にあらわれ、扇子を膝につきたて、大声をあげ、頭ごなしに命じたのは、

――朝廷の御用である。めいめいあわせて三百万両を出せ。

ということであった。

富商どもは、仰天した。当時天下第一等の巨商といわれた大坂の鴻池《こうのいけ》からもわざわざ当主が出むいていたが、このときの一座の情景について、「なにがなにやらわからず、大いに混雑した」とその家記に書きのこしている。ある富商がすすみ出て、「おそれながら、三十万両のまちがいではございませぬか」と由利にきいたほどであった。由利は、あくまでも無表情をつくろいながら、

「三百万両」

と、おうむがえしにいった。その額が、いかに法外な、というよりこの地上では金額として通用せぬほどのものであることは由利公正自身がもっともよく知っていた。かれがかねて坂本竜馬とともに計算した日本中の金銀というものは、「ざっと三千万両」ということであり、その数字が正しいとすれば、日本の総通貨量の一割である。

とにかくも由利は、かれらをおどしつけ、おどかすばかりでなく新政府の窮状もさらけだし、ときには声をひそめて哀願の口調になり、ときには扇子をあげてかれらの義侠心に訴え、「考えてみよ。めいめいの侠気によらずんば日本国はほろびるのだ」と叫び、ついに由利はそれにちかい額を（すぐにではなかったが）掻きあつめること

ができた。

（政治とは、摩訶《まか》不思議なもの）

と、江藤新平がおもったのは、右の由利公正の金のかきあつめについてではない。由利によって掻きあつめられた金が、まわりまわって、活動資金ということで、江藤のふところをもあたためはじめたのである。

（信じられない）

とおもうのは、ほんのすこし前まで佐賀で窮迫のあまり一家餓死の寸前にちかい状態にいたこの男が、京で政治の世界に入るや、どういうものか金がふところに入り、二十両や三十両ははしたがねとおもうようになってしまっているのである。

「佐賀藩の江藤新平」

といえばこのごろでは、新政府ではなくてはならぬ人物になってしまっていた。この男は新政府のあたらしい部署の組織をつくるについては偏執的なほどに関心がつよかったし、そのうえ、日々の立案がたくみであり、さらにそれらの案が成案になると、それを文章化することの的確さと速さについてはたれもおよばず、そういう仕事にかけてはにがてな、どちらかといえば粗大な志士かたぎをもった薩長の要人たちは、もはや佐賀人江藤の存在を否定しては政務を運営できないまでになった。

(佐賀人が、この新政府に割りこんでゆく場所はそこだ)

と、江藤も、自分もそういう才能と方向をはっきり意識しておもうようになった。

——薩長の無学者め。

というあたまが、江藤を去らない。ばかりか、つねに薩長の要人に対しそういう態度で接し、ときに頭ごなしにその無智を罵倒《ばとう》した。長州の井上馨《かおる》についてはとくにそうだった。

井上馨、通称は聞多《もんた》である。かれが風雲をくぐりぬけてきた志士であることは、その傷だらけの顔面が証明していたし、はだかになれば無数といっていいほどの太刀傷のあとがあり、そういうすさまじい形相《ぎょうそう》が、この維新政府をつくったのはたれあろう、おれたちさ、という大事実を無言のうちに非薩長人たちに示していたが、江藤はこけおどしについては平気であった。さらにこの井上は志士あがりにしてはめずらしく財政がわかり、庶務がわかった。そういう点で、当然ながら江藤と事ごとに衝突した。あるとき井上馨は、

——経済は。

という、つまり「会計」という意味を、そういうあたらしいことばでいった。江藤

はその新語にひっかかった。

「無学なことを申すな」

　小僧、とまでいわんばかりの語調でいうのである。江藤にいわせれば経済ということを会計や財政ということばに限定するのはあやまりであるということであった。

「そもそも経済というのは、もとは唐の太宗が造語したことばだ。世ヲ経《けい》シ民ヲ済《すく》ウということばが出ており、銭勘定のことではない」

　といった。江藤にはそういう無用の論争癖や衒学癖《げんがくへき》があり、このため、買わでもの恨みを買うことが多かったが、この場合、井上はとりあわず、にがりきったままだまっていた。その後、井上が東京政府の大蔵大《おおくらだ》輔《ゆう》になり、国家経済を掌握し、しばしば江藤のいう無知の使いかたであるはずの「経済」ということばをつかっていくうちにそれが普及し、井上のいう理財ということばの意味になってしまった。

　右は、余談である。

　とにかく、江藤は京都でひと月も奔走しているうちに身なりがよくなり、かつてはあれほど江藤の一家をなやました金というものが、無造作にふところに入ってくるようになった。行動費ということで佐賀藩京都藩邸からも金が出たし、新政府の会計からも出た。これが、政治というもののふしぎさであるであろう。江藤はそのふしぎさを、そのからだで体現しているようなものであった。

佐賀藩の国侍で、渡辺五郎右衛門という者がいる。渡辺は、むかしから江藤の同志で、江藤の窮迫時代はわが畑にできたものなどを持って行って江藤家の台所に置いてきたりした。

その渡辺が、いよいよ藩が藩軍を上洛させることになって、その第一次上洛軍にくわわり、大坂まで出て来た。京都へは、陸路のぼった。

枚方《ひらかた》のあたりまできたとき、淀川を流れくだってくる一艘《そう》の舟を藩士たちは土堤道の上から見た。渡辺も当然、見た。

そこに、立派な装束の武士が乗っている。黒羽《くろは》二重《ぶたえ》の紋服に仙台平《ひら》の袴、白緒の草履といったいかにも大身の武士と見うけられたが、それが舟を乗りすて、土堤道にあがってきたときは、藩士一同はおどろいた。江藤新平である。

——在郷中の南白《なんぱく》（江藤の号）とは、別人の観ありき。

と、渡辺五郎右衛門はこのときのおどろきをしるしている。

この第一次上洛軍の隊将は、家老の鍋島孫六郎がひきいていた。孫六郎は江藤のために路上に床几《しょうぎ》を用意し、そこにすわらせた。孫六郎も、対座のかたちで別な床几に腰をおろし、むかいあった。同格の待遇である。他の藩士は、はるかに離れた路傍に

休息していたが、

——まるで、江藤めは家老になったようじゃ。

と、ひそかに蔭口をたたいた。

江藤は鍋島孫六郎に対し、京の情勢をつぶさに語った。そのことばのなかに、高名な公卿の名が砂利でもまきちらすような無造作さでとびだし、田舎家老の鍋島孫六郎を驚嘆させた。江藤はさらに強調した。

「このままでは佐賀藩はほろびます」

という、この男のくせの、最大級の表現をつかい、すさまじい予想をいった。「ほろびる」ということばをきき、孫六郎はその仁王面《におうづら》をひきしめ、「江藤、すこし口がすぎる」とひくい声でたしなめた。

が、江藤はひかなかった。佐賀藩が朝命をきかず、朝廷と幕府を両天秤《てんびん》にかけて情勢を観望し、容易に兵を京へ送らなかったことにつき、京における薩長の要人どもが激昂し、「江戸を攻めるよりもまず佐賀を攻めよう」とまでの意見が出ていたことなどを語った。

「だから」

孫六郎は、不快な顔をした。

「われわれはいまやってきたではないか」

「いや、遅うござる」

江藤はにべもなくいった。

「今後は、藩としてよほどの働きをしませぬかぎり、この汚名はぬぐえませぬ」

「極端なことばをつかうな。汚名とは、なにを指すぞ」

「言うもおろかなり、天朝さまに対する不忠の汚名でござる」

「…………」

家老は、だまった。

価値観が、かわったのである。きのうまでは、三百諸侯というのは将軍に対して臣従しており、その忠不忠とは将軍に対するものであった。佐賀藩鍋島侯が、鳥羽・伏見以前において天朝の命をきかず、京都出兵をしなかったのは徳川家への配慮、遠慮、思いやり、同情、いわば忠義心からであったが、鳥羽・伏見における薩長の戦勝は世の中における価値を一変させ、忠義とは天朝へのものということになった。それを江藤はかさにかかっていう。江藤はその思想の徒である。佐賀藩においてはもっとも少かったその思想の徒であり、いまとなれば家老といえどもこの男の言うことに従わねばならない。

「わかった」

と、家老はいった。万事、おぬしの意見に従おう、おぬしが周旋せよ、天朝のお覚えをよくしてもらいたい、「ともあれ、京へむかおう」と家老は全軍に出発を命じた。たまたま渡辺五郎右衛門は、大坂の蔵屋敷との連絡のためにこの枚方からにわかにひきかえさねばならなくなった。

——大坂へもどるのか。

と、江藤は渡辺のそばに寄り、懐中から二十五両の切餅《きりもち》を二つ、都合五十両を渡辺にわたした。渡辺がなにごとかとおもってぼんやりしていると、

「故郷《くに》の家内に送ってもらいたい」

と江藤はいった。「たのむ」とにわかに小声になり、「貧とはつらいものだ。丈夫《じょうふ》たる者も、それをおもうと心が萎《な》えざるをえぬ」と、先刻の江藤とは別人のようなささやき声でいうのである。

渡辺五郎右衛門はそれをひきうけ、一行とわかれ、大坂へ逆行した。その途次、ばかなはなしだ、とおもった。

この大金は、商人が商機で得た金でもなければ百姓が長年節倹して積みあげた金でもなく、江藤が政治に奔走するあいだに懐子《ふところ》に入ってきた藩か新政府の公金の一部で

あろう。

（新政府というのは金がないときいているが江藤程度の男でもこれほどの大金が自由になるのか）

と、渡辺は奇妙なおもいがした。

二

春になった。

その春も闌《た》け、日ざしが温くなるにつれて奥羽や北越の諸藩の反薩長的うごきがにわかに活発になり、会津藩を中核とする東日本諸藩が一大共同戦線をつくりあげるようないきおいになった。

それに対し、新政府側も、大規模な軍事行動をおこさねばならなかったが、しかしその戦力の中核である薩長土三藩の兵力にはかぎりがあり、他の、つまり時勢に便乗してきた諸藩——尾張、加賀、越前、彦根、備前、芸州など——は、革命精神から参加したものでないだけに戦意もとぼしく、それに戦いができるような装備ももっていなかった。

——どうしても肥前佐賀。

という声は、京の新政府要人たちのあいだで毎日のようにささやかれた。その期待が大きいだけに、

——佐賀の鍋島閑叟《かんそう》公は、なぜ上洛せぬ。

という不満と怒りはいよいよ大きくなってきた。江藤らは、それらの不満を極力おさえる一方、手をかえ品をかえして国もとへ働きかけ、閑叟の上洛をうながした。

閑叟の名は、嘉永以来、天下の名侯としてとどろいている。幕末、多くの「賢侯」が出た。薩の島津斉彬《なりあきら》を筆頭に、土州の山内容堂、越前の松平春嶽、宇和島の伊達宗《むね》城《なり》などが、幕閣にはたらきかけ、あるいは朝廷に接触し、民間志士を操作するなどきわめて政治的な活躍をしてきたが、鍋島閑叟のみはそういう政治活動の仲間にはいっさい入らず、風雲から孤立し、黙々として藩国の洋式化をはかり、とくに一藩を産業国家にきりかえ、軍制を改革し、火砲装備を充実し、藩海軍を設置してそれを拡充するなど、そういう、いわば実質的方向に情熱をかたむけてきた。そのあまりな中立的態度や孤立の方針は、

「幕府と薩長が相戦い、ともだおれになるころをみはからって天下を横どりするためではないか」

とさえ、憶測された。

いわば、世間の目からみればおそるべき巨人として映っており、その閑叟が上洛して来ぬかぎり、佐賀藩の新政府に対する忠誠心はいかに江藤らが奔走しても信用されなかった。

ついにその問題の閑叟が自慢の軍艦に乗って上方《かみがた》にのぼるという確報が入ったのは、二月も半ばをすぎようとするころであった。在京の佐賀人はどよめいた。

事実、閑叟は佐賀を発った。二月二十二日佐賀藩の海軍要港である伊万里湾から電流丸に搭乗して出航した。供船は、皐月丸《さつきまる》であった。途中、海上は荒れず、兵庫港に入ったのは、同二十七日である。翌日、大坂の佐賀藩邸に入った。すぐには京にのぼらず、大坂で数日とどまった。朝廷への理由は、

——病いのため。

ということであった。事実、閑叟はわかいころから病弱であり、ことに五十をすぎてから衰えがはなはだしく、まだ五十四歳というのに脂肪が枯れ、皮膚がゆるみ、どうみても七十の老人のような印象になりはてていた。

江藤は閑叟が大坂に着いたことを知るや、

(どうあっても、拝謁せねばならぬ)

とおもった。閑叟の知遇を得なければ、佐賀藩での位置が確立せず、佐賀藩での位

置がたしかなものにならないと、新政府に対する発言力もよわくなるのである。

「江藤は、わざわざ大坂へゆかずともよかろう」

と、京における藩重役はいった。いうのも当然であった。大坂で閑叟に拝謁して京の情勢を申しあげるのは、職階上、藩重役であるべきであり、江藤のような末輩ではない。が、江藤は目をむき、

「拙者でなければ」といった、「どなたが御諮問《しもん》に応じられます」

そうであろう。門閥重役どもがたとえ下僚から知識をさずけられて閑叟に報告しても、閑叟から質問をうけたときは答えられまい。そういうことになると、宮廷の公卿や薩長の要人とふかくつきあっている江藤でなければ情勢の機微は説明できぬはずであった。

「しかし、例がない」

と、重役たちは、江藤のこういう出過ぎをきらったが、江藤はきかず「いまは佐賀藩存亡の非常のときでござる。非常のときには非常の措置《そち》が必要でござろう」と言い、相手を理屈で屈服させて京をとびだしてしまった。

大坂藩邸に入ると、すでに夕刻ながら拝謁をねがい出た。意外にもすぐゆるされた。

拝謁の場所は、藩邸のなかで「御殿」とよばれている建物である。江藤は、謁見の間の次室に平伏した。

閑叟が、出てきた。

すでに春というのに、よほど寒いのか絹の襟巻をし、桐の火鉢を左右二つ用意させ、その一つを抱くようにしてすわっている。江藤は、京の情勢をつぶさに言上した。

閑叟は、黙然《もくねん》ときいていた。その生気のない相貌は聞いているのかいないのか、わからぬほどであり、江藤もときに拍子抜けがし、

(もはや、老耄《ろうもう》なされたか)

とおもったが、かまわずつづけた。内容が次第に枝葉になり、やがて、「新政府では、人心を一新するため、遷都《せんと》をしようという議がさかんでござりまする。その議はよほど進み、大坂に遷《うつ》すということが八九分、きまりましてござりまする」といった。

「大坂に？」

このとき閑叟は上体をわずかに動かし、はじめて口をきいた。

「それはむだだろう」

というのである。大坂に遷都をするとなると、あたらしくこの町に諸官庁の庁舎をたてねばならず、金もない新政府にとっては無用の出費である。それよりもすでに諸官庁の完備している江戸に帝都をうつすがいい、という。ききとれぬほどの小声である。江藤は耳を澄まして懸命にきいていたが、はなしが「江戸」というところまできたとき、

（あ。――）

と、声をあげたくなるほどの衝動をおぼえた。「江戸がいい」などといって、江戸はまだ新政府のものではない。依然として徳川氏の城下町であり、げんに、鳥羽・伏見で敗戦した徳川慶喜が、当然ながら、自分の居城としてそこにもどっているのである。「朝廷を江戸にうつせ」ということは、慶喜を追って江戸を奪《と》ってしまえということであった。

（なるほど、関叟さまは食えぬ）

と、江藤はおもった。

むろん、江藤は新政府部内にあっては、薩の西郷、大久保と同様、むしろそれ以上のはげしさをもって江戸攻略論者であり、関東征伐論者であり、流血革命論者であった。しかし多くの公卿や、いわゆる勤王大名たち――越前の松平春嶽、土佐の山内容

堂——は、慶喜を討伐してやるのは可哀そうではないか、という立場であり、西郷らは、この種の同情論に対し、必死に抗争している。

閑叟は、当然同情論者であろう。なぜならばかれはここ十年、天下の志士から佐幕主義者をもってみられていた人物であり、いまなおその本心を疑われており、「妖怪」という異名をさえ呈する者があり、当然ながらいまの段階では徳川氏への同情者であろうと江藤でさえおもっていた。

それが、江戸に帝都をうつすがいい、という。江藤は声をあげ、

「江戸、でござりまするか」

といった。閑叟は、うなずいた。そのあとしばらくだまり、力のない咳《せき》を二つ三つし、懐紙をとりだして痰《たん》を吐いた。船中で風邪をひいたらしい、と閑叟は江藤にいうともなくつぶやいた。江藤は、閑叟の風邪など、どうでもよかった。かれはこの問題に念を入れようとし、

「なるほど、江戸とは。——」

と、わざと声を大きくし、いかにも意外そうにつぶやいた。そうつぶやくことによって、閑叟から江戸攻撃論をひきだそうとしたのである。

が、閑叟は江藤のそういう魂胆《こんたん》をすばやく読みとったらしい。急に鼻孔をひろげ、

微笑とも蔑笑ともつかぬ複雑な表情で顔をくずし、

「江藤」といった。

「江藤、私は、わが家法に触れたそのほうでさえ殺さなかった。家老《おとな》どもは殺せ殺せといった。なるほどあの場合、殺すのが当然であった。それが法であり、法は守られねばなにもならぬ。しかし」と閑叟はいった。

「わしは殺さなかった。わしは血が流れることをこのまない。ひとの死をよろこばぬ」

江藤は一言もなく上体を突っ伏せ、ひたいを畳にこすりつけ、ひたすらに息を殺した。それをいわれることは江藤にとってつらいことであった。が、それをなぜ、いまになって閑叟は突如言いだしたのか。

（慶喜のことだ）

と、江藤はおもった。罪もない慶喜を、ただ徳川慶喜というのが前時代の体制の代表者であるというだけの理由でそれを討伐し、追いつめ、首を刎《は》ねよ、という薩長や、その便乗者——江藤のことだが——の意見に対し、閑叟は痛烈に皮肉っているようであった。が、閑叟はそれっきり江藤の過去の話題はうち切り、

「帝都は江戸でなければならぬ」

と、ふたたび先刻の話題にもどった。さらに閑叟は、江藤のおどろいたことに、

「江戸でも物足りぬ」

といいだしたのである。

「帝都は江戸よりむこうの奥羽に置くべきである。会津でもいい。思いきって羽州の秋田あたりでもいい。佐竹侯に城をゆずらせればよかろう」

と、はなしが、翼を漕ぐように浮揚しはじめた。しかし閑叟は大まじめであった。

「江藤、きいているかね」

と、念を押した。江藤は畳に口づけするような姿勢で、はっと息音を発した。

「わしの持論だ。日本は、いま六十余州では日本の防衛はできぬ。どこかを奪《と》り、そこを防塞にすべきだ。よろしく靺鞨《まつかつ》（沿海州）に兵を送って鎮定し、さらに満州を制してわが領土とすべきである。その方略をさだめる場所としては京も不可、大坂も不可、江戸も物足らず、奥羽に帝都をさだめるがよろしく、一案として会津か秋田かということをわしは考えている」

江藤は、胴に慄えがきた。

（このひとにはかなわぬ）

という思いであった。かつてこの鍋島閑叟と国事を語りあったことのある薩摩藩の

前藩主島津斉彬――安政五年、病死――は閑叟とは逆に南進論者であり、それをもって日本防衛の基本思想とすべきであるという考え方であった。もっとも余談ながら島津斉彬は単なる南進論者でもなかった。かれは常住、シナ大陸の地図を貼った屛風をみぐらし、そこにさまざまの朱線を入れ、北京政府の寿命のもはやいくばくもないことを論じ、「シナは現状のままならば三分の一は長髪賊に占領され、あとの三分の二は英仏が分けどりにするであろう。そうなれば日本は孤立化し、いつ侵略されぬともかぎらない」という危機感から、「いまこそ日本六十余州が奮起し、近畿と中国の諸藩はシナ内陸に進出し、九州諸藩は安南交趾《コーチン》に進出し、東北諸藩は日本海から満州に入ってそこを鎮定すべきである」という論を立てた。が、閑叟はそれに反対であった。「それならば日本国内をたれがまもるか」というのが、閑叟の抑制論であり、「進出は靺鞨《まっかつ》・満州にとどめるべきである」とした。

その閑叟思想は、このように国内情勢が変化してしまったいまも変らない。

――帝都を奥羽に定めるべきだ。

といって江藤をおどろかせたのもそれが発想点であった。

「大樹公《たいじゅ》（慶喜）を征伐するとか、江戸を攻略するとか、会津は朝敵なりといってそれを攻めるなどというのは、いかにも料簡《りょうけん》がせまい。たとえば江藤、こう料簡せよ。

帝都をいきなり会津に置くのだ。会津藩はむろん罰せぬ。会津藩の罪をゆるし、会津をはじめ、仙台藩、秋田藩、米沢藩など奥羽三十余藩に動員を発し、一挙に韃靼・満州に進出せしめて国是《こくぜ》の礎《いしずえ》をさだむべきである」

——これはなんとも。

江藤は返答しかねた。江戸征伐論や大坂遷都論も、閑叟の新日本構想のなかでは霧のごとく消えてしまうのである。

「わかるか」

わからない、と江藤はおもった。江藤のような論理好きの男には、閑叟のいうことは一場の空想のようにおもえた。が、閑叟が空想家であるということはいえなかった。なぜならばこの幕末の混乱期にあって閑叟は藩経済をたてなおし、産業革命後のヨーロッパの文明を着実にとり入れ、小銃大砲の国産から造艦ができるほどにまで佐賀藩をもってきたのである。すべて閑叟ひとりの指導力から出たものであった。

「しかしながら」

と江藤は心持ち面《おもて》をあげた。閑叟の構想の欠点を衝こうとした。

「そもそも日本の形状は」と江藤はいった。「そのかたちは細長く一本の棒のようでござる。もし東北に帝都をさだめるならば、中央部の近畿は留守になり、中国、四国、九州はどうにも治めがたくなるのではございませぬか」

西日本が空家のようになる、という。もしそこへ外夷が侵入してくればどうなるものでございます、と江藤はいった。

「わしが居るさ」

と、閑叟はいった。

（わしが？）

江藤は一瞬、理解しかねた。わしがいる、というそのわしは閑叟公のことか。閑叟公が、長崎のみならず西日本の防衛のすべてをひきうけ、請け負《お》うというのか。「おそれながらそうでございますか」と、江藤は念を押した。

閑叟は、はじめて声をあげて笑い、そうだともそうでないともいわず、

「ただこの病身ではな」

とのみ言い、寒そうに首をすくめた。

閑叟は、江藤にその片鱗《へんりん》をみせたようにこんどの上洛には、老骨とはいえ、一種の英雄的気概をいだいていたのであろう。かれは上洛途上の船中で一詩をつくった。

言うを休《や》めよ、時事挽《ひ》いて回《めぐ》らすこと難しと
天下豈《あに》王佐の才なからんや
京城の児女応《まさ》に驚愕すべし
知るや否や毒竜海を翻《ひるがえ》して来るを

というものであった。その意味は、情勢が収拾困難であるということを言うな。天下に王佐の才——王を佐《たす》ける人材——がいないということはない（げんにここに鍋島閑叟がいるではないか）。いまから自分は都へのぼる。都の女子供は当然、今後の事態におどろくはずだ。かれらはその今後の事態というのをおそらく知ってはいないであろう。自分だけが知っている。毒竜——外国の侵略艦隊——がいまこそ日本の内乱につけ入り、海をひるがえして襲来することを。……という。閑叟の心胆は、この詩によってみてもどうやら日本の内乱にはさほどの関心がないらしい。それよりもこの国際的視野で終始してきた人物は、対外的緊張感のほうに関心の力点があり、外国軍隊の侵来だけを憂えている。そういう「国難」が到来した場合、日本のたのみになるのは薩長などというものではなく、自分がつくりあげた肥前佐賀藩こそそうではないか、という自負心が、四行の詩のなかにはちきれるようにみなぎっている。

閑叟は、京にのぼった。

その入洛は、三月一日の夜である。京にあっては従来の佐賀藩邸が手ぜまなため、ちょうど空家になっている大和郡山藩邸に入り、そこを宿陣とした。

翌日から閑叟は朝廷に出仕し、評定のたびに国際情勢を論じ、外交の調整と日本防衛の急務を説いたが、新政府は足もとの事務に多忙であり、それに江戸討伐のことに関心を集中し、閑叟のいう議論はひどく迂遠《うえん》なこととしてたれしもが聴いた。

そのうち新政府の機構が細分化し、専門部局がそれぞれできるにおよんで諸藩から供出した諸官僚（徴士）がそれぞれの事務にあたることになり、閑叟をはじめ諸大名は棚上げされ、ひどく閑な存在になった。上洛後、わずか十数日のあいだでの変化である。閑叟は、体よく除外された。かといってこの老人はそこはうまれつきの大名であり、べつに官職をむさぼろうという気もなく、ただ、

――そういうものか。

と、思い、思ったあたりであっさりと達観してしまうような奇妙なところがあった。要するに京にのぼってわかったことは、新政府が欲していたのは閑叟の上洛ではなく、閑叟のひきいる佐賀藩軍であることであった。閑叟もそのことに気づいた。しかしこの点でも、

——そういうものか。

と、この聡明すぎる者は、いわば新政府の本音《ほんね》を、新政府の立場で理解してしまった。このため、そのことについても抵抗する気は閑叟はおこさなかった。もっとも抵抗するには閑叟の肉体は老いすぎていたし、その気力はそれ以上に衰耗していた。かれはこの年から四年後に衰弱しきって死ぬが、その痼疾《こしつ》はこの上洛のころからその肉体から生気をうばいはじめていたのであろう。

三

しかし、都は春である。

病身の閑叟も、それなりにこの都の華やぎをたのしもうとした。三月十八日、閑叟は新政府に出仕すると、

「きょうの午後、かような企てがござりますが」と、側近の者が耳打ちした。

企てというのは、大名同士で祇園にあつまってあそぼうというのである。どの大名の発議《ほつぎ》によるものかはわからないが、とにかくめずらしい企画であった。由来、江戸の諸藩留守居役というのは徳川期を通じ、親睦と称して諸藩の同役と吉原であそぶのが仕事のようなものになっていた。幕末にあっては京都留守居役が祇園であそぶ。ほ

とんど連日のようにそういう宴会があり、そういう面での藩の出費というのはばく大なものであった。ところが大名そのものはそういうことはない。

幕府の禁令になっていた。もっとも江戸の初期から中期にかけてのころは大名で吉原でかくれあそびする者がまれに出たが、その後、そういう町遊びは絶無といってよく、どの大名も花魁《おいらん》はおろか、芸者の姿をみた者はひとりもなかった。いわば見学かたがた、そういう場所にゆこうというのがこんどの企てであった。閑叟もさすがにその暗い皮膚に血をさしのぼらせ、「祇園へゆくのか。芸者をみせる、というのじゃな」と何度も念を押した。

——幕府がつぶれたのだ。

という実感を、このときほど閑叟は身にしみて感じたことはなかったであろう。むろん応諾した。この日、閑叟はこれが楽しみで昼がすぎるのを待ちかねた。昼になると、いったん宿陣に帰り、髪を梳《す》かせ、この朝一度は結《ゆ》っているのに二度目の髪を結《ゆ》った。閑叟にはめずらしい様子つくろいであった。閑叟はこのところ体が冷えるため陽春というのに厚着をしていたが、しかしこのときおもいきって下襲《したがさね》の真綿の胴着をぬいだ。侍臣たちはそのいきおいに内心おどろいた。

出かけたのは、祇園「左阿弥《さあみ》」という家である。会同した諸侯は、いま天下をうごかしている新政府側の雄藩の当主ばかりであった。

薩摩藩のわかい当主である島津忠義、幕末、もっとも劇的な波瀾《はらん》をくぐりぬけてきた長州毛利家の世子である元徳《もとのり》、芸州広島四十二万六千石の浅野長勲《ながこと》、大名のなかではわかいながら才器できこえた阿波蜂須賀家の世子茂韶《もちあき》などで、閑叟はこのなかでは年がしらであった。

この座席を世話しているのは薩摩藩公用方の高崎佐太郎（正風）らで、かれらがもっとも苦心したのは上座、下座の席順であり、これはほとんど判じ物といっていいほどにむずかしかった。なにしろ、大名たちが私的に会合するようなことは江戸三百年のあいだなかったことであり、参考にできるような先例がなかった。また大名の席次というのは江戸城の詰間で公式にはきまっているが、しかし幕府が消滅した以上、過去の秩序である。朝廷からもらっている官位の順にするのも一案であったが、それもこの私的な席では生硬すぎるようにおもわれる。結局、年齢順にすることにし、その旨、諸藩の側近あて、薩摩藩からあらかじめ了解を得た。年齢となると、閑叟がもっとも上座にすわる。

——それはなによりである。

と、長州侯以下、諸大名もいった。この企ての真意は、露骨にいえば諸雄藩の藩主にとって閑叟と打ち融けたいのがかくされた目的であり、閑叟の気をなごませ、閑叟をして新政府応援に身を入れさせたいというところにあり、いわば閑叟が主賓《しゅひん》であった。

が、閑叟は「左阿弥」に案内されて座敷に入ると、すぐ火鉢を要求し、小庭に面した南面の障子のそばにすわった。下座である。しかしここが暖い、と言い張ってきかず、世話役が当惑し、閑叟の前に平伏し、泣くようにして懇願したが、閑叟は、

——ここでいい。

と言いつづけ、ついに一座の者もそうせざるをえなくなった。

やがて、芸者があらわれ、酒宴がはじまった。芸者たちも、はじめて見る大名というものに最初は固くなっていたが、「無礼講である」という声がかかってからにわかに職業的な狎《な》れなれしさをみせはじめ、年頭《としがしら》のひとりなどは長州侯からたてつづけに杯をいただき、すこし酔い、一座の諸侯をみまわして、

——みなさま、お長うございますこと。

と、世話人が一瞬蒼ざめたほどの冗談をいった。長いというのは顔のことである。どういうものか島津侯をのぞくほかはどの大名も短冊のように顎が長く、とくに閑叟の顎が異様なほどに長かった。しかし閑叟は意外にも洒脱《しゃだつ》で、

「ここに宇和島がくればわしも丸くなる」
といった。宇和島藩の伊達宗城《むねなり》は長面侯とあだなされているくらいに長い。
閑叟のそばで酌をしているのは、静香《しずか》という、祇園でも三指に入る名妓であった
が、さすがに銚子をもつ手がふるえ、多少の酒を閑叟のひざにこぼした。静香はあわ
てて自分の袂をひるがえしてその膝をぬぐった。ぬぐいながら、そこは座敷巧者なだ
けに、お大名を拝《はい》するのははじめてどすさかい目がつぶれました、といった。閑叟
は、その程度の冗談でもうまれてはじめてきくことであり、声をあげて笑い、
「わしも芸者を見るのははじめてだ」
と、応答にもならぬことをいってまた笑った。「ゆるす、直答《じきとう》せよ」とついいつも
の癖でそう許可し、
「わが家の者は、たれたれが来る」
ときいた。静香は佐賀藩の席にゆくことがすくなかったが、それでも四五人の名前
をあげることができた。閑叟はいちいちうなずき、
「わしも藩士にうまれたかった」
といった。ふと思いだしたように、
——江藤新平という者は来るか。

と問うた。静香はその名を思いだせないらしく、しばらくくびをひねっていたが、そのお方はおでこのこう広い、目のぎょろりとした、無口の……と言い、閑叟を見上げた。閑叟はわがひざを一つ打ち、

「そうだ」

といった。静香は江藤のなにを思いだしたのかはげしく笑いだし、そのお方もときどきお見えになります、しかしいつも隅でむっつりお飲みあそばしているだけで私どもの相手になって下さいませぬ、といった。ただ、あるとき、と静香はいった。江藤は宴席でなにかを思案し、顔を伏せた姿勢のまま動かず、一座がはっとしたときは、あの男は薄手の猪口《ちょこ》を激しい音をたてて嚙みやぶっていた。江藤の奇妙さはそのことよりも、そのあとの様子であった。かれはほとんど無意識のようなそぶりで割れた猪口をすて、一座の注視にも気づかず、依然として上体をかたむけ、顔を伏せて思案をつづけていたというのである。

——そうかえ。

というふうに閑叟はうなずき、芸者のはなしにどう反応していいかとまどっている表情を示したが、ちょうどそのとき次室への襖《ふすま》がひらかれ、あかあかとした燭台のかがやきのなかで芸者の舞いがはじめられようとし、静香との会話がとぎれた。

舞いは、うまれてこの種の歌舞に接したことのない大名たちを昂奮させるに十分であった。蜂須賀茂韶《もちあき》などははかまをつかみ、何度も声をあげ、島津忠義は緊張のあまり顔を青ざめさせていた。長州の世子のみは、むかし品川の梅屋敷で芸者の踊りを垣《かい》間《ま》みたことがある、と給仕役の薩摩藩士にさも重大な経験を語るようにささやいていた。

閑叟は、感動した。たしかにこの舞いの甘美さに酔うた。しかし閑叟のおかしさは、酔いながらもこの一座の気分とはどこか融けあわぬことであった。かれは懐紙をとりだし、即興の詩を書きつけた。相変らずかれの独特の危機感を詠じこんだ詩である。

満楼の春色、笙歌《しょうか》湧く
燭影《しょくえい》燈光、翠娥《すいが》に映ず
識《し》らず誰か能《よ》く大事に当るを
東山の近日、安《やすらぎ》多きを謝す

祇園だけでなく閑叟は、王朝いらい都人士が賞《め》でつづけてきたという嵐山へゆき、日、嵐峡《らんきょう》に舟をうかべて満山の花を見た。祇園遊興からちょうど八日経った三月二十六日のことである。

この日、長州藩の代表的な政客ともいうべき木戸準一郎（桂小五郎・孝允）も嵐峡のほとりの宿に前夜から泊まり、仲間数人とともに観桜の宴を張っていた。その仲間のひとりに鴻雪爪《おおとりせっそう》という奇士がいた。御岳《みたけ》教の祈禱師というような、およそ時勢と無縁の渡世ながら公卿屋敷に出入りすることが多く、自然時勢に慷慨《こうがい》して志士活動をするようになり、幕末風雲のなかを往来し、三条実美や岩倉具視に重んぜられ、木戸ら長州藩士にも一目おかれていた人物である。維新後、岩倉や木戸にすすめられて一時官につかえ、左院の議官などになったが、本来浮世ばなれしたほどに欲得が薄く、すぐやめ、ほどなく神道御岳教の管長になり、明治三十七年、九十一まで生きた。

雪爪《せっそう》は、祈禱師とはいえ、詩文の教養がふかく、木戸が宴席でつくる詩を即座に添《てん》削《さく》したりしていた。その宴席から渓流をへだてて満山の花をみることができる。

ふと、渓流から舟が近づき、人が岸へおりるのがみえた。人は岸辺につながせてあった馬に乗った。従者二十人ほどはことごとく西洋式の軍服を着用し、小銃をたずさえている。

（なにものか）

と鴻雪爪がおもううち、その貴人らしい人物は馬を打たせて雪爪らのいる料亭の軒端ちかくまでやってきた。その貌《かおつき》は田舎おやじに似ている。——傖父《そうふ》に類す——と雪爪はあとで書いている。

雪爪がおどろいたのは、その人物に気づいた木戸準一郎が縁からころがり落ちるようにして地に膝をつき平伏したことであった。木戸は文久三年、佐賀に行ったとき、閑叟に拝謁したことがある。

(これは、閑叟か)

と、雪爪はひそかに察した。供《とも》に西洋式銃隊をひきいているなど、あの高名な鍋島閑叟に相違ないとおもったが、雪爪の奇人であることは、察しながらも傍若無人《ぼうじゃくぶじん》な声を木戸にむかって張りあげたことであった。

「松菊《しょうぎく》」

と、木戸をその雅号でよび、

「それなる馬上のひとは何者だ」

といった。そういう言葉つきであった。雪爪は本来、尊貴な階級に対してはことさらに無礼になる癖《へき》をもっていた。木戸はおどろき、ふりかえり、「佐賀の閑叟さまにあられる」とその無礼をたしなめようとしたとき、馬上の閑叟のほうが先んじて木戸にきいた。

「いま予に対し、あれは何者ぞと申した者は、何者ぞ」

と、閑叟はむしろ雪爪の無礼を楽しんでいるような、いかにも好奇心にみちた表情できいた。木戸は「あれなる者は鴻雪爪と申す文士にて、幕府瓦解以前、身命をかえりみずに奔走したる者でござりまする」というと、当の雪爪のほうがあとをひきとり、閑叟にむかってあごをあげ、勢いよく喋りはじめた。

「これは天下の名侯」

と、雪爪はまず、千両役者にでも声をかけるようにいった。そのあと口を衝《つ》いて出はじめたのは、閑叟と佐賀藩に対する痛烈な批判であった。「久しく侯の英名はきいておりましたれども、残念ながら侯が天下の混乱に際してなにごとをなされたかという御業績はついぞ耳にしませぬ」皮肉である。幕末の風雲にさいしていわゆる薩長土をはじめ、水戸、越前、尾張、芸州などといった諸藩は藩主藩士ともに奔走し、それがために藩費をはなはだしく費消し、人材は途《みち》に斃《たお》れ、藩兵は戦場に死し、薩長のごときはもはや藩力が疲弊しきっている。「それをなにごとか佐賀藩のみはことさらに傍観し、この風雲のなかでいささかの手傷も負わず、いたずらに富強武備を誇りつつあること、その体《てい》を見て漁夫の利をねらうものはそれ佐賀藩か、という評判は都の児女ですらうわさしておりまする」

「しかしながら」

と、雪爪は息をついでいった。「閑叟公は不世出の名侯、それもこれも、おそらくは深いご思慮があってのことでございましょう、往事は問い申さず、よろしく今日《こんにち》を論じ、明日《あす》を計るべし。すでに日本一新し、国是《こくぜ》さだまるこんにち、なぜ侯はその藩力をあげて国政に参じようとなさりませぬか」

暴言である。

が、閑叟は怒らず、馬から降り、「いまそのほうの申したこと、大いに善《よ》し」と言い、いまいちど舟を出して大いに酔おうではないか、と木戸や鴻雪爪の仲間をさそい、ふたたび岸にもどって舟中のひとになった。一同も陪乗《ばいじょう》した。舟は幾度か嵐峡を上下し、「談論、湧クガゴトシ」と雪爪は書きのこしている。やがて閑叟はしたたかに酔い、舟を岸につけさせ、ふたたび馬上のひとにもどった。木戸らは、岸で見送った。閑叟は馬上ふりかえり、
花マサニ老人ノ頭《こうべ》ニ上《のぼ》ルヲ羞《は》ズベシ

と吟じた。要するに、満山の花も老人の頭《こうべ》をかざることをいやがるのであろう、それと同じように時勢の花は自分のような老人のものではない、すべて卿《けい》ら、年若の者にまかせる、ということであった。さらに露骨にいえば、「自分が長年丹精して育てた肥前佐賀の藩軍は卿らが自由にせよ。もはや老人は口出しせぬ」ということでもあった。そのことは閑叟が嵐峡の舟中でも言明した。木戸もその同僚の長州人広沢兵助も鴻雪爪も十分耳を澄ましてきいた。

劇的にいえば、この嵐峡における閑叟の言明の瞬間から、新政府の戦力は飛躍し、その政府構成の主力は薩長土肥になったといえるであろう。

江藤新平の新政府における地位も、このときから重くなった。

江戸鎮台

一

江藤新平が欲しているのは、権力である。権力をつかまなければ、この世でなにごともできない。たとえば画家が筆を欲するように江藤は権力を欲している。権力という筆があってはじめて、江藤はこの世の中を画布にし、思うままの絵をかけるのである。

（おれはかならずそれをつかむ）

と、江藤はおもった。それも、錐《きり》で鉄板を揉みこんでゆくようなやりかたでつかむ。

（ただし、権力のすべてをおれによこせとはいわない。その一部でいい）

その一部というのは、法律であった。この場合、法制というべきか。いまからできあがる新国家の制度と法律をこの江藤新平の一手でつくりあげたい、とこの男ははげしくおもっている。

——他のたれにできるか。

と、江藤は、京の町を歩いていても、鴨川のふちの茶亭で酒をのんでいても、ときに叫びだしたいほどの気持でそれをおもった。

「ただし、欲はいわない。外交と軍事はひとに呉れてやる」

と、江藤は京都で知りあった土佐藩士小笠原唯八にもうちあけた。唯八はおもしろがってきいてくれた。「ひとには得手不得手というものがある。外交をやらせればわが佐賀藩の大隈八太郎（重信）におよぶ者は天下にすくなかろう。軍事や財政はそれが好きな者にまかせよう。わしは国家そのものをつくる」というのである。

「国そのものを」

と、箸をおき、両手をもって虚空《こくう》に大きな輪をえがいた。その輪が国ということなのであろう。

——これだけは、ひとにゆずれない。

とも、江藤はいった。ひとがそれをやろうとすれば押しのけても叩き殺しても自分がやりたい、と言い、万事痛快なことのすきなこの小笠原唯八をよろこばせ、「江藤、やるべし」といわせた。

「大いにやるべし。おれにはむずかしいことはわからぬが、叩っ殺しのほうなら手伝ってやる」とまで唯八はいった。ちなみに小笠原唯八は、江藤新平がその生涯でもった唯一にちかい親友というべきであろう。これはこの京都における新政府づくりの騒ぎのさなかに知りあい、手を結んだ。

——江藤と小笠原唯八は……

と、土佐藩の板垣退助はのちにこう語っている、「その仲のよさはにかわとうるしのように食っついて離れぬというほどのものであった。性格があれほどちがっているから、かえって互いにひきあったものであろう」。

小笠原唯八は、土佐藩士のなかでも相当な格式の家にうまれている。早くから藩主山内容堂の小姓になり、容堂に可愛がられ、やがて側近のひとりになった。要するにおなじ土佐藩でも風雲のさなかに斃《たお》れた坂本竜馬や中岡慎太郎のような志士活動者でなく、藩官僚の出身であった。殿さまの容堂はどの藩主にまして人材好みで、とくに気概に富んだ若者を好み、そういう上士《じょうし》出身の秀才たちを自分の身のまわりにあつめ、容堂みずからが学問や政治、時勢分析の教師のようになってそれらをそだてあげた。後藤象二郎、板垣退助、福岡孝弟《こうてい》、山地元治それにこの小笠原唯八などがそうである。鳥羽・伏見の戦いが勃発《ぼっぱつ》し、その変報が土佐にとどくと、唯八はわずか一個小隊をひきいて高知城下を出発し、伊予松山藩の城下に乗りこみ、同藩をそれだけの人数で和平裏《り》に降伏させてしまった。「事をなすのは、智力ではない。気力である」と、この唯八はよくいう。気力ということばが唯八は好きであった。事実、「快男児とか胆斗《たんと》のごとしとかいうが、それらの言葉は唯八のためにあるようなものだ」と、前記板垣退助は唯八の死後、いっている。死後といったが、この唯八は会津若松の攻城戦では砲隊長であった。総攻撃の日、唯八は砲を敵城の至近距離にまで接させようとし、砲をひっぱった。ひっぱりながら大声をあげて民謡をうたった。部下にもうたわせた。飛弾のなかをそのようにして進んだが、いよいよ敵城に近接して砲を操作しようとしたときに弾が右脇に命中し、斃《たお》れた。かれの弟の小笠原謙吉もこの日、歩兵をひきい、白刃をふるって城門にせまったが、兄同様、飛弾のために斃れている。それは後日のはなしである。ともあれ、この時期の江藤新平はこの土佐藩士と、板垣のいう「膠漆《こうしつ》（にかわ・うるし）の間柄」になっていた。

　ひとつは、あれであろう、両人の藩の立場が似ていたからでもあろう。土佐藩は幕末、郷士以下の下級武士が革命化し、脱藩して風雲のなかを奔走し、その有力な者の大半は革命の樹立を見ずに斃れてしまったが、ところが藩そのものは佐幕であり、幕末のぎりぎりというべき鳥羽・伏見の戦いの段階ですらこの藩は戦闘第一日目において日和見《ひよりみ》をした。第二日目になっていわば薩長の勝利を見越したようなかたちでようやく戦列に参加している。この一日の遅れが、戦後土佐藩の立場に致命的な手傷を負わせた。このため革命政権の分け前は薩長ににぎられた。このころの流行語で、官軍のことを「薩長土肥」といったが、肥つまり江藤らの肥前佐賀藩は鳥羽・伏見に参加しなかったため土よりさらに肩身がせまく、発言力もよわかった。要するに「土」と「肥」は、革命の主役である薩長に対し、たがいに似た立場ということで政治的に相寄り添うことになった。いわば二流同士の共感というものが流れかようのであろう。江藤はこの小笠原唯八と、毎夕さそいあっては酒をのんだ。話題はつねに、

——薩長なにするものぞ。

ということであった。江藤にいわせれば、

「薩長の無学者どもになにができるか」

ということであり、小笠原唯八のいうところでは「いったん戦場に出てみろ、土佐者の勇気がなければ江戸は陥《おと》せぬ」という。

ところが。

結局は書生の気焔にすぎない。

事態がすすみ、いよいよ江戸を中心とした東日本の旧勢力を攻撃する段になり、部署がきまってみると、佐賀藩軍は北陸方面にやられ、土佐藩軍は中仙道鎮撫《ちんぶ》になり、両藩とも裏街道にまわされ、かんじんの東海道を東進して正面から江戸を攻めるものは、革命の主役である薩長ということになった。

（そういうものか）

と、江藤ははなはだしく落胆した。これについて思案をめぐらしたあげく、ついに、

（佐賀藩は、所詮はその程度のものだ）

と、ひそかにわが心のうちだけで見かぎった。

（出遅れている。出遅れの藩を背景にしていてはついに薩長の後塵《こうじん》を拝さねばならぬ。こうとなれば、この江藤ひとりが突出するほかない）

とおもった。一騎駈けの功名を考えることであろう。それにはさしあたって一案があった。かれは、小笠原唯八をさそった。

「二人で江戸へ先行しないか」

ということであった。江戸へ先行するには、道中の危険さはいうまでもなく、めざす江戸は敵地である以上、生命の危険はこの上ない。唯八をさそったのは、この土佐

者を用心棒がわりにすることであった。

「行こう」

と、唯八は一も二もなく賛成した。すでに齢が三十九にもなるというのに、この小笠原唯八はつねに危険を求めて踏み歩くといったふうのあぶなっかしさを好んでいる。

「いったい、探索とはどうするのか」

「まあ、聞いてもらおう」

と、江藤はいった。探索といっても単に物見《ものみ》、斥候《せっこう》、偵察員というのでは吹けば飛ぶような感じがする。江藤はこの任務に重味をつけようとした。それには日本最高の政治職の者からじきじきの命令をうけてゆくのがいいであろう。そうとなれば、命令者は新政府の首相というべき中納言三条実美《さねとみ》でなければならない。

「つまり、いくさの物見ではない」

と、江藤はいう。戦略、政略のための斥候であり、つまり新政府首班の判断資料になるべきものを見にゆくというのである。唯八に異存はなかった。

あとは三条実美を説くことであった。この時期すでに江藤はこの公卿から信頼されきっていたから、唯八とともに三条邸を訪ねてその旨を申し出ると、

「よく気づいた。ぜひ、江戸までくだってもらいたい」

と、三条実美は手をうってその壮挙に賛成した。そこで江藤はひざをすすめた。

「さて、われわれの立場でございますが」

という。江藤にすれば、なにをするにしても立場を作っておかねばならない。

「われわれは、土佐藩士、佐賀藩士としてゆくのではございませぬ」

「ほう？」

公卿は、くびをひねった。新政府にはまだ直属の属官などひとりもおらず、諸藩の寄りあい所帯であり、その意味ではたれもかれもが「藩士」という立場でしかない。ところが江藤はそれを否定し、

「中納言さまの耳目《じもく》という資格でゆきとうございます」という。要するに一介の斥候ながら「憚《はばか》りあることながら三条中納言御《おん》代理」という資格なのである。

「よかろう」

と、この誠実な、しかしながら無能で人のいいお公卿は口をすぼめてうなずいた。

江藤らは、東下《とうげ》した。

江藤と唯八が東下したときは、すでに官軍は東海道に充満し、砲車を曳《ひ》いて江戸にむかっていた。江藤らは騎馬ですすみ、それら諸軍を追いぬこうとし、道をいそいだ。

二

「いそぐのだ」

江藤は、日に何度も唯八にいった。これまでの江藤の行動がつねにそうであったように、この場合もいそぎにいそがねばならぬ。軍の行動より遅れてしまうような政治斥候では意味をなさぬではないか。

とにかく政治斥候なのである。

江藤の考えている目的の第一は、江戸へ逃げ帰った徳川慶喜の本心はどこにあるかということであった。慶喜は、江戸にもどると内外に天皇の政権への恭順を宣言し、その身も暮らしもひたすらに慎しみぬいているという。しかしながら京都政権は慶喜を怖れた。江戸へ逃げかえれば慶喜はなんといっても俗称八百万石のぬしであり、江戸城主であり、旗本八万騎の指揮者であり、日本最大の洋式陸海軍のもちぬしであった。はたして慶喜にはかれが言うように戦意がないのか。

——まさか。

という疑問と恐怖が京都にはある。さらにこれとは別の感情として、京都の親王や公卿たちのあいだに、「慶喜が哀れではないか」という同情論も勢力を得はじめていた。公卿たちは京都での活躍時代の慶喜をよく知っているうえに、親王や公卿の何人かは慶喜の親戚姻戚の関係にある。げんにこのたび征東大総督として東海道をくだりつつある有栖川宮熾仁《ありすがわのみやたるひと》親王は、慶喜の生母が有栖川家の出であるところからいとこ同士であった。さらに慶喜の妻は五摂家のひとつ一条家の養女である一面、今出川中将実順《さねあや》を実父としている。それだけでなく、徳川家そのものも皇室とのあいだに縁戚の関係がふかく、前将軍家茂《いえもち》の夫人である静寛院宮は、先帝の御妹であり、さらに上野の輪王寺宮は当然ながら京の宮廷から出ている。

それらの筋から、

——慶喜を哀れんでもらいたい。かれの恭順は政治的擬態ではなく、本心である。

という旨の歎願が、ひっきりなしにきていた。慶喜自身からも歎願書がきた。静寛院はその侍女土御門藤子を京にのぼらせた。輪王寺宮はその家来自証院を使いとして、おりから浜松まできていた征東大総督に歎願書をさしだした。

京の宮廷世論は当然ゆれにゆれたが、薩摩藩の大久保一蔵（利通）は頑としてうご

かず、

「慶喜の首を見ねば、王政復古の大業は樹立しない。もしここでかれをゆるすとすればせっかくの新政は瓦解するであろう」

という意見をまげず、四方八方をおさえ、人情論を攻撃しつづけていた。長州藩もむろん同様であった。長州は旧幕府に対して恨みがふかく、大久保のような「革命戦争論」といったふうの政治論的なものではなく、復讐戦として慶喜の首を軍陣の血祭りにするということのみを主張しつづけていた。

新政府の首相格の三条実美は、もともとが長州に擁せられてきた公卿であり、かれ自身も幕末、幕府のために京から追いおとされ、大宰府に流されていただけにその恨みは濃いはずであったが、そこは公卿でもあり、公卿ふうのおだやかさも手伝って、

「慶喜の恭順がほんものならば、一命だけはゆるしてやってもよいではあるまいか」

というところまで心をなごませはじめている。

江藤が見ぬいた「突出の機会」というのはそこであった。「江戸の現状を現地で観察し、現地で慶喜の恭順ぶりを見きわめてくれれば、この事態の混乱を救う有力な発言権が得られるのではないか」ということである。乱世であった。江藤のような政治感覚が不十分な男でもその程度のするどさがあり、自分をなんとかして政治の主舞台の

うえに這いのぼらせようとしていた。

駿府《すんぷ》（静岡市）についた。

官軍の本営は、すでにここまできてしまっている。その先鋒部隊は箱根の西麓までせまっていたが、種々の事情で滞陣し、それ以上はすすまない。

「わらじが足りないのだ」

と、路傍でむらがっている薩長の兵士が江藤の質問に答え、そういった。事実わらじが不足で、駿河遠州《するがえんしゅう》（静岡県）の農家に農事をやすませてわらじ作りを命じているが、とうてい全軍の需要がまかなえるほどではない。しかしこの滞陣はさまざまの政治的事情によるものであり、わらじ不足だけのことではない。

「江戸へゆくのか」

と、本営の幹部たちが、江藤たちの冒険におどろき、

「命がいくつあっても足りぬぞ」

と、とめる者さえあった。江戸の情勢は官軍本営でもわかっておらず、相当殺気だっているだろうということはたれにも想像できた。

しかし江藤と唯八はかまわずに箱根山をのぼった。箱根の関所はまだ旧幕時代どおり小田原藩が管理していたが、そこも難なく突破した。

小田原城下も、ぶじ通過した。やがて品川宿《じゅく》に入った。

「なんということだ」

街道が死んでしまっている、と、小笠原唯八は、この日本でもっとも重要な街道に人影がまばらになっていることに何度目かのおどろきの声をあげた。東海道も品川付近となれば旅人が往き交い、駕籠や荷駄が通り、飛脚が走り、田舎町の祭礼ほどに賑わっているものであるのに、この光景のさびしさはどうであろう。

——戦《いくさ》がはじまる。

といううわさは、街道にも宿場にも流れている。駿府の官軍と江戸の旧幕軍とのあいだに戦端がひらかれれば、戦場になるのは小田原から品川にかけての街道である。

「こりゃ、いいときにきた」

と、楽天家の小笠原唯八は、品川の女郎たちが茶をひいてひまをもてあましているだろうということであった。色里《いろざと》には嵐の夜にゆけば大層もなく款待されるというが、いまは嵐どころではない、空前の好機ではないか。

「江藤、品川で流連《いつづけ》をしてここを足場に江戸をさぐればよいではないか」

(ああ)

と、江藤はおもわず声をあげそうになったが、顔だけはにこりともせずににがりきっていた。

「きらいか」と、唯八はいった。

「大体、江藤は馬鹿固い佐賀藩でうまれたために妓《おんな》というものを知らぬのではないか」

「知っている」

——その証拠に女房がいる、と江藤がいうと、唯八は失笑した。「そのおんなではない娼妓《おんな》だ」と唯八はいった。

江藤はかつて京と肥前佐賀を往来したとき旅籠《はたご》にいる飯盛りというものを買ったことがある。知らぬわけではない。

が、気おくれがした。なぜならば田舎旅籠の飯盛りとはちがい、品川の遊女といえば表むきは「宿場女郎」ながらも実際には吉原に次ぐ格式をもち、江戸府内の他の岡場所や府外の菜汁くさい飯盛りとはまるでちがうのである。江藤は、天の彩雲をあおぐような思いで期待した。しかし小さな声でいった。

「万事、ひきまわしに従う」

ひとつには、江藤は江戸を知らない。

要するにまるっきりの田舎者であったが、そこへゆくと小笠原唯八は山内容堂側近の官僚のあがりであり、江戸にもしばしば在府し、府内府外のことはたんのうするくらいに知っていた。とにかく、登楼《あが》った。

その家の家号は「土蔵相模《さがみ》」と言い、江藤はあとで知ったことだが、遊客のあいだではたれ知らぬ者のない大見世であった。

江藤の敵娼《あいかた》は、お染といった。江藤は、かれのこの時期の環境では婦人に接することがまれで、わずか六畳ほどの部屋で女と対座したとき、少年のようにたじろぎ、湯呑を両手でつかんだまま、息を殺し、ときに呼吸《いき》をはげしく上下させた。そういう江藤を、敵娼は怖れたらしく、膝をすこし遠くへずらせた。ところが、すぐ江藤を軽蔑することができた。なぜならば江藤が発した第一声は、

「おそめとは、どういう文字を書く」

ということであった。江藤は、知識から情感へ入ろうとするたちの男であるようであった。性欲ですら、知識の力を借りてはじめて熾《おこ》るたちの男ではあるまいか。ところが、当のお染は、江藤を文盲だとおもった。

「ホ……」

と、あきらかにあざけりをふくんだ笑い声をたてたが、同時に江藤への怖れがなくなり、この文盲の武士にあわれみと愛らしさを感じたらしい。女は江藤の手をとり、

その指を筆にして自分のひざの上に、

「染」

という文字を書いてやった。

「ああ、そうか」

「ご存じなかったのざますか」

「いや、かんちがいをしていた」

と、江藤はこわい顔でいった。江藤にすれば花魁《おいらん》といえば吉原の花魁のように、高尾とか紅梅とか小紫とかいったふうのいわゆる源氏名がついているものとばかりおもっていた。そういう知識から、江藤はいまから寝る花魁というものに対する情感をつくりあげていたのだが、ところが、

「お染なら、ただの名ではないか」

と、多少の失望をこめていうと、女は侮辱されたとおもったらしく、

「あれ、その」

と、掌を舞いの手のように二度ひるがえし、

「旦那さまはあれでありんすか、よほどご遠国《おんごく》のおうまれで？」

と、いかにもぽっと出の田舎者か、といわんばかりにきいた。女にすればむりもな

く、そういうことをわざわざきくのは野暮で、江戸の者ならこれは常識だった。幕府の方針なのである。幕府は吉原の遊女に対してはは源氏名をゆるすが、品川の遊女に対してはそれをゆるさず、普通の名でしかよばせない。そこに、吉原と品川の格式の差をつけている。幕府は開創以来、人間や家柄に階等をつけ、上位者に対しては畏《おそ》れしめ、下位者に対しては容赦なく威張らせることで統御し、このおそるべき知恵のおかげで三百年このかた社会の秩序をこわすことなく維持してきた。その階等づけは、こういう世界にまでこまごまとおよんでいるのである。

「なるほど、そういうものか」

と、佐賀の山の中ですごしてきたこの肥前の田舎者は感心した。かれはすでに花魁そのものについての関心よりも、将来の行政家としての関心のほうがつよくなっていた。

「要するに、吉原のほうがえらいのだな」

「まあね」

女は、不機嫌そうにうなずいた。江藤は女の不機嫌さがわからず、さらにしつこくきいた。

「吉原とのちがいは、源氏名だけか」

「なんです」

女は、腹をたててしまった。それほど吉原がよければ吉原へゆけばいいじゃありませんか、といった。もっともだった。が、江藤は屈せず、

「いや、教えてくれ。頼む。吉原とくらべてどういう差別《ちがい》がある」

「ちがいはね」

女はめんどうくさげにいった。吉原では茶屋の主人のことを「御亭《ごて》さん」と敬称する。ところが品川の茶屋の主人はそうよんでもらえない。いわば吉原の茶屋を士分とすれば品川のそれは足軽といったふうなちがいがある、と女はいうのである。

なるほど、と江藤はおもった。

（万事、幕府はそういう仕組みで世の中をおさめてきた）

ところで新国家にあってはこれをどうするのであろう。撤廃するのか、存続させるのか。江藤はそれを考えねばならなかったが、しかしこの時期の江藤の考えはそこまで熟しておらず、平等の思想も福沢諭吉の「西洋事情」をよんだだけでよく知らず、とにかくかれにすれば、吉原も品川もそういうものをふくめた日本そのものを、いっぺんうちこわしてしかるのちにあらたに組みあげるというそういう腕力仕事に快感と昂奮をおぼえている時期であった。

「女、来い」

と、江藤はお染の肩をつかんだ。妙な男であった。こういういわば江藤らしい手続がおわったあと、やっと女に対し欲情が露《あら》わにあらわれてきたらしい。

三

江藤と唯八は、京にもどった。

江戸探索には非常な骨を折り、品川から江戸府内に潜入するばあいはつねに乞食に身をやつしたりして苦心したが、その甲斐あって重要な結論を得た。

——慶喜の恭順は、擬装ではない。

ということであり、慶喜には武力抗争の意志はないということであった。かれらは東海道をいそぎにいそいで京もどり、三条実美にその旨を報告したとき、三条が感謝してくれるかとおもえば、意外にもこの公卿は口もとに柔和な微笑をほころばせつつ、

「そりゃ、ご苦労はん」

と、二度うなずいてくれただけであった。江藤は失望した。が、すぐ憤慨した。すかさず畳をたたいて三条に抗議すると、この公卿は江藤のすさまじい弁舌のおわるの

を待ってから、

「そら、仕様あらへんがな。もう西郷と、慶喜家来の山岡某とのあいだで話がすすめられているはずや」

といった。江藤は、そういう事態を知らなかった。江藤と唯八が東海道を往復しているあいだに、駿府《すんぷ》駐屯中の大総督府参謀筆頭の西郷吉之助は汽船で手紙を往来させて京都情勢と江戸情勢を測りつつ、ついには旧幕臣山岡鉄太郎と駿府で会見し、さらに先鋒本営を江戸の池上本門寺にすすめ、かれ自身は芝高輪藩邸で慶喜代理の勝海舟と会見し、江戸城攻撃を延期してしまっているのである。情勢は江藤の頭上をとびこえて変転してしまっていた。

（薩に、してやられた）

と江藤はおもい、三条の御前ながら顔が青ざめるほど不愉快になった。帰路、小笠原唯八が、なあに無駄骨であったが、品川で花魁をあげて流連《いっづけ》したとおもえば腹も立つまいよ、となぐさめたが、江藤の腹の虫はたれに怒っていいかわからぬことだけにおさまりようがなく、宿所に帰ってから、やっと、

——これが敗北というものらしい。

と、自分に言いきかせた。薩摩の西郷は、革命の主動勢力であるだけにその政治外

交の指向はつねに時勢の先頭に立ち歴史をひらこうという、もっともきらびやかなほうにむかっているのだが、佐賀勢力は時勢に数歩遅れたために薩人の後塵《こうじん》を拝し、薩人がひらいた切通《きりとお》し道の地ならしをするしか働く場所がなさそうであった。しかし、

（いつかは）

と、江藤はおもった。いまの西郷の立場を自分の立場にするときがくるのではないか。

江藤は数日京にいた。が、江戸からの手紙などによると、江戸の情勢が刻々変転するようで、たまりかね、

「いま一度、江戸に出して頂きとうございます」

と、三条実美にねがい出た。江藤が望んでいるかれの立場は三条の個人としての資格における政治顧問というべきものであった。三条は、簡単にゆるしてくれた。ただし官軍における職名は、軍監という名目になった。

「軍監ではござるが、しかし兵隊に指図などは致しませぬぞ」

と、三条にも念を押しておいた。江藤は、西郷があれほど好んでいる軍隊指揮というものになんの関心ももっていなかった。

小笠原唯八とは、依然として神酒徳利《おみきどくり》であった。唯八も軍監になった。たまたま官軍に徴用されている佐賀藩汽船が大坂から江戸に向かおうとしているのに飛び乗った。

「これからは、江戸だ」

と、船中で江藤は唯八にいった。唯八には理解できなかった。

「いや、大坂ではあるまいか」

と、唯八はいった。大坂遷都が新政府の会議で確定化しただけでなく、この三月二十一日にも、その前触れのようなかたちで、天皇が大坂へ行幸したばかりであった。が、江藤は、唯八の意見を嗤《わら》った。

「大坂に都を据えれば、新政府は一年でつぶれるだろう」

と、江藤はいった。大坂は元来が商都であり、役所のための建物がなく、官吏のための屋敷がなく、それらをいま建てるとすれば、官軍のわらじ代にもこまっている新政府はたちどころに破算せざるをえないであろう。江戸ならば既設のそれらがある。

「結局は、江戸ということになる」

——だから、江戸へ先行しておく。

というのが江藤の意見であった。先行の理由はそればかりではなかった。

「妙なものだ、京都はなるほど新政府の所在地であり、いうまでもなく東国征伐の大策源地であるが、ところがこの京都に一日おれば一日だけ時勢に遅れる。やはり江戸だ」

と、江藤はいう。なぜならば新政府の最高総裁である有栖川宮熾仁《ありすがわのみやたるひと》親王みずからが官軍の大総督として江戸に乗りこんでおり、そのうえ新政府最大の実力者である西郷みずからが親王から離れずに江戸にいる。当然、江戸にあって西郷は専断できるのである。

――江戸の大総督府は、京の御意向をうけずに勝手に動いている。

という批難が、京の新政府部内で高まっていたが、百数十里の遠隔地にあってはいちいち京の指令をあおいでいては物事がすすまないであろう。

「江戸だ」

と、江藤は何度もいった。

その江戸湾へ船はわずか四日の航走で入り、品川沖に投錨《とうびょう》した。江藤らが上陸すると、運のいいことに品川の警備は佐賀藩軍が担当しており、唯八ともども佐賀人の宿所にもぐりこむことができた。ところが一泊しておどろいたことに、佐賀人というのは二重鎖国のせいか、この事態になっても他藩士との交流をせず、社交性に乏しく、このため江戸の薩長幹部のうごきについての情報がまるっきりあつまっていないことであった。

「まるでつんぼ桟敷《さじき》だ。こんな宿所にいては、時勢に遅れる」

と、江藤は小笠原唯八に言い、翌日から唯八にたのみ、市谷尾張藩邸を接収している土佐藩軍の宿陣に寄宿させてもらうことにした。

「おなじころがりこむなら」

と、唯八は、諸事機敏すぎる江藤をからかい、「いっそ、薩長の陣屋にゆけばどうだ。そのほうが、じかに様子がわかっていいだろう」

「言うな」

江藤はみるみる怒気をふくみ、吐きすてるようにいった、「薩長の巣窟《そうくつ》にゆき、薩長の台所めしを食えば、もはや江藤新平にあらず、乞食である」という。薩長はすでに新政府の中心的存在になっている。その宿陣に起居することはかれらに媚びて権力の残り飯にありつこうとするようなものであり、江藤新平たるものの自尊心がゆるさない、という意味であった。

「おれはなにごとも独りでやる」

と、江藤はいった、「薩長になにほどの人物がいるか。かれらは大いなる徒党であるにすぎないではないか」ともいった。

江藤のこういう鬱懐《うっかい》は生来のものなのであろう。藩にあるときは藩の支配層に白眼を剝《む》き、藩から新政府に派遣されると、薩長に対して事ごとに反感をもった。江藤がなにものにも反感をもたなくなるときは、かれ自身がこの新国家の独裁者になるときではあるまいか。

が、薩長は、江藤の才幹を買った。江藤はあかるいうちは池上の本門寺の大総督府に詰めていたが、この府の首脳ともいうべき薩の西郷吉之助は、江藤がそばにいるときはかならず、

「江藤さア、ここはどうすればよろしゅうごわすか」

と、いんぎんな態度でその意見を徴《ちょう》した。他人に対する丁重さは西郷のくせであったが、それにしても師父に対するような態度であった。江藤はそういう西郷に対し、

(これは、一種の馬鹿なのだろう)

とおもった。幕末以来、諸藩の志士のあいだで西郷ほど人気のある者はなく、いまやその人望は一世を蓋《おお》おうとしているほどであったが、江藤という体質からみれば西郷がどうにも理解できず、一個の無能者としてしかみえず、この傾向は江藤の生涯つづいてゆく。

江戸開城がきまった。

四月十一日、刻限は午《うま》（午後零時）である。京都から勅使として橋本実梁《さねやな》、柳原前光《さきみつ》のふたりが下向《げこう》した。江戸はなお旧幕臣による不穏の気配がつづいているが、総指揮者の西郷はそういう物情を察し、入城行列は、そういう抵抗勢力の気勢を殺《そ》ぐため、わざと小人数にした。わずか三十人であった。

しかも、ことごとく武装せず、行列は公卿行列とし、先頭を騎馬ですすむ薩人海江田《かえだ》武次も烏帽子直垂《えぼしひたたれ》姿であった。さらに薩長に城をとられたという印象を江戸人にあたえぬように、行列参加の者は西郷をふくめて薩人は二人、長人は二人、他は、加賀、浜松、肥後、備前、藤堂、尾張といったふうの、いわば旧幕府にとっても親しみの濃い藩の士を主力とした。むろん江藤の佐賀藩は加わらなかった。

が、江藤個人は加わった。かれは無理やりにたのんで尾張藩士という名目にしてもらった。官軍側で多少の非難が出たが、

「荒らされぬうちに見たいものがある」

といってきかず、ついに参加した。江藤は神妙な顔つきで行列とともに進んだ。行列が大手門に達すると、城のほうから旧幕臣が礼服を着用して門外に出むかえ、勅使

に拝礼した。行列は、門内に入った。

あとは、城内の検査である。徳川方の係りは、旧幕臣山岡鉄太郎以下であった。一同は、それら係りの者に案内されるままに広大な城内を検分し、このあと、それぞれが思いのままに散って思いのままのものを検分した。

「やはり、性格が出るらしい」

と、後年、このときの光景を山岡鉄太郎は語っている。

「薩の海江田武次のあたまには金のことしかなかったらしい。金はどこにある、軍資金はいずれじゃ、あわただしく質問して、御金蔵《ごきんぞう》の方角にまっすぐに進んでいた」

「西郷は」

と、山岡はいう、「どういうわけか、農事に関する書籍ばかりに関心をもち、それらが散逸せぬよう、一ヵ所にあつめさせようとしていた」

「江藤は、ふるっている」

そう、山岡はいう、「これは黙然《もくねん》として書庫にゆき、そこで政事（行政のこと）むきの書籍や書類を夢中で点検していた。他のことにはまるで関心がない様子であった」

――この江藤の挙動は、あたかも蕭何《しょうか》に似ている。

と、この当時いわれた。

蕭何とは、古代中国の代表的政治家である。沛《はい》の人。もと沛の役所の小吏にすぎなかったが、同郷の漢ノ高祖劉邦《りゅうほう》がまだ微賤《びせん》であったころからこれに従い、その行政能力をもって補佐し、ついに劉邦をして漢帝国を興すにいたらしめた。劉邦がまだ沛公のころ、大軍をもって関中を攻め、国都咸陽《かんよう》を陥落させたが、このとき将士はさきをあらそって宮殿に乱入し金銀財宝を掠奪《りゃくだつ》したが、蕭何だけはそういうものに目もくれず、秦の高官の屋敷に所蔵されている行政上の書類や文献のみをしらべ、そのことに没頭し、天下の要害、町村の戸数、それに民が何に苦しみ何をのぞんでいるかを知った。江藤はおそらく蕭何をもってみずからを擬していたであろう。なぜならばかれはこの日から三日のあいだ江戸城の書庫から出なかった。

——肥前の江藤は何をしよるか。

と、他の革命の幹部たちは不審におもったが、江藤はかれらに対し、ろくに口さえきかなかった。江藤にすればまだかたちもなさぬこの新帝国は、いま江戸城の書庫にうずくまりつつあるおれの頭脳からうまれるのだという気概があった。四日目に書庫から出てきた江藤を、西郷は、

「なにか、よいものがごわしたか」

ときいた。「左様」と江藤はうなずき、

「江戸は天下の繁華の地ではなく、日本国でもっとも貧乏な府であることがわかり申した」

といった。江藤が江戸をみたのはこんどがはじめてであったが、

「まず、江戸市民二百万の九割までが貧乏である」

といった。さらに、「江戸の市民はたいてい借銭をかかえ、その苦しみの第一としている。またこの町は諸国の城下町とくらべて、ひどく乞食が多い。つづいて、江戸市民の九割までは借家住いである。しかもその地代、店《たな》賃ははなはだ高く、ほとんどの店子《たなこ》は食をきりつめてそれを払うことに汲々《きゅうきゅう》としている。さらに江戸市民の九割までは、毎日の米を一升買いしている。ところが米には問屋仲買《なかがい》があってこれを締売《しめうり》しており、市民はこれがために不法に高い米を買わされている」といった。

「これがために」

と、江藤は声をはげました。

「太政官《だじょうかん》（新政府）におかせられては、京や大坂よりもまず江戸を救済なさらねばならぬ。江戸が安定してはじめて天下は平《たいら》けくなる。もし江戸をおろそかにし、この百万の街衢《まち》に窮民をあふれさせたならば、天下は収拾のつかぬことになり、暴徒は諸国

におこり、御新政は日ならずしてくつがえるかもしれぬ」といった。

西郷は、江藤のこういう観測よりも、江藤がわずか三日のあいだ書庫にこもっただけで、旧幕府の首都の実情についてこうも的確につかんだというその異能ぶりのほうにおどろいた。

「江藤さア、おはんに」

と、西郷ほどの男が、ほとんど上《うわ》ずるほどの声でいった。

「江戸府を治めてもらわねばどうにもなりますまい」

現に、江戸城のあけわたしがおわった以上もはやその市政は新政府が担当せねばならずそれには人が必要であった。

――よかお人が見つかった。江戸は、肥前（佐賀藩の通称）の江藤さアにお願いしもそ。

と、西郷は他の要人にも説き、その了解を得てまわった。要人といってもかれらは維新奔走の志士あがりであり、さもなければ単なる田舎侍にすぎず、行政のことも知らねば、江戸の実情にもくらい。結局は、江戸行政は江藤ということになった。

「おかしなやつだ」

と、あとでこの話をきき、土佐の小笠原唯八は大笑いした。江藤が江戸という都会をこんどの東征ではじめて見たということは唯八がもっともよく知っており、あの田舎者が、たかが品川遊廓の土蔵相模に登楼しただけでその豪華さにおどろき、女のあでやかさに仰天し、「青うなって慄《ふる》えちょったが、わずか三日の蔵籠《くらごも》りで、官軍きっての江戸通になりよったか」と何度も笑った。

当の江藤は、むろん大まじめであった。四月十九日といえば官軍が関東諸地方において旧幕府の脱走部隊と交戦中の時期であったが、江藤は江戸にあって、旧幕府の引継《ひきつぎ》担当者である平岡丹波守、大久保一翁、服部筑前守、河津伊豆守、山岡鉄太郎、岩田織部からいっさいの行政書類をうけとり、その保管者になった。租税その他の財務関係の書類もいっさいふくまれている以上、江藤がにぎっているこの書類がなければ新政府は日本国の政権としてなりたたなくなるといってよかった。

「おンしゃ、日本でもっとも強い」

と、唯八がその日江戸城に登ってきてそういった。江藤はそういう書類や帳簿の山にかこまれながら、

（なるほど、西郷がたとえ百万の軍隊をにぎっているとしても、この書類をにぎっているわしのほうが強いのではないか）

とおもった。

江藤は、人事を発令しなければならなかった。まず、南北両町奉行所を担当する人物をえらばねばならない。

「唯八、それをやれ」

と、いった。唯八は町奉行などごめんだ、とあわてて手を振り、「おれにやれるものか」といった。唯八は文吏というものを好まず、それよりも戦陣に立つことを欲した。が、軍将としてはかれの出る幕がなかった。土佐藩の軍事方面は唯八とかつて容堂側近の同僚だった板垣退助が担当しており、その退助はすでに勇将のほまれが高く、いま官軍の中仙道鎮撫軍をひきいて関東の野で転戦している。

「いまさら、退助の下風に立つことはあるまい。ぜひ、わしと」

と、江藤はむりやりに唯八を説得し、江藤の指揮下においてその任につかせることにした。江藤はさらに人選し、京都いらい親交のある土佐の土方《ひじかた》楠左衛門（久元）をもこの任につかせた。

さらにこの男は江戸鎮撫についての諸制度を立案し、ほぼ採用された。これによって江戸の行政機関のことは、

「江戸鎮台」

という呼称にあらためられ、江藤は他の数人の同僚とともに江戸鎮台判事という新設の職に就任し、民政と会計を担当した。

ちなみに、江戸の町奉行所というのは三百年のあいだ市政の実務を担当していたためにこれを廃することはかえって町民のあいだに混乱をまねくおそれがあり、このため官軍入城後も「委託」というかたちでかれらに実務をとらせていた。が、いつまでも旧時代の機関を存続させておくわけにはいかず、江藤らはこれを廃止することにした。とりあえず奉行所という呼称をやめ、

「市政裁判所」

と改称した。土方楠左衛門は旧称でいえば南町奉行になったが、新称では市政南裁判所主任であった。小笠原唯八はその添役《そえやく》になり、五月二十三日、奉行所うけとりに乗りこむことになった。江藤自身はゆかず、かれらだけをゆかせた。かれらが江戸城を出発するにあたり、江藤は、

「役人というのは小心なものだ。諸事、寛大にふるまってやるほうがいい」

と、この峻烈な男にすれば意外にものやわらかな注意をあたえた。しかし唯八は鼻で笑い、

「われわれはお前さんじゃないよ」といった。

土方楠左衛門、小笠原唯八らは、官軍の士官服を着用し、騎馬で町を走り、南町奉行所についたのは定刻の午前八時よりすこし前であった。馬からおり、八ノ字に大きくひらかれた門前に歩を進めると、突如、天がはじけたかと思うほどの甲《かん》高い声がおこった。

——下《した》あに。

と、この大発声はそのような言葉であったことはあとでわかったが、このときは声のえたいが知れず、内心びくっとした。なにぶん奉行所といえば敵地に準ずべきものであり、土方らは十分の緊張と覚悟をしているさいでもあった。ところが、あとで事情がわかった。新任の奉行が初登庁をするさい、奉行所の家人が所内の者に報らせるために慣習としてそう発声するというのである。

「あれにはおどろいた」

と、土方は晩年にいたるまでこのときのことを話した。なにぶん土方楠左衛門といえば高知城外秦泉寺《じんぜんじ》村の郷士の出身であり、身分は土佐藩のなかでもきわめてひくく、しかも早くから脱藩して新政府樹立までは浪人の境涯をつづけ、そういう境涯のなかから一朝にして大江戸の御奉行さまになった。かれ自身、この奉行所入りのときほど時勢の転変を感じたことはなかったであろう。

奉行所の役人が、整座している。下士官に相当する同心百五十人は玄関前の砂利のうえに左右にわかれて土下座し、士官に相当する与力三十人はそれより上段——玄関内の両側——にすわっている。土方らは無言で玄関をあがり、廊下を一つまがって奉行の御用部屋に通り、着座した。

(まるで芝居の舞台のようだ)

と、小笠原唯八はおもった。舞台といえばそのあたりはみごとに掃ききよめられており、明り障子、襖《ふすま》のたぐいはことごとく貼りかえられている。さらに隣室は開け放たれ、二十畳の座敷いっぱいに奉行所の用金である千両箱がびっしりと積みかさねられていた。

「なにとぞ、ご検分を」

と、年長の与力がいったが、土方は、「いや、結構です」と言い、それらのものに手をつけず、また構内の検分などはいっさいせず、無造作に立ちあがって一同を大広間にあつめ、

「土方でござる」

と言い、

「私は多年風雲のなかにあり、国事に奔走し、このため民を治めることについてはな

んの経験ももっていない。実務のすべては諸子におまかせ致す」

とそれだけ言ってあとは自室にひきあげ茶を飲み、さっさとひきあげてしまった。

この態度は、当時おびえきっていた旧幕府役人の気持をほぐし、ひどく好評であった。


一方、江藤新平も江戸城内にあって、あたらしい民政方と会計方の機関を整備しつつあった。この職は旧幕府の勘定奉行の事務機構を踏襲したようなものであったが、ただ町奉行所とちがい、事務官をそろえることに難渋《なんじゅう》した。旧幕府役人を留任させたり、それらが勝手勝手に推挙する者を無造作に採用した。このため、

「江藤の下にはずいぶんいかがわしい者がいる」

という悪評が立った。悪評というのは、「そろばんもろくに置けない者が帳簿をつけていたり、新政府に反感を抱いているらしい者まで採用されている」というものであった。江藤はこういう悪評を冷然と聞きながしていたが、ある日、局の幹部をあつめ、

「人選についてはずいぶん悪評を聞いている。しかし私の方針にはかわりない」といった。江藤は、さらにこういった。

「大体、小吏の仕事などはたかが知れたるものである。猿ならずばたれにでもできる」

——猿ならずばたれにでもできる。

という言葉はすぐ城内で評判になり、

「われわれは猿でないだけか」

と、小吏たちは蔭で苦情をいった。要するに江藤のいうところは、

「猿でなければたれでも呼んでこい。まず任用することだ。もし使ってみてその任に堪えなければ取りかえるまでである。いま緊急のことは事務部署の空席を満たすことだ」ということであった。さらに江藤はいう、

「千両以上の案件については、上官がそれを決せよ。千両以下の案件は下官のもとで処決してゆけ」

この場合、上官というのはのちの呼称でいう高等官であり、下官というのは判任官のことであった。その上下の分掌を「千両」をもって基準にした点、いかにも革命政府らしい荒っぽさだが、ところが何日か経って妙な現象がおこった。

千両以上、という重い案件が、高等官のもとにやって来ないのである。高等官たちは不審におもい、江藤のもとに訴え出た。

「そりゃ、悪人がいるのだ」

江藤は、即座にいった。実務をとっている判任官のなかに江藤のいう「悪人」がいて、千両以上の案件でもたくみに分割して小さな金額にし、自分で処決し、処決した金のうちのいくばくかを懐ろに入れているのではないか。

江藤の両眼が、すさまじく光った。すぐ捜査を命ずる一方、江藤自身が、判任官処決の書類をくまなく検分した。

ほどなく目星がついた。

容疑者は米原助三郎というかつての徳川家御家人であり、幕府の勘定方の小役人をしていた男で、旧幕時代から札つきの注意人物であった。その帳簿の細工は手なれているだけにじつに巧妙だったが、江藤の目からみればこの程度の細工はこどもだましのようなものであった。江藤はすぐ米原を逮捕させ、みずから取調べをおこなった。

「江藤は、やりすぎる」

といわれた。

――判事みずから与力のまねをする。前代未聞である。

などと、評判はよくなかったが、とにかく江藤にすれば――後年もそうだったが――役人の悪徳というものをもって地上の最大の悪としているこの男にすれば与力の真似どころか、できれば刑の執行吏になりみずからの手で縊《くび》り殺したいほどの感情に駆られていた。

江藤は、米原を石抱きの拷問《ごうもん》にかけた。江藤はのちに司法卿になりこの国の司法行政の基礎をきずいたが、このときの米原へのあつかいはすべて旧幕の慣習のままを踏襲し、この旧幕刑法のとおりの拷問をした。

すさまじい拷問であった。

が、米原は音《ね》をあげない。江藤がすでにしらべあげているところでは、米原はこういう帳簿操作で八万両を浮かし、その金をもって越後に高飛びをするということであった。越後方面は目下、越後長岡藩と官軍のあいだで死闘がくりひろげられており、しかも官軍の敗色が濃く、このため新政府の警察権がそこまでおよばない。これらはすべて、米原がかこっている妾《めかけ》の証言で知った。妾の証言をとった手段も、拷問であった。

が、江藤は失敗した。米原助三郎はこのすさまじい拷問の結果、斃死してしまったのである。江藤は、さすがに後悔した。

しかし、この処置そのものを後悔したのではなく、拷問が死に至らしめるという、その技術の拙劣さについてのみ反省しただけであった。

「が、米原の死は、日本のためにむだではない」

と、江藤はひとにもいった。なぜならばあの連日つづいた拷問のすさまじさが城内で執務している諸役人を戦慄させ、このため官務秩序が旧幕時代とはくらべものにならぬほどに粛然とした。

この時期、彰義隊の戦争さわぎがおこっている。

彰義隊周辺

一

この当時、勝海舟は江藤と何度か交渉をもった。晩年、海舟は江藤を評して、

江藤新平、あれはおどろいた才物だよ。ピリピリしておって、じつにあぶないよ。

といわば好意をもって言ったが、江藤自身は逆に、

——勝ほどの食わせ者はいない。

とみていた。とくにこの当時——彰義隊さわぎのころ——勝のうごきに対し、

「勝は底知れぬ智略をもって薩人をだましきっている」

とみている。薩人とは、西郷吉之助のことである。ついでながら江藤は西郷に対しても、世間の評価とは逆に、

「なるほど巨人かもしれない。しかし頭はいたって愚鈍だ」とひそかに酷評していた。むりもないであろう。江藤新平というこの男の気質才質からいえば、たとえば馬と牛がたがいに交媒の余地もない他動物であるように、かれにとって西郷という人物はおよそ理解のとどきかねる人物であった。要するに、「西郷には手品がわからない」と江藤はいう。その「手品師」とは、勝海舟のことである。

話が、多少前後する。

去る四月十一日、官軍が江戸に入城し、城受け渡しをおわった。この間《かん》、勝は西郷と談判をかさね、「江戸府内の政治については当分徳川家がうけもつ。その責任者は徳川家一門の田安慶頼と、旧幕臣勝海舟、大久保一翁《いちおう》である」ということにきまった（このことについては江藤は反対であったが、結局は勝の要請どおりになった。数ヵ月間この体制がつづけられたのち、江戸の行政は新政府にひきわたされる）。

ところで。――

彰義隊の騒ぎは、この間《かん》におこっている。彰義隊とは旧幕臣を中心とする、いわゆる「浮浪」の有志が、

――徳川家の祖廟をまもる。

という名目のもとに結成された義侠団で、上野の山を本営とし、あたかも警察権を持つがごとく公然市中を巡察している。しかもその人数は日がたつに従ってふえ、この時期にはついに三千人、四千人といわれるほどの大軍になった。

「われらは輪王寺宮《りんのうじのみや》を擁している」

というのが、かれらのいかにも時勢的な大義名分であった。尊王は時代の主導思想になっている以上、「官軍が総督府宮を擁しているなら、われらも徳川家の祖廟に奉仕する輪王寺宮を擁している。ミヤサマにかわりはあるまい」とし、しかしながら裏では徳川家の名誉の回復を志し、その戦略としては他の反官軍勢力――関東一円で転戦している旧幕軍、それに、榎本武揚《たけあき》のひきいる旧幕海軍、さらに反官軍態勢をとっている奥羽列藩同盟――などと気脈を通じつつ時勢の逆転をねらおうとしていた。

かれらは官軍を、

「錦切《きんぎ》れ」

とよんだ。官軍の将士は何藩であれ、そでに「合印《あいじるし》」として錦《にしき》の小さな裂れをつけていた。彰義隊士は毎日のように錦切れに暴行をはたらき、ときには殺傷し、ときには嘲声をあびせた。

それでも、大総督府——官軍本営——は沈黙している。手を出さずにただひたすらに見まもっていた。この事情のもっとも大きな理由は西郷が勝に対し、「江戸のことはわれわれ田舎者にはわかりもさん。いっさい足下《そっか》にまかせもす」といったからであり、これがいわばもっとも重大な協定になっていたし、この協定を尊重する以上官軍が直接彰義隊に弾圧をくわえるわけにいかなかった。しかしながら江藤はそのあいくちのようにするどい舌鋒で言いつづけた。

「西郷は勝の手品にだまされているのだ。西郷は寛大なのか愚昧《ぐまい》なのか知らないが、このままでは新政府そのものが、塩をまかれたなめくじのように江戸で消滅してしまう」——

さらに官軍の彰義隊に対するなやみは、それを討伐するにはあまりにも兵力が不足しているということであった。わるいことに関東から北越にかけて旧幕軍が火の粉をまいたように散らばっており、官軍主力はそれを各地に追い、転戦し、このため江戸に置かれているのはほんのわずかな留守部隊しかいない。

ついで第三の理由は、官軍の戦費がすでに尽きはてていることであった。諸隊は鉄砲をもっているにしても弾薬がとぼしく、それをあらたに横浜商館から買い入れるにはすくなくとも二十万両の金が必要であった。ところがいま総督府にある金は二十万両はおろか、掻きさがしても五百両の金を得るのがやっとであった。

「官軍は、まるでねずみのようだ」

と、江藤は、友人の土州藩小笠原唯八にいった、「錦をつけたねずみが江戸のまわりをおそるおそる包囲している。江戸のまン中には猫である彰義隊がいる。猫どもは毎日ねずみを襲っては食いころしている。いったい江戸を占領しているのは猫かねずみか」

このため、政府の威信は日に日に墜ちてゆく。江戸市民はことごとく彰義隊に同情し、かれらが官兵を殺すたびにひそかに快哉《かいさい》をさけび、「いずれ官軍も京の天朝も、草履《ぞうり》をぬいで逃げだすだろう」とみていた。国内だけでなく、横浜の外国公館筋ですら、

——新政府はあぶないのではないか。

と観測するようになっている。もっともその有力な材料としては彰義隊の暴慢さということだけではなく、北越における官軍の敗戦と、奥州諸藩が結束して反京都政権のために立ちあがっているということもふくまれてはいたが。——

こういうやさき、江藤の友人の小笠原唯八の身にまで変事がおこった。

唯八はよく夜分の外出をする。

「夜あそびはいいが、駕籠にだけは乗るな」

と、唯八は板垣退助からも江藤からも注意されていた。彰義隊士は、よく駕籠をねらう。駕籠に乗っている者は進退が不自由で、うろうろするまに刃《やいば》で串刺しにされてしまう。そういう例は、多い日には五件も六件もおこっていた。

「君はとくに用心しなければならない。なぜならばふとりすぎている」

と、江藤はいった。土佐はどういう風土のせいか肥満漢がまれなのだが、小笠原唯八は例外だった。

が、唯八は容赦なしに駕籠に乗った。「このからだで、一里の道が歩けるとおもうか」というのが口ぐせだった。その夜、かれは吉原から駕籠に乗った。

二十貫はある。駕籠舁《か》きがいやな顔をしたが、唯八は「おれは彰義隊だよ」というと、駕籠舁きの態度がかわった。旦那、ごくろうさんでごぜえやす、と声をそろえて唄うようにいった。唯八は巨体を二つに折って駕籠に入り、草履をふところに入れた。ひもがぶらさがっている。唯八はそれにつかまり、尻の片割れを浮かすようにした。そうすると駕籠舁きは調子がとりやすくなる。「旦那はさすがに江戸っ子だ。錦切れの田舎者を乗せるとこうはいきやせんよ」と後棒がほめてくれた。刀のつかは右肩にもたせかけている。

金杉のあたりまできたとき、妙な予感がした。唯八は、刀つかをにぎった。駕籠が、とまった。

あとでわかったことだが、いかにも剣客らしい背高の男がひとり、駕籠の前途へぬっと出てきて、「客は錦切れか」と、駕籠舁きに小声できいた。駕籠舁きは大いそぎでかぶりを振ってなにか答えようとしたところ、怪漢はその返答を待たず、駕籠の左わきへ寄ってきてのぞこうとした。

――戛《かっ》ト音ヲ発シテ倒ル。

と、唯八はあとに漢文調でこれを江藤に語っている。戛《かっ》というのは、唯八がとっさに刀を鞘ぐるみで攬《と》り、コジリをもって怪漢の眉間《みけん》のあたりをはげしく突いた。これがよほどの打撃だったのか、おとこはあおむけざまに倒れた。唯八はそのまま駕籠舁きに命じ、息のつづくまで走らせて現場を去った。

「命びろいをしたよ」

と、唯八はあとで江藤にいった。江藤は笑わなかった。

「匹夫《ひっぷ》だな」

といった。小笠原唯八の行動はなるほど豪胆だが、しかしその勇気は一国を動かす者の勇気ではなく、町の兄哥《あにい》の勇気であるという。「なぜ逃げなかったか。駕籠の逆方向からころがり出れば逃げられるのだ。相手が一人だったからいいが、数人ならばあなたは殺《や》られている」

「ちがうな」

小笠原唯八はいった。

「あの曲者の眉間を突いたときの音ほどの快音は、わしは子供のときからきいたことがない。この世の痛快さはそういうことだけだ。その痛快さを求めるためにたとえ斃《たお》れるともわしは本望だな」

といった。江藤は「そういうところが、あんたの匹夫であるところだ」ともう一度いったが、にわかに声が弱くなっていた。唯八のいう、痛快さを求めるために斃れてもいいという気分は、むろん唯八ほどには単純ではなかったけれども江藤自身にもある。むしろ渾身《こんしん》にあふれている。そういうことをたれよりも江藤自身が知っていた。

「わかった。よくわかった」

江藤は、自分の前言をひるがえした。なるほど唯八の一生は痛快さを求めようとしているのであろう。唯八はわずかに喧嘩沙汰を求め、江藤は天下を相手に争闘しようとしている。唯八のいう「戛然《かつぜん》たる快音」をもとめようとしている点では変らないであろう。

そういうことのあった翌日、江藤は増上寺の薩軍陣営にのりこんだ。

「西郷大参謀に面晤《めんご》を得たい」

と、参謀海江田《かえだ》武次《たけつぐ》にまで申し入れた。海江田はむかし有村俊斎と称し、薩摩藩のお城坊主のあがりで、安政大獄前後から志士活動をしてきたという点で、当節の活動家のなかでは西郷とともにもっとも閲歴がふるい。しかもその末弟の有村次左衛門はいわゆる桜田門外の変に参加して井伊直弼《なおすけ》の首をあげてのち自刃し、さらに次左衛門だけでなくいまひとりの弟の有村雄助までもこの変に連座して切腹している。この点、革命の成ったこんにちとなれば、生き残りの海江田武次は華麗きわまりない革命の伝説と勲功にかざられているが、海江田自身の評判は薩藩のなかでもあまりかんばしくなく、

――要するに小人だ。

と酷評する者もある。一種の激情家ではあるがその情熱が多分に暗く、ささいなことでも陰謀を好み、党争が病的に好きであり、それに革命期の生き残りというにしては政治の能力に乏しかった。

「なんの用だ」

と、海江田は高飛車にいった。江藤もこの海江田という男を好まなかったから、

「用は西郷君に会ってからじかに言う。それとも、あんたに用を言わねば西郷君に会えぬという仕組みになっているのか」と、つい物言いが不穏になった。海江田は血相を変えたが、しかしだまった。

（この佐賀者め）

と罵声があやうく噴き出そうな顔つきをした。海江田にすれば幕末にあっては多分に佐幕的であった肥前佐賀藩が、時勢の転換したこんにち、にわかに過去をわすれたかのごとくして薩長に伍《ご》していること自体腹にすえかねていた。しかし海江田はこの場は堪えた。仕返しは後日、機会をみてすればよいとおもった。

「よかろう」

海江田はみずから、奥まった一室に案内した。やがて西郷が巨体を運んできて着座した。まわりに、人がならんだ。西郷の実弟である慎吾（従道）、ふるくからの同志である吉井幸輔（友実）、西郷のいわば用心棒ともいうべき中村半次郎（桐野利秋）、それに案内者の海江田武次である。

（いつもこの連中が西郷を取り巻いている）

と、江藤は内心不愉快であった。なぜ一対一で西郷に会わせようとしないのか。

西郷そのひとは他の者とはちがい、江藤に対して丁寧すぎるほどに丁寧であった。

「えらい陽気で、墨堤の花も散りもしたな」

と、そんな時候のあいさつをした。江藤には本来、そういう余裕も駘蕩《たいとう》さもなかったから、いきなりひざをすすめ、切りこむような口調で本題に入った。

「上野の浮浪をいつまで捨てておかれる」

といった。

が、西郷は目をいっぱいに見ひらいたまま返答しない。かといって自分の意図を韜《くら》晦《ま》すといったふうの狡猾さなどすこしもなく、江藤の話を懸命にきくといった姿勢である。ひとはこういう西郷の態度に吸いこまれ、よほどの人物でもつい多弁になるのがふつうであったが、この場合の江藤は並はずれていた。顔を動かさず、目を動かさず、しかも弁じつくした。

「あの上野の屯集者をすてておくかぎり、新政府の威信は疑われ、国内を服せず、国外は疑惑をもち、ついに土崩《どほう》瓦解《がかい》することは火をみるよりもあきらかである」

と言い、「これを捨てておくことは要するに西郷君みずからが新政府を瓦解せしめようとすることと同じだ」とまで極論した。西郷の左右が色めき立った。

「口がすぎよう。江藤君」

と、海江田武次がいった。江藤はそっぽをむいたまま、

「正論はつねに極論にまで至らねばつらぬけぬものだ」

といった。さらに、

「私はまだ西郷みずからのご意見をうけたまわっておらぬ。いったい、ご存念はどうか」

というと、西郷ははじめて膝を動かした。が、その口から洩れた言葉は、「ご所存、よくわかりもした」ということだけであり、言いながら何度もうなずいただけであった。江藤は、いらだった。「で、今後はどうなさるおつもりか」と、濃霧の中で足掻《あが》くようにたずねると、西郷はいよいよ恐縮し、

「さっそく勝さんに会い、相談せねばなりませぬ」

という。江藤は袴《はかま》をつかんだ。

「勝は、旧幕人ではござらぬか」

新政府の方針をきめるのに旧幕人に相談せねばならぬということはどういうことか。江藤はするどく衝《つ》いたつもりであったが、西郷は両眼をゆたかにひらいたまま、

——それが人の道、国の道でござる。

といっただけであった。勝と協定した以上その建前をまもるのが信義である、信義をもって事にあたらねば天下の大事は成らぬというのが西郷の政治観であった。江藤

の舌鋒も西郷がひろげている曠野の前ではさまよい、ただようしかなかった。

増上寺本堂から帰った江藤は、すぐ行動をおこした。行動をもって西郷の「信義政策」を破るしかなかった。その足で品川へいそぎ、たまたま出航しようとしている佐賀藩籍の観光丸に乗り、海路上方へむかった。江藤の構想では、京都政府をうごかして、江戸における出先機関である西郷に彰義隊討伐を命ぜしめようとするにあった。

二

この大仕事には、相棒が要る。相棒は尋常人ではつとまらない。胆略と行動力と、雄弁力をもった男が必要であった。江藤は船の中、あれこれと考え、(案ずることはない。京に入れば、すでに長崎からあの大隈八太郎がきているはずだ)とおもい、そのことに期待をかけた。

大隈八太郎、のちの名は重信である。大隈は江藤とおなじ佐賀藩士であるだけでなく、あの佐幕藩内のなかにおけるほんの少数の勤王活動者としてたがいに風雪を凌《しの》いできた仲であった。もっとも大隈は立ちまわりの機敏な男であったから、江藤のように役職家禄を剝奪《はくだつ》されるようなひどい目にあったことはない。

ひどい目にあわなかった理由の一つには、大隈の藩における所属階級は上士であり、亡父は長崎砲台の司令官をつとめた名望家であったということも手伝っているであろう。

(とにかく、風変りな男だ)

ということだけが、江藤の印象であった。江藤とはこれほど古い同志でありながら、たがいに膝をまじえて、しみじみと心境を吐露し合ったことがなかった。もともと語りあう、という機能が大隈にも江藤にも欠けていたが、大隈はとりわけそうで、かれは論じはじめると相手もなにもあったものではなく暴風のような勢いで言葉がその分《ぶ》のあつい唇から発射され、相手が屈服するまで鳴りやめない。そのくせ、手紙も文章も書かなかった。理由はほとんど異常といっていいほどに文字がへたで、文字の体をなしていないため、それを恥じたのかどうか、生涯文字を書かなかった。

そのくせ、佐賀藩の藩校である弘道館のころは抜群の秀才として鳴らした。もっとも大隈は文字を筆写せねばならぬ漢学コースに籍があったのではなく、別のコース——蘭学寮——に属していたのだが。

この男の目は、よほどのさきが見えるようにできていたらしい。蘭語の書物その他によって世界をのぞくことができたが、そこに意外にもオランダ人がおらず、アングロ・サクソンが濶歩していることを知り、今後の日本人は英語を学ばねばならぬと知った。すぐ、藩に具申《ぐしん》し、英語学習のため長崎に留学せよとの藩命をとりつけ、長崎にゆき、米人宣教師のフルベッキとウィリアムスについた。この大隈の思考法の奇妙さはかれ自身が書生でありながら、

——おれひとりだけが英学を学んでもおもしろくない。学校を建てよう。

と思い立ったことであった。後年、この男は早稲田大学を創《はじ》めるにいたるのだが、その学校好きはこの二十代のころからすでに萌《きざ》していた。「致遠館」という英語学校を建てた。その経費——塾舎や教師の謝礼——をつくりだすために、長崎にいる佐賀出身の商人たちをあつめ、儲け口を教えた。当時、長州藩が幕府と戦争状態にあり、そのため同藩領の下関海峡が閉されており、これによって九州と上方との海上交通がうまくゆかず、上方に出すべき九州の米は滞貨となり、大いに値下りしてしまった。「安い九州の米を運んで大坂で売れば巨利を博する。下関海峡を通過することについてはわしは勤王党だから長州の同志の了解をとりつけてやる」ということでこれを実行させ、大いに利を得た。この分け前で致遠館を経営した。大隈とはそういう男であり、その奇妙な才覚という点では江藤はとうていかれに及ばない。

幕府が瓦解した。

江藤をはじめ、副島、大木、大隈といった佐賀勤王党はにわかに新政の要路におど

り出たが、大隈だけはとくに新政府から乞われて京にはのぼらず、長崎に駐屯した。その後、新政府を戦慄させた外交事件がおこった。新政府は、旧幕時代からの日本の国是《こくぜ》である切支丹《きりしたん》国禁の方針をそのまま踏襲し、信徒を弾圧した。これが各国公使を大いに憤慨させ、かれらは団結し、英国公使パークスを代表として京都政府にその国禁の撤廃をかけあわせることになった。政府はおどろき、

——この全権は、佐賀の大隈しかない。

ということになった。「長崎にいる大隈八太郎という佐賀者は、およそ外国人というものを怖れず、かれらを煙に巻き、その前で大法螺《ぼら》をふく」というのが当時京都まで鳴りひびいていた評判であった。なにしろパークスは傲岸《ごうがん》で怒りっぽい上に、高圧的態度だけが極東における外交の唯一の手であると信じている男だけに、それと渡り合う相手としては尋常一様の人物では間にあわず、よほどの奇物を出す必要があろうというのが新政府の人選方針であった。大隈はそれにえらばれた。大隈にとって、かれが歴史の階段に駈けのぼるいわば最初の一段であったであろう。

大隈が長崎から上洛したのは、江戸で彰義隊が暴慢をきわめていた四月の下旬であり、閏四月三日、大坂の東本願寺別院を会場に談判がひらかれた。新政府側からは、三条実美、木戸孝允、大久保利通以下大官のことごとくが臨席するというきらびやか

な外交舞台であった。恫喝《どうかつ》主義のパークスはまず年若の大隈を指さし、

「ボーイ」

と叫んだ。出鼻をくじくのはパークスの常套《じょうとう》であった。かれが言うのに、「自分は英国国王の代理人である。しかるに日本政府はこのような若輩を代表にした。そのこと自体、われわれを侮辱するものではないか」ということであった。日本側はパークスをなだめ、「こんど大隈を新政府の参与にした。参与はすでに大官であり、言われるような低い身分ではない」と弁解した。

通訳は、英国側のアーネスト・サトウである、劈頭《へきとう》、大隈は卓をたたき、

「ヤソ教の国禁は日本の法律にかかるものである。英国をはじめ列国は日本に対し内政干渉をするか」と、どなった。パークスはそれ以上の声を発し、

「その日本の国法こそ世界の通念から外れている。罪なき民を罰し、真実の門をふさぐなどは、野蛮国ですらこれを恥ずるものだ。好意のあるわれわれの忠告に対し威丈《いたけ》高《だか》に拒絶するなど、日本の前途もこれでほろびるであろう」

「むしろほろびの道をえらぶ」と大隈はすかさずいった、

「外国からいちいち指図されねばならぬようなら、日本はいさぎよくほろびの道をえらばねばならない。もしここで諸公が戦争に訴えるとおどすなら、われわれ日本人は

滅亡を覚悟して銃をとるだろう」

「待った」

　と、パークスは眉をひそめた、「この卓上での話は戦争のことではない。宗教のはなしをしているのだ」

「似たようなものだ」

　と、大隈がいった。そのあと展開した大隈のキリスト教論というのはパークスをさえ沈黙させた。大隈はいう。キリスト教の真理であることはみとめる。しかし半面、キリスト教がおびただしい弊害を欧州の歴史に流したこともわれわれは知っている。

「聞かずや」と、大隈はいう。ある欧州の歴史家は「欧州の歴史は戦乱の歴史である」と。而《しか》してある宗教家——大隈にひそかに聖書を教えたフルベッキのことだが——は「欧州の歴史はキリスト教の歴史である」ともいう。この二つの言葉がもし真実であるとすれば、キリスト教の歴史はすなわち戦乱の歴史である。かのドイツの三十年戦争をみられよ、フランスのユグノー教徒の乱をみられよ、セント・バアソロミューの新教徒二万人の虐殺をみられよ、これらの歴史を貴官はどうみられるか。イエス・キリストは地に平和を贈ったのではなく、剣を贈ったのである。……

（この男は、欧州史を知っている。もしくは知っていることを最大限に生かす能力を

もっている）

パークスは、そのことにおどろいた。パークスはこの国の革命者については薩摩藩士をもっとも多く知り、ついで長州藩の数人に面識があったが、佐賀藩士に会うのははじめてであった。奇妙な形の髷《まげ》を結って両刀を帯し、寛濶なスカートをはいているこの若い男が、どこでこれだけの知識を仕入れてきたのであろう。が、パークスは沈黙をつづけているわけにゆかず、ふたたび怒号を開始した。それに対し大隈はいちいち応酬し、ときに野蛮な論理を駆使してパークスの理屈に打撃をあたえた。その応酬は午前十時からはじまり、しかも昼飯の休息すらとらず、午後四時までつづいた。結局は喧嘩わかれにおわったが、その間、大隈のほうが七割方しゃべり、しゃべることにかけては、かつては恫喝外交でシナ人をふるえあがらせたこの英国公使を完全に圧倒した。

「大隈は、やった」

という声が、京都政権の内外に満ちた。もともとこの革命政権はかつての政府であった幕府にひきかえ国際問題を処理する人材がひとりもおらず、元勲たちもその点ではまったく無知で、そのことがこの政権の最大の弱点になっていたが、この大隈がみせたいわば蛮勇によって、

――外交は、あの佐賀人にまかせておいたほうがよいのではないか。

という空気が支配的になった。大隈八太郎重信という政治家は、みずからがつくったこの上昇気流のなかで長崎の凧《たこ》のように浮上しはじめた。

江藤は大坂に上陸して藩邸に入った。二三の旧知に会ったが、旧知はみな口をあわせたように大隈の人気沸騰《ふっとう》ぶりを語り、

「佐賀藩の声望を高めた」

と、ほめそやした。それをきき、江藤はなんとなく気持の萎《な》えてくるものを感じた。ここで友のために手ばなしでよろこぶには、江藤の頭脳は冷静でありすぎた。

(あれはもともと虚喝漢《はったりや》なのだ)

と、江藤はおもった。異人が大隈の虚喝にぼう然としただけであり、論戦に勝ったわけではあるまいとおもった。

江藤は、京にのぼった。昼前、佐賀藩邸に入ると、ちょうど大隈がいた。

――なぜ江戸から京へきた。

と、当然大隈は江藤にきいてやるべきであったが、江藤の前にどかりとすわるなり、この男は過日の東本願寺会談についてとうとうと弁じはじめ、ついには、

「パークスの狸めを瞠若《どうじゃく》たらしめた。これは百万の大軍を破った武功以上のものだ」

と、例によって大法螺を吹いた。江藤はこれをきき、ついに興を醒ました。

（やめた）

とおもった。要するに彰義隊攻撃についての政治行動を、この暴風のような男と一緒にやる気持をうしなった。大隈に功を奪われる、という懸念《けねん》が、あるいは江藤の意識下にあったかもしれないが、それ以上にこのきめの粗い行動家と一緒にやればこちらの神経も精神も破壊されざるをえないだろうというおそれが先立った。このあたりは江藤の性格というより、佐賀人の共通の欠陥であろう。薩人は一人の指揮者を押し立てて組織的にものごとをやるといわれ、長州人は仲間を愛し、仲間と連繋《れんけい》しつつ物事をすすめてゆくといわれるが、佐賀人はつねに個人であり、徒党を組もうとはしない。

「ところで、京へは何をしにきた」

と、大隈がやっと鳴りやみ、かんじんのことを質問したが、江藤にはもう、それを語るだけの気持が消えていた。「要するに江戸の火消しを京に頼みにきたのさ」と言い、そのまま席を立って藩邸を出た。

独りで、京の町を北へいそいだ。一足ごとに袴が気ぜわしく鳴るような歩き方である。おおぜいで歩くならば平均された歩調にまで足をゆるめねばなるまいが、一人で歩くぶんにはいくら足をいそがせても苦情は出ない。江藤の性分にはそれが適《あ》っていた。

かれは朝廷に対し、献白書を上提した。そのあと、要人を歴訪しては雄弁をふるった。まず岩倉具視を説いた。江藤は、新政府の事実上の首領ともいうべきこの公卿の性向をよく知っていた。岩倉は智弁というものにはもろいたちであった。かれは江藤が展開した論理に双手をあげて降参した。さらに江藤は、長州代表の木戸孝允をも説いた。江藤は木戸の性格を知っていた。木戸は政治家であるわりにはその気分は慢性胃病患者のように暗く、いかなることにも楽観できず、つねに取り越し苦労をしすぎていた。木戸はその生涯においておそらく、「これで大丈夫」という言葉をつかったことがないであろう。

「木戸は、腹痛が熄《や》めば、歯痛の心配をしている」

と、江藤はおもっていた。江藤はそういう木戸の性格の傾斜に沿《そ》いつつ、江戸における政情の悲観的材料をならべ、木戸の痛覚を刺激しようとした。「このままでは新政府は江戸で瓦解する」といった。

「事態は、そこまできておるのか」

木戸の痛感は、はげしく刺激された。江藤はさらにいった、「江戸は西郷にまかせておけない。西郷の寛仁大度は、もはや政略の限度を越えている」

「かもしれない」

と、木戸は眉をひそめた。木戸はもともと薩長連合の当時から西郷ぎらいであり、西郷の人格的魅力に対して最初から冷淡でありつづけてきた。というより、西郷は稀代の奸人であるとさえおもっていた。

「政策を一変する必要がある」

と、木戸はいった。江藤は、「しかし」という。

「しかし江戸の町だけは焼いてはならぬ。新政府には、二百万の被災者を救済できる力がない。町を焼かずに彰義隊のみを殲滅《せんめつ》するのが至上の命題だ。事は不可能に属するかもしれないが、やらねばならぬ。この手品をやってのけるにはよほど戦理にあかるい者が必要だが、残念ながら西郷は大略家であっても、そういう芸当はもっておらぬ」

「たれならばできる」

「それは」

江藤は、だまった。江藤は第三勢力――というより、ともすればのけ者にされがちな——佐賀人である以上、薩長をひそかに憎みぬいていた。長州人に対しては薩摩人の欠陥を洗いたてたし、薩摩人の前にゆけば長州人を罵《ののし》った。それが第三勢力の正義というものであった。しかしこのばあいは佐賀人の政略として長州人を立てようとした。

「大村益次郎」

と、江藤はいった。

「貴藩の大村益次郎を措《お》いてこの大任に堪えうる者はあるまい。あれほどの名人をなぜ江戸の戦場に派遣しないのか。なぜ京で閑日月をすごさせている」

この意見は、木戸をよろこばせた。その理由は、大村は長州藩の唯一の手駒ともいうべき軍略家であるというだけでなく、この平民あがりの西洋医者にすぎなかった大村を藩に招聘《しょうへい》してつぎつぎに累進させ、ついにはかつての幕長戦争の司令官にまで仕立てあげたのは木戸であった。

——大村しかない。

と、木戸自身もおもっていた。新政府の要人は志士あがりであっても軍略家はいない。軍略の才というのはゆらい、人間の才能のなかでももっとも稀有《けう》なものであろう。薩摩藩には唯一の手持ちとして伊地知正治がいるが、伊地知はすでに老骨である上にその兵学思想は古い。

「よく言ってくれた。しかし」

と、木戸は言う。同藩人の自分の口から大村を推薦《すいせん》しにくい。「ここまで苦労をかけた以上は、岩倉卿と薩の大久保（利通）を説いてくれまいか」といった。

江藤はむろん、その労をとった。これによって軍務局判事大村益次郎は、新政府直命の参謀として東下することになった。

三

大村益次郎は海路東下し、品川に上陸すると、すぐ江戸城に入った。江戸城で江藤と顔を合わせたが、この無口な男は江藤に対し、木像のように沈黙していた。江藤も石のような表情で大村に一揖《ゆう》もせず、だまりつづけている。数日経ち、ある午後、江藤は長廊下で大村とすれちがった。ふりかえりざま、

「大村君」

と、その背へ声をかけた。大村は、ふりかえった。火吹達磨《ひふきだるま》とあだなされた珍妙な貌《かお》が廊下の暗みに沈んでいる。江藤は、「彰義隊はまだ手つかずか」といった。信じられぬほどのことだが、彰義隊のことについて江藤はこの大村とはじめて語ることに

なる。大村は頭から飛び出るような奇声で、しかし低く、

「金《かね》をさがしている」

といった。大村の見積りでは戦費は意外に大きかった。最低五十万両、という。銃器も買わねばならず、小銃弾だけでも五十万発は買わねばならぬ、という。大村は普通の司令官ではなく、戦《いくさ》の費用からして心配してゆかねばならぬ立場にあった。

そのため、大村は江戸に着いてからは城内の宝蔵に入りきりで、書画骨董《こっとう》をしらべ金目になるものならことごとく出させていた。書画骨董だけでなく、柱の釘隠しなどで黄金製のものを見つければ、すぐさまはずさせた。もっとも、そういうものをいかほどかきあつめても何十発の砲弾が買えるわけのものではなかったが、しかし兵隊の弁当代ぐらいにはなるかもしれなかった。

「それにしても」

江藤は、詰め寄った。

「すこし落ちつきすぎている」

江藤のいうのも、無理はなかった。先日、谷中三崎町では薩摩兵が彰義隊に包囲され、まず一人が斬殺された。他は逃げたが、彰義隊はそれを追い、動坂のむこうの地蔵塚でかれらは逃げる薩人を背後から斬り倒した。駒込千駄木観音前でも薩人が殺

された。上野のふもとの三枚橋でも筑前福岡藩士が斬られた。因州鳥取藩のごときは弾薬運搬の輸送隊が、人も馬も荷駄も奪われた。佐賀藩士のなかにも二三、横死する者が出た。これ以上捨てておいては新政府の威信はまったく地に墜《お》ちてしまうであろう。

「海軍がないからか」

と、江藤はいった。そのとおりで、江戸湾は旧幕府の海将榎本武揚のひきいる艦隊のために制海権をうばわれているばかりか、海上から江戸を封鎖されている。

大村はかぶりを振り、やはり金だな、といった。「江藤君」と大村はいった。

「金を都合してくれるかね」

大村のいうのは、いま欲しいのは千語万語の議論よりも金である、議論よりも金を調達できる者だけが新政府を危機から救いうるのだ、ということであり、それだけであった。それだけを言いおわると大村は江藤の返事も待たず、ふたたびくるりと背を見せた。やがて廊下のむこうへ去った。江藤には一言の反論もなかった。かれには一両の金をつくる才覚もなかった。

翌日、江藤は横浜へ行った。

むろん、金をつくるためではなく他の用事のためであった。品川から横浜にかけての地帯の警備は佐賀藩にまかせられている。千人の藩兵が駐屯していた。その本営は横浜本町二丁目で「肥前屋」という屋号で貿易を営む佐賀の町人西村七右衛門方があてられていたが、江藤はそこを宿とした。ところが、

——昨夜、上方《かみがた》から大隈がくだってきた。

と、他の藩士がいう。

「大変な鼻息だった」

という。肥前屋での話題は大隈のことでもちきりだった。大隈の用事というのは、軍艦である。

その軍艦は、横浜港内に停泊している。日本の艦名はまだつけられておらず、単に、

「甲鉄艦《ストーン・ウオール》」

とよばれていた。装甲、二本檣《マスト》、一二〇〇馬力、排水量一三五八トンの堂々たる新造戦艦であった。この艦は米国で南北戦争がおこなわれていたころ、北軍政府がフランスに注文して建造したもので、発注後ほどなく南北戦争がおわった。たまたま渡米していた幕府海軍の小野友五郎という者が購入の約束をし、数年を経て完工を見た。ところが回航されてきてみると、注文主の幕府が瓦解してしまっていた。新政府では

当然ながら、これに目をつけ、ひそかに調査してみると、代価は二十五万両であるという。

金はなかったが、なんとか買おうとした。買えば新政府の海上軍事力が一挙に倍加されることは確実であり、一艦でもって榎本艦隊に対抗できるというのも夢想ではなかった。が、金がなかった。

——わしがやる。

と、新政府の徴士団のなかから買って出たのは、佐賀藩士大隈八太郎である。パークスと渡り合って「外交は大隈」という名を売ったこの男は、財務・商務も大隈、という名声を得るだけの自信があった。岩倉も大久保も木戸も、一途にこの男に頼った。この男はすぐさま大坂にくだり、富商をよびあつめて資金の借り上げを強談《ごうだん》した。強引すぎた。大坂の商人は幕府の瓦解と相次ぐ新政府献金で疲弊しきっており、「鼻血も出ませぬ」と泣訴《きゅうそ》したが大隈はゆるさず、ついに二十五万両を借りあげた。

事態は急を要した。旧幕軍に甲鉄艦《ストーン・ウォール》を買われてしまえば今後の戦争の帰趨《きすう》がどうなるかわからず、この場合の大隈の活動は百万の軍隊にも匹敵した。

大隈は海路、品川についた。汽船から降りてボートに乗って接岸しようとすると、そのあたりに艦船をならべて停泊している榎本艦隊の警戒員がこれをあやしみ、短艇を出し、大隈のボートを包囲した。

「旧幕兵どもはボートのなかの荷物をあらためる、というのだ」

と、大隈はあとで息をはずませて語っている。「たまりゃせぬ。改められれば二十五万両は露顕してしまうし、それを没収されればすべては水の泡だ。そこでまず高飛車に出てどぎもをぬき、懸河《けんが》の弁をふるって、呆然たらしめてやった。おりから俄雨がふってきた。敵が狼狽するうちにこちらは漕ぎに漕いで岸にボートをつけた」

上陸してから大隈の奔走がはじまった。米国公使館に駈けこみ、公使ファルケンブルグに会い、「あの港内に停泊している甲鉄艦を新政府に渡せ」と言うと意外にも拒絶された。さらに強要すると、米国側は「君は国際法上の慣例を知らぬのか」と逆襲してきた。「貴国はいま内乱の途上にある。貴国を代表する政府が京都政権のみであるとはどの国もおもっていない。徳川政権は将軍《タイクン》が退位したとはいえその政権を支持する分子は依然として組織的武力をもち、かつ北越や奥羽の諸藩は独立の連合政府をつくって京都に対抗している。こういう両政権のあらそいを内乱というのだが、それが終熄し、いずれか一方が唯一の代表政権にならぬかぎり、わが米国は中立をまもり、当然ながら甲鉄艦は両者のいずれにも引き渡すわけにはいかない」というのである。これには大隈は閉口した。八方陳弁したが、米国公使の態度は頑として崩れず、

最後にようやく、

「では本国に照会して訓令を待とう」

というところでかろうじて折れた。しかしそれには数ヵ月を要する。その訓令を待たされていてはなにもかも時機を逸してしまう。

大隈は、江戸へゆき登城した。官軍幹部のだれもがまるで足摺《あしず》るようないらだちで甲鉄艦購入の成功を期待した。

「甲鉄艦はまだか」

と、大隈の顔をみる者はみな言った。「買っても、動かせるか」という愚問を発する者がいたが、そういう者に対して大隈は虎のように咆《ほ》えた。

「佐賀ンもんはみな軍艦ぐらい動かせる」

そこは名代の海軍藩である。操艦技術者は多くいたし、それらは三隻の佐賀艦隊の乗員としてみな横浜に集結していたが、しかし藩士がみなというのは大隈の法螺であった。法螺とはいえ、官軍幹部はそれを信じた。そのうちのある者が江藤新平にむかい、

「江藤君も、軍艦が動かせるか」

ときいた。江藤は無言でかぶりをふった。その者が「動かせない？」と念を押す

と、江藤は「動かせぬ」と答え、「しかしながら、火薬を調合して施条砲《しじょうほう》の着発弾の口火ぐらいはつくることができる」といった。これにはまわりの者がおどろいた。

「江藤君は、そういう舎密術《セイミ》（化学）をなぜ心得ている」

「心得ているにもなにも、それがわが家の内職であった」

佐賀藩では、一種の家内工業方式をとっており、微賤《びせん》の武士の家に対してはそういう内職をさせた。しかし他藩の者にとってはそれだけでもおどろきであり、あらためて洋式佐賀というものの実力の厚味を知った。が、大隈のそれはあくまでも法螺であった。その種の法螺はとうてい江藤に吹けず、不愉快であった。

（あの男は、変った）

とおもった。もともとそういう気《け》はあったにしても、弱年のころ、ともに国学者枝吉神陽の私塾に通い、その勤王思想に感化されて党をむすび、たまたま佐賀城下の高伝寺の楼上に置きすてられていた楠公の木像を師とともに祭り、それによってその党名を「義祭同盟」と名づけて感激しあったころの初々しさからみれば、大隈はなんと変ったことであろう。智略にまかせて八方に飛びまわろうとしているようであった。

その大隈も、米国公使の頑固さには手を焼いたようであった。再度、米国公使館にゆき数時間喋りに喋ったが、結果はおなじであった。

「万策つきた」

と、大隈は江戸城にもどってきたが、この男の思考はつねに流動して窮するということがないらしく、かれは大村の席にゆき、

「金は瞬時も遊ばせてはならぬ。二十五万両の金は、貴公が彰義隊攻めに使え」

と、大声でいった。大村は、さすがにあきれ顔で、「で、甲鉄艦は?」と反問した。米国がいざ甲鉄艦を渡すという時期になったばあい、無一文ではどうにもならぬではないか。

「そのときはそのときの才覚だ」

と、大隈は言い、江藤をまるで下僚のようによびつけて、

「あんたは会計判事である。算盤《そろばん》方の人数をふんだんに持っているだろう」と言い、二十五万両の運搬をたのんだ。二十五万両といえば千両箱にして二百五十箱ある。それを運ぶにはよほどの骨であり、その運搬人数を貸せというのである。

―おれは、それだけが能か。

とは、自尊心のつよい江藤はおもわなかった。かれは黙然と立って自分の仕事部屋にもどり、吏僚にその旨をつたえ、それらの金をことごとく大村の部屋へ運ばせた。

この金が、横浜調達による銃器弾丸を官軍にととのえさせた。そのなかにはヨーロッパですら新式とされているスナイドル銃数百丁がふくまれていた。

大村はその鬼策をもって彰義隊をして市中にちらばらせぬようにし、上野寛永寺境内のみに籠らせるべく自然に誘導しつつ戊辰《ぼしん》五月十五日、霖雨《りんう》のなかで包囲陣形を展開し、前後から同時攻撃を開始した。大村の部署によって薩摩藩はもっとも激戦化するであろう黒門口——大手門——攻撃をうけもたされた。薩人は果敢に突撃した。

「薩人、智ナケレドモ勇アリ」

と、江藤はこの部署と戦況をみてこのように理解した。江藤にとって薩人というのはどういうわけか、終生そのように印象された。

「長人ハ智アレドモ狡猾《こうかつ》」

これも、江藤がもったぬきがたい印象である。その長州人部隊は他藩とともに根津・谷中にむかい、上野の背後の攻め口を担当した。

薩長の兵は革命の主力という自覚がそうさせるのか、いずれも他藩にくらべて格段のちがいで強かった。佐賀藩は——江藤はそう思いたくはなかったが——猛勇とはいえなかった。佐賀藩の場合、藩をあげて武よりも文が重んじられてきたせいか、兵の動きに野性の勁《つよ》さがなく、いずれも弾雨のなかでわが身をかばう風があった。が、その兵器は他藩に比してはるかに精巧であった。とくに本郷の加賀藩邸に据えられた二門のアームストロング砲の威力は、彰義隊の潰滅《かいめつ》に決定的な効果をあげた。砲弾は不忍池をこえて飛び、上野山内に炸裂《さくれつ》するたびに目にみえて彰義隊士の戦意がおとろえた。

戦いは、わずか一日でおわった。

が、この戦いのために二十五万両を費《つか》ってしまった大隈八太郎にとっては、それをあらたに調達せねばならぬ仕事が残った。

できれば、それ以上の金が必要であった。なぜならば、甲鉄艦だけでなく、横須賀の旧幕府造船所もひきとってしまわねばならない。

この造船所はフランス政府がプラント輸出をしたもので、その費用の大部分はまだ幕府は支払っておらず、これを新政府にひきつぐとなるとその借金を肩がわりしなければならない。大隈は、

――横浜の外国銀行から借りよう。

と思い立った。この着想そのものが他の要人にとって奇想であったのは、かれらは銀行というものの性質も機能も――その存在すらも――知らぬ者が多かったからであった。

横浜には、外国系銀行といえば英国の東洋《オリエンタル》・銀行《バンク》横浜支店しかなかった。そこへ日本人が金を借りにゆくのは大いに勇気が要ったが、大隈という男の性格では、そういうことがごく平気でやってのけられるようであった。ただ紹介者もしくは保証人が要るであろう。

（パークスを保証人にすればいい）

と、この男はおもった。なるほど保証人としては英国公使ほど有力な存在は考えられないが、しかし大隈にとってパークスは、大坂のキリスト教国禁可否論であれほど激論し、ついに喧嘩別れになってしまっている相手であった。

「なににしても、君がゆくのは適当ではあるまい」

と、横浜裁判所判事をつとめている薩人の寺島宗則はいったが、大隈はきかず、寺島をひきずるようにして英国公使館にゆき、パークスに会った。

かれらが驚いたのは、パークスが意外にもこの論敵の大隈に最大級の親近感をもっていたことであった。かれは大隈の手をにぎり、

「君は、私がこの国にきて会ったいかなる日本人よりもすぐれている」

と、むしろ大隈の機嫌をとるような態度を示し、その申し出についても、

「それはいかにもお困りだろう。私は英国の官吏としてはオリエンタル・バンクに特

別な行動をとることはできないが、一私人としてこの問題の斡旋《あっせん》者になろう」と言い、すぐ処置をとった。これによって大隈は五十万両という大金を即日借りだすことができた。大隈はこれをもってフランス公使に掛け合い、横須賀の造船所と軍港施設に関するいっさいの問題を解決しようとした。フランス公使はこれについて三十万両を要求した。大隈はただちにそれを支払った。

この大隈の働きは、かれが長崎から出てきてわずか数ヵ月間のことであった。そのどの行動も薩長の要人たちを驚倒させるのに十分であった。ついに、

——佐賀人の参加がないかぎり新政府は成立しがたいのではないか。

という印象を新政府内に植えつけるに至ったのは、地味な江藤の活動よりも大隈のこの華麗な働きが大いにあずかって力があったであろう。

闇討ち

一

いわゆる戊辰《ぼしん》の戦《いくさ》さわぎがおわり、明治二年になった。その年もなかばをすぎた。

この時期になって、維新政府を樹立せしめた功臣についての論功行賞がおこなわれている。いわゆる戊辰《ぼしん》戦争以前に死者になった者については、問われない。受賞者百五十人のうち政治功労者はわずかに三十三人である。そのなかに、

「江藤胤雄《たねお》（新平）」

という名がある。

「百石」

というのが、かれにあたえられた賞典禄であった。この低さはかれが佐賀藩士であったことによるであろう。維新の主役を演じた薩長両藩の藩士には賞典が大きく、土

佐藩はこれに次ぎ、肥前佐賀藩はほとんどそのおこぼれを拾ったにすぎなかった。維新風雲の志士のなかでは薩の西郷隆盛の賞典がもっとも大きく、二千石であった。たしかに維新政府はかれ一人の力に負うところが多い。

これについで「千八百石」というのが三人いる。長州の木戸孝允、同広沢真臣、薩の大久保利通であった。このうち大久保は、

「死者の霊にすまない」

などという理由で再三辞退し、ついに半分だけを返上した。

つづいて千五百石級が長の大村益次郎ひとりである。千石級は六人おり、このなかでやっと土佐人が顔を出している。板垣退助と後藤象二郎である。

江藤がもらった百石の賞典禄は、薩長でいえば二流もしくはそれ以下の人物でも貰ったという程度かもしれなかったが、江藤当人には別段苦情はなかった。なぜならばこの行賞の事前に「意見書を出せ」と命ぜられ、江藤は案をつくったが、この論功行賞はほぼかれが太政官に提出した原案にちかかった。江藤はその案のなかで、

「薩長の功烈は天下の知るところである。薩にしては大久保、西郷、長にしては木戸、さらに大村」

と薩長の功をみとめ、さらに右のこの四人については「万石以上を賜わりたく」と

までつけくわえている。

ただし江藤は自藩の藩士の功については上申しなかった。佐賀藩についてはとくに太政官において検討され、

「江藤は百石」ということになった。もっとも同藩の同志で佐賀藩のあたらしい代表者ともいうべき大隈重信、副島種臣《たねおみ》、大木喬任《たかとう》などへは一石の賞典禄もさがらなかったところをみると、江藤というこの制度通の男の戊辰《ぼしん》前後における政務活動が大いにみとめられたということになるであろう。「制度と運営」という面での維新政府は、江藤がもし居なかったとしたらちがったものになっていたかもしれなかった。

もっとも。——

この賞典禄発表の時期には、江藤は東京にはいない。

佐賀藩にもどっている。

理由があった。

戊辰の戦乱が片づいたあとも、

「藩」

というものは残っている。日本全体からみれば「維新」などといっても名ばかりで、徳川幕府がつぶれて天朝政府が出来あがっただけのことであり、三百諸侯は以前と変りなしにその封地《ほうち》に所在し、土地人民を私有している。それのみか、

——これから大変な戦国時代が来る。

とおもっている者すらいた。たとえばその論者の一人は土佐藩の一代表ともいうべき板垣退助であった。のちに自由民権運動の総帥《そうすい》になったこの人物ですら、

「薩長は政権をにぎった。しかし両雄ならび立たず、いずれは武器をとって相戦うに相違ない。そのときこそ土佐藩が立ちあがり、その実力をもって天下を統一すべきである」

と、三国志の英雄のような昂奮をおぼえていたらしい。板垣は会津若松城攻撃の総指揮官であったし、その軍人としての能力の高さは大いに世に認められたが、政治家、思想家といった半面にとぼしく、むしろその点は皆無に近く、であればこそこの革命成立期にあってその時勢観はこの程度でしかなかった。かれは本気でそれを考えていた。この時期、板垣はいちはやく国もとの土佐藩にもどって大規模な軍事改革に着手し、洋式化し、藩軍のなかに騎兵科を置くほどの内容をつくりあげようとした。ちなみに騎兵をもっている藩というのはこの時期では土佐藩しかなかった。薩摩藩で

も西郷は国もとへ帰った。西郷は大いに兵制改革をし、その藩兵を三倍に拡張すべく努力していた。

他の大藩も、じっとはしていなかった。ことごとく藩制改革に着手した。たとえば紀州徳川藩などはもっともめざましく、士族を廃止して徴兵制を布き、国民皆兵の実をあげようとしていた。

そのなかにあって、当然佐賀藩も改革にとりかからなければならない。この点、佐賀藩をこんにちの雄藩たらしめた英雄的君主である鍋島閑叟《かんそう》は、むしろ積極的であった。

「新政府に乞うて副島《そえじま》を藩にもどしてもらおう」

と、側近にいった。種臣《たねおみ》である。副島種臣は藩内では上士に属し、もっとも古い勤王家であっただけでなく、詩文にすぐれ、その学問の高さは薩長土をはじめ公卿をふくめた維新政府のいかなる要人よりもはるかにすぐれている。側近の者に異存はなかった。「しかし」

と、献言する者があった。

「こんどの御改革はよほどおもいきった御処置でなければなりませず、当然ながら反対者がむらがり立ち、流血の沙汰もおこるかもしれませず、そうとなれば君子人の副島だけでは心もとなきかと存じます。江藤新平こそ、進んでその難に当る者でありましょう」

これによって、江藤がえらばれ、副島とともに佐賀藩権大参事《ごん》になり、海路東京から肥前佐賀に帰ることになった。

船が唐津湾に入ったとき、江藤は船橋から肥前の山々をながめつつ、

（ひとの運命というものは、こうも数奇なものか）

と、われながらわが運命のかわり方に呆然とする思いであった。禁獄の身を釈《と》かれて京都にのぼって以来、はじめての国帰りであった。もはや政治犯でもなく、足軽に毛のはえた程度の「手明鑓《てあきやり》」という貧寒たる境涯でもなく、藩政を独裁し、改革し、家老の首のすげかえすらできる大参事であった。

江藤の風体《ふうてい》が、すこし変化している。かれは船中で断髪していた。かれが髷《まげ》を切って髪をみじかくするとき、副島は、

「ザンギリにするなどは考えものだな」

と、暗《あん》にとめようとした。ただささえ、家中には頑固な攘夷家や保守主義者が多く、江藤の頭をみて洋化されたとみるにちがいない。その洋化頭が、藩を外科手術をするとなれば反感や抵抗がいよいよ大きくなるだろうというのである。

「ちがう」

といった。この頭をもって時勢が一変したことを知らしめるのだ、という。副島は、

（まるで抜身《ぬきみ》だ）

とおもった。副島はかねがね江藤に対し、鞘《さや》を脱した白刃を腰にさした男、という実感をもっていた。むきだしの鋭さが、他人をたおすよりもさきに自分の身を傷つけるのではあるまいか。

唐津からは、陸路である。途中小城《おぎ》で一泊し、翌日佐賀に入った。家には戻らず、すぐ登城し、やがて城内御用部屋に家老や門閥家をあつめ、

「天朝とわが君の御言いつけにより、きょうからわれらが藩政の改革を致すにより、左様お心得ありますように」

と、宣言した。さすがに上段からは言わず、部屋の片すみに屏風を張りめぐらせ、その座から言いわたしたのだが、それでも、居ならんでいる家老、御一門といったお歴々は色をうしなってしまっていた。

（なんということだ）

と、かれらは思ったであろう。旧幕時代、勤王党といえば盗賊、犯罪人といった語

感であり、勤王党が神のごとく崇敬する楠木正成についても、藩の老臣たちのなかでは、

――いわば盗跖《とうせき》だ。

という者すらいた。盗跖《とうせき》とは中国古代の大盗で、配下九千人をひきいて天下の夜を支配していたという。そういう徒輩――それも手明鑓ふぜいの卑賤の士――が、屏風を背にして「天朝の御言いつけである」として家老に対し頭ごなしにものをいうとは、なんという時勢の変りようであろう。

だけではなかった。江藤は、

「役儀によって言葉をあらためます」

と、にわかに目を据え、執政原田小四郎のほうを見つめたのである。

一座は、戦慄した。

原田小四郎は鍋島閑叟が信頼してきた筆頭家老で、一部では佐賀の名臣といわれた人物であり、その人物については勤王党の大隈重信ですら、「思想だけはどうにもならぬほど固陋《ころう》だが、一個の男子としてはすぐれた硬骨漢であり、局にあたって私心なく、その裁量はつねに明快であった」と一面をほめざるをえなかった人物であった。

この男だけは先刻から泰然としている。

「原田小四郎」

と、江藤から呼びすてられても顔色すら変えなかった。佐幕派であった原田はこの時勢一変の世の中にあって覚悟はついていたのであろう。それになによりも重大なことは、去る文久二年江藤が脱藩してふたたび藩に舞いもどってきたときも、「死罪」を主張してやまなかったのはこの原田小四郎であった。かろうじて鍋島閑叟の微温的態度で死一等を減ぜられたが、「江藤を殺さねば家中のしめしがつきませぬ」と原田があくまで主張したことは家中で知らぬ者はない。

——切腹か。

と、一同、息をのんだ。が、江藤の心底にはすでに原田小四郎の存在などは翳《かげ》もとどめていなかった。

「きょうかぎり、執政を免ず」

といっただけである。一同、ようやく吐息をついた。その程度でたすかったという思いであり、安堵したあまり、かつての藩の罪人が、それを罪にした藩首相の馘《くび》を一言で刎《は》ねたといういわば痛烈すぎる歴史の皮肉を思うゆとりがなかった。

改革にあたって、江藤はひとりの有能な盲人の意見を大きく採用した。名を相良《さがら》宗蔵と言い、江藤と同様、制度についての関心が強烈で、佐賀藩制にあかるく、その不合理な面を論じさせると名医が解剖《ふわけ》をするように的確であった。人間の材質のなかでなによりも才能を尊ぶ江藤は、この相良の有能さに傾倒し、初対面早々百年の知己《ちき》のようになり、それにつけても相良が盲人であることを悲しみ、

「烈夫玉ヲ懐《いだ》キ、玉明《めい》ナリガタシ。幾夜コレヲ悲シミ、ワレ涙盈《み》ツ」

という詩まで作っている。これが江藤の癖《へき》であった。詩を作るまでの愛情を有能人にそそぐ一方、能力のない者に対しては酷薄なほどの態度をとった。無能人たちは、江藤に戦慄した。

江藤がやった諸改革のなかで、

「家老といえども才にあらずんば、徒食すべからず」

というすさまじい一項がある。この一項によって家老たちが持ってきた職権をいっせいに停止した。「無能人」に対する糾弾《きゅうだん》は、支配階級に対してだけではなく、藩の下層階級に対しても酷烈無比な処置をとった。そのむごさは、足軽階級におよんだ。

「才能ナキ下級ノ藩士ニハ扶持《ふち》ヲアタエルモ禄ヲ給セズ」

というすさまじいものであった。これについては下のほうからの非難が大いにおこったが、

「なにをさわぐ。当然なことではないか」

と江藤は言い、動じなかった。足軽に禄はやらない、というのである。

江藤にいわせれば、戦国の乱世のころ大名は歩卒として足軽なる者を大量に採用した。多くは農民のあいだからこれを採用し、かれらに鉄砲を持たせたり、兵糧の運搬をさせたりしたが、その採用については「士分」である足軽組頭《くみがしら》（隊長）の自由にまかせられていた。このためその給料についても組頭に「一括《かつ》して何十石」というぐあいに割りあてられ、個々の足軽については大名はなんの接触もしていない。徳川期に入り、足軽という戦国の産物はそのまま治世の下級役人になったが、そのころから右の歴史的なことは忘れられ、足軽たちは組頭から割りふりされた禄をそのまま世襲の禄として三百年享受《きょうじゅ》してきた。それをいまとりあげるというのである。扶持だけはあたえる。たとえば「十石三人扶持」という足軽に対し、十石を取り消し、三人扶持だけをあたえるというのである。足軽にとっては死活問題であった。

「何といおうともそれが本来の姿であり、原則である。物事は原則を尊ぶべきだ」

と、江藤は冷然といった。

さらに江藤は、

「藩は養人のためのものではない」

という。すさまじいばかりの革命論というべきであった。元来藩というのは人を養うための組織であった。戦国のころ戦いを主としていたために軍勢としてこれだけの人数が必要であり、それによって「藩」という大世帯ができあがったが、徳川の治世期になると、治世だからといってそれを整理することもできず、そのままそれを行政組織にした。このため一つの事務に五人十人がかかるという非能率的な伝統ができたが、本来が人を養うためのものであるためたれもそれを奇妙におもう者はなかった。

江藤にいわせれば、

「いまからは藩は機能である」ということであり、「従来、くだらぬ仕事に百人もかかっていたりしたが、今後はそれを有能なる一人にやらせる。あとの九十九人の禄は召しあげる」というのであった。越前福井藩では五百人でやっていた仕事を七人に減らしたという話を、江藤はきいていた。

江藤は帰藩後、その自宅にもどらない。城に籠りきりであった。施策に熱中した。

「まるで子供のようだ」

と、同僚の副島種臣があきれた。子供があそびに熱中しているような、そういうわきめもふらぬところが江藤にはあり、熱中しているときは顔つきまで子供っぽかった。十日経った。

この日、ようやく江藤は城南の丸目村にあるかれの貧しい――足軽の組長屋にも劣るような――家にもどった。

この夜、妻の千代は江藤に抱かれながら、

「………」

と、聞きとれぬ声でいった。となりで寝ている子供や隣室の姑お浅の耳をはばかっているために、その声は粘膜の音でしかない。

「なんだ。なにか、ねだることでもあるのか」

そういえば、千代の着物の貧しさはどうであろう。彼女が娘のころに手織ったという縞《しま》柄のものを、洗いざらしのままいまも着ている。この女に衣装さえつけさせれば京や江戸の女にひけはとるまいと江藤は思っていた。

「いいえ」

と、千代は声には出さず、指をもって江藤の胸に「否」と書いた。江藤は声をあげたくなるほどにくすぐったかった。

「わたくしが」

と、千代がいった。

「娘のころにおもっていたとおりになったということです」

「押し掛けの一件か」

夫婦しかわからない会話である。千代は同藩の同役江口央助の娘で、江藤が二十四歳のときにとついできた。江藤は「まだ早い」といって妻帯をすることに気がすすまなかった上、千代の兄の顔はよく知っており、その妹もその顔に似ているとすればおそろしく不器量であろうとおもっていたから、一層この縁談に乗り気でなかった。ところが、千代のほうが積極的であった。

――江藤の新平さんはいまに偉くなる。

と、その兄からいわれ、それを信じ、妻になるならそういうひとの許にゆきたい、と父母にせがんだ。父母は組頭に頼み、組頭の圧力で江藤の父を了承させた。

「おまえは押し掛け女房だ」

ということを、江藤はこの妻を閨でからかうとき、いつもいった。その言葉に、江藤の小さな感嘆が籠っていた。江藤家は弟妹もある上に評判の貧乏であった。その上、江藤が勤王かぶれしているというので同藩の父老の評判がよくなく、

――書を読んでも江藤の息子のようにはなるな。

という言葉が、大方の家庭でその息子をたしなめるときにしばしば使われた。案の定《じょう》、江藤は永蟄居《えいちっきょ》を命ぜられ、六年も無禄であり、その間居所を転々とし、小城《おぎ》の大

野原金福寺に間借りしたころなどは家族がほとんど餓死するところまで行った。千代はいっこうにその暮らしに苦情をいわなかったのはひとつは性格によるものかもしれなかったが、ひとつは江藤への信仰によるものであったであろう。このひとはかならずよくなる、と彼女は信じていた。いまそのとおりになった。その感動を彼女は江藤に伝えたくて、

「否」

という文字をその胸に大きく描いたのである。

「いずれ東京へよぶ」

と、江藤がいったとき、千代は「着てゆく着物がありませぬ」とはじめて女らしいことをいった。東京へは汽船でゆく。汽船会社は外国の資本であり、船長も外国人であった。「新政府の役人の妻がこのような身支度で乗船しては夷人がどのように思うでしょうか」と、千代はいう。

「古着を買え」

江藤は即座にいった。さらにつけくわえたのは、「佐賀の古着は粗末だ。長崎で古着を買え。それもあまり上等なものを買うな」ということであった。千代はうなずいた。

「どのくらいのものを買えばよろしゅうございましょう」

晴着など買ったことのない千代は、等級についての感覚が皆無であった。江藤はこういう点でもたちどころに案の湧く男であった。

「大隈のお袋さまに伺え」

といった。大隈八太郎重信の家は城下の会所《かいしょ》小路にあるいかにも高級藩士のそれらしい屋敷で、いまは未亡人である大隈の母堂がまもっている。婦人ながら読書がすきでしかも寛《ひろ》やかな心の持主であり、ものをきくのにもっともふさわしい。その大隈母堂に、「いまの江藤の分際で、その妻としてはどの程度の着物を着ればよろしゅうございましょう」ということをきけというのである。

江藤はこれほどの理想家でありながら、その実行方法はつねに実際的であり、その点、稀有《けう》な頭脳といっていい。

「長崎の古着屋では安物を買え。船が大坂に入ってからあらためて大坂で上物の古着を買え。なんとならば、大坂は天下でもっとも古着のやすい町だ」といった。

「大坂はそんなに古着がやすいのでございますか」

「物の集散の関係だ」

と、江藤はいった。大坂の古着問屋は天下の古着をあつめ、ふたたび天下に散ずる。そのために値がやすいということを経世家の江藤はよく知っている。

ところで、千代はさらに言わねばならなかった、「だいじょうぶでございましょうね」ということを、である。

「だいじょうぶ？」と千代はふたたび言い、にわかに声をひそめた。

古着のことではない。千代がいっているのは、江藤の身辺のことであった。城下では、それが評判になっていた。軽輩の士が江藤を恨み、かならず斬るという。それも一昨日のことである。ところもあろうに佐賀城の櫓《やぐら》の白壁に筆をもってくろぐろと落首が書かれ、ひとの目をあつめた。

木六《きろく》

竹八

葭《よし》九月

江藤相良は

いまが斬り時

というものであった。伐採に適当な月は木は六月、竹は八月、葭《よし》は九月ときまっている。江藤相良の輩はいまが斬りどきだ、というのがその意味である。うまい落首であった。

「案ずるな」

と、江藤はいった。といわれても千代は左様でございますかとは言えない。

「ご注意くださいませぬと」

「わしはあの落首が出たとき、飛びあがるほどうれしかった」

「なぜ」

千代は、江藤の胸を掻く指をとめた。

「なぜでございます」

(見当のつかぬ男になってしまった)

という思いが、千代の頭を混乱させた。殺す、といわれてよろこぶ馬鹿がどこにあろう。しかし江藤のいうことは奇態ながらすじが通っている。「おれはこの藩にうまれ、政治を志した。しかしいまだかつて政治をおこなったことがない。卑賤の家にうまれたがためである」しかし、と江藤はいう、「いま天の革《あらた》まるときがきて地がおれを必要とし、思わぬことにこの藩のいわば宰相になり、経綸《けいりん》をおこなうという奇運に恵まれた。——考えてもみよ」と、江藤はいう。

「およそ政治を志す者に安穏な道はなく、古来、歴史に名をとどめた者のうち、何人が安全であったか」

斬られるという風評が立つことこそ男子の望むところだという。むろん、単なるおどしではないと江藤にも想像はつく。城下も藩内も、空気が荒れている。この戊辰戦争に参加して江戸、奥州と転戦した肥前佐賀藩士の人数は五一三八名である。その半分が足軽であった。かれらは戦争から帰ったあと気がすさみ、城下で喧嘩沙汰が絶えず、喧嘩となればすぐ抜刀して殺しあうといった事件が相次いでいる。この気分からすれば江藤を殺すなどということは、すらすらとかれらはやってのけるであろう。

「千代」

江藤はいった。この男も、身の用心については考えている。

「この家は、あぶない。あすからはふたたび御城で起居する」

翌朝、登城した。

盲人の相良宗蔵の顔をみると、

「足下もきょうから御城に泊まりこんではどうか」

とすすめたが、相良はとりあわず、

「どうせ私は盲人だからね。あの連中が私を殺して鬱懐が散ずるというのなら、この肉を呉れてやってもいい。盲《めしい》てしまえば、この世にはなんの名残りもない」

といって話を外らしてしまった。相良宗蔵という盲人には、どこか道士のような風《ふう》韻《いん》があった。

（悪悟りだな）

と、江藤はおもった。江藤にはそういう種類の悟りなどは皆目なく、この世の業火のなかを火の粉をあびてくぐりぬけようという俗念に燃えている。

「それにしても」

と、江藤にいった男がある。徳本十蔵という江藤の心酔者で、徳本は江藤のやりすぎを暗《あん》に諫《いさ》めるつもりで、

「それにしても足軽ばかりをいじめすぎられたようでございまする」

と、冗談めかしく言い、

「むろん、冗談でございますけれど」

と、念を入れていった。江藤は聞きすてなかった。

「ばかな」

と言った。「たれが足軽ばかりをいじめたか」といったとき、にわかに声をひそめ、

「いずれは足軽どころか、藩主も御上士もくつがえるような事態がやってくるのだ」

といった。

江藤がいっているのは、廃藩置県のことである。すでに江藤らの奔走で版籍奉還と

いう政治措置はすすんでいたが、これは単に藩主が藩知事になるというだけのことで、藩そのものの実体や実質にはかわりがない。廃藩置県というのはこれを一挙に前進させ、藩そのものを解消し、いっさいの権力を東京に集中させるという文字どおりの革命事業であり、そのことが江藤や東京における江藤の同志の手でひそかに案をすすめられていた。これが実現すれば、士分も足軽もあったものではなく、侍そのものが消滅する世になる。が、江藤はそれをいったあと、

「洩らすな」

と、徳本にかたく口外を禁じた。これが世間に洩れれば江藤の命はいくつあっても足りないであろう。

二

そのうち東京政府から、

——江藤新平を戻してほしい。

という悲鳴にも似た要請が藩にきた。政府は、諸制度をあらたに作らねばならぬ秋《とき》にあたって、江藤を佐賀藩に貸したことを後悔していた。政府は火のついたように催促した。

江藤は佐賀を発つことにした。明治二年十月十八日、佐賀城下を発ち、長崎にむかい、同二十日午後、長崎港発のアメリカ汽船「コスタリカ号」という飛脚船で東京をめざした。

この出郷のとき、江藤はうまれてはじめて「門下生」という類いの者を帯同した。前記徳本十蔵、大塚犬太郎、福岡祐三郎、瀬井和七といったいわゆる書生たちであった。

この時代の特異な現象といっていいであろう。世に志を得ようとする者は、同郷の先輩の門下に入る。その屋敷に寄寓して学問などをするうち、そのひきたてによって官途に就く。世の中が秩序立っていないために、そういう方法でしか世の中に出られない。この風習は、あるいは薩摩人が作ったものかもしれなかった。たとえば薩摩の指導者の西郷隆盛が、幕末京で活躍していたころからそのもとに剣客の中村半次郎(桐野利秋)や弟の西郷慎吾(従道)、いとこの大山弥助(巌)などが一団となって取りまき、藩吏としてでなく私的な、いわば一種の師弟関係の勢力をつくりつつ西郷の手足になって活躍した。かれらが、維新成立後、西郷の口利きによって新政府の官職を得たが、後年西郷が東京を去って鹿児島にもどると、かれらの大半は官職をなげうって鹿児島にもどり、私学校党という結社を興した。

江藤の身辺にも、わずかな人数ながらもそういう若い佐賀人が取り巻きつつあった。かれらはこの当時の慣用語として江藤を、

「先生」

とよぶ。私党のぬしとはいえ、一種の師としてそうよぶ。この敬称は、後年日本社会に秩序ができあがったのちのちまでも政界の一部に残り、門人でない者まで政治家に対してそのように敬称するようになった。

このような門下生のほかに、江藤は若い下僕をひとり佐賀からつれてきた。名を嘉七といった。さらに長崎では宿所の者からたのまれ、

――ぜひこの者を下僕として東京へお連れくださいませ。

ということで、さらにもう一人を加えた。報造という者であった。こういう門下生や下僕の一団にかしずかれている江藤の様子は、すでにこのあいだまでの貧書生ではなかった。船中での様子は、どうみても日本の顕官であった。

(妙なものだ)

と、江藤自身、この変化のふしぎさを思わざるをえない。かれは天性、徒党を組み党類をひきつれることをきらっている。そのくせ佐賀に帰ってわずか十ヵ月というのに、これほどに身辺がふくれあがった。郷党というもののふしぎさであった。郷党が

かれをいわゆる偉物《えらぶつ》にしてしまったのであろう。もっと滑稽なことに、佐賀を出るとき、

「江藤先生はいわば佐賀の家老のようなものでありますから、お駕籠をお用いにならぬといけませぬ」

と、まわりの者が口々に言い、勝手に駈けまわって旧家老の家に交渉し、塗りに長棒といったぜいたくな駕籠をもらいうけてきて江藤に献呈したのである。

——駕籠とは……。

と、江藤は手明鑓《てあきやり》という前身をおもってさすがに鼻白んだが、結局はひとの騒ぎの上に乗っているしかなかった。ところがこの駕籠は汽船にまで積みこまれた。「いったいどうするのだ」というと、門下生たちは、

「トウケイでこれをお用いにならねばなりませぬ」

といった。この当時、学問凝りの佐賀人たちは東京の京をケイと発音した。そのほうが漢音からいえば正確であった。キョウは呉音である。僧侶は呉音を用いるからそれでよいが、漢学の徒はケイと言わなければならない。京師《けいし》、京畿《けいき》というように東京《とうけい》こそ正しいであろう。

「東京で、これに乗るのか」

「ご身分にふさわしきようになさらねばなりませぬ」

と、門下生はいう。なるほど人間というものはそれをかつぐ連中によって偉くみえ、事実偉くもなるものかと江藤は世間の機微というものを知らされる思いであった。駕籠は甲板上に結《ゆわ》えて据えられた。アメリカ人の船長や中国人の船員がわざわざそれを見学にきたりした。

五日目に船は横浜港に入った。横浜では藩御用の肥前屋に泊まった。翌六日目東京へ発つ。東京へは和船で行くことにした。乗ったのは三十石積みほどの和船で、屋根がなかった。櫓《ろ》をこいで品川沖にさしかかったとき、にわかに天が曇り、逆浪が押しよせ、冬にはめずらしく雨脚のたくましい、ちょうど夕立のような勢いの雨がふってきた。

「先生、お早くお駕籠の中へ」

と、俄か門人たちが江藤の袖をつかんで駕籠の中におしこめた。意外なところで駕籠が役に立った。三人の門人たちは雨をふせぐすべもないまま、駕籠の長棒に大きな油紙をかぶせ、そのなかにかくれてとにかくもこの急場をしのいだ。船頭からみればその様子がどこかおかしかったのであろう、「御一新ともなればお駕籠のつかい方も変って来やすね」と、皮肉とも感心ともつかぬ調子でいった。このような天候のために横浜から東京というこのみじかい航路に十一時間も要し、夜九時になってようやく浜御殿の灯のみえる岸までたどりついたが、おりからの干潮のために接岸することができず、

——いっそ、この砂洲《すなす》を歩くか。

と江藤はいった。その案ではむろん江藤は駕籠に乗る。門人たちがそれを舁《か》くということであったが、船頭が、

「冗談じゃありませんよ」

と、大声をあげた。重い駕籠をかついでこの真黒な泥砂のなかを歩いてゆけば、三歩も行かぬうちに足がめりこみ、腰まで沈んで駕籠も人も泥中に生き埋めになるだろう。

「なるほど」

門人たちも船頭のいうことに感心したが、船頭は苦い顔でだまっていた。かつての大名やその家来なら駕籠をあつかい馴れているためにそんな馬鹿なことを思いもしないのにちがいなかった。

結局、船のへさきの方角《ほう》を変え、霊岸島にまでゆき、そこから汐留《しおどめ》川に入ってようやく江戸——東京だが——の土に這いあがることができた。この時刻ではもはや桜田

までゆくのはむりであった。この夜は新橋のしがらきという家に泊まった。

芸者をよび、酒を飲んだ。

翌日、駕籠で桜田藩邸に入った。入って御用部屋に落ちつくと、藩の重役が二人づれでやってきて、

「これは藩公のお言葉だが」

と前置きして、ぜひとも当屋敷を私邸としてお使いくだされたい、という。

「なぜだ」

江藤は、これほど驚いたことはなかった。桜田藩邸といえば千代田城の山下御門に面し、鍋島家三十五万七千石の江戸における上屋敷で、藩主鍋島侍従が代々江戸住まいの場所としていた館であり、藩士たちは、

——上の御屋敷
と、口でも腫れそうな言いかたでうやまっていた記憶が江藤にはある。それを一人で使え、とはなんという破格の礼遇であろう。江藤はさすがに畏《おそ》れてことわると、

「いや、承《う》けてもらわねばこまる」

と、藩役人はいう。江藤は新政府の要人ながら同時に佐賀藩における士籍をもち、

いわば佐賀藩の利益を代表する立場にある。藩としては、江藤の機嫌をとりむすんでおかねば不利であり、そのためにこの件を申し出ていることは、江藤にもわかる。

(ほんのこのあいだまで禁獄されていた者がいかに世が変ったとはいえ、これはどうしたことか)

とおもった。が、承《う》けた。

(それだけの価値がおれにあるのかもしれない)

と、江藤ほどの男が、ふとおもった。この日から江藤は借り住まいながらもこの桜田邸の主人になったが、とにかく屋敷がとほうもなく宏壮で庭園で調練ができるほどにひろく、それらに圧倒されて数夜は寝つかれなかった。部屋は、五室使った。うち二室は、門人たちに使わせた。

(やはり、性《しょう》にあわぬ)

と思い、他藩出身の官員のように旧旗本屋敷を買いとってそこで住もうかと思ったが、周囲がゆるさず、

「御遠慮なさらぬほうがよろしゅうございましょう」

と言いきかせた。

これら、江藤の身辺を賑わしている押しかけ門人のひとりに、某という者がいた。

質朴な佐賀人にしては諸事派手ごのみな男で、かつて江戸の定府《じょうふ》であり、しかも留守居添役という渉外の役目をしていたところから東京の遊里にくわしく、世故にも長《た》けていた。江藤が汐留川から東京に入ったあの大雨の夜、新橋で芸者をよんで一夜をすごしたことはすでに述べたが、このときも、江戸の遊里になれた某がすべてを切り盛りした。小才のきく男で、江藤はつい便利なままにこの某に財布をあずけ、東京での身辺の会計をさせることにした。

ところで、

「小禄《ころく》が、あの日から先生に夢中で」

と言いだしたのは、この某である。小禄とはあの夜やってきて江藤のそばにすわっていた芸者であった。丸顔の色白で思いきって小柄な、気がきいているくせに笑いだすととめどもなくなる子供っぽい妓《おんな》で、江藤もこういうたちの毒気のないおんながすきであった。あの夜は、伽《とぎ》をさせたが、その夜の閨《ねや》でのことについては江藤も、ふと暮夜におもいだすような記憶が体に残っている。

「先生も御休息所をお持ちにならなければいけませぬ。第一、御身廻りのお世話となると、われわれ男子は手がとどきかねます」

と、某はいう。男子の活動にとってこれほど大切なものはない、と某はしきりにいう。要するに小禄を妾にしてどこかへ囲《かこ》え、というのである。江藤はそれをきき、瞬間、息を忘れる思いがした。

（本当か）

そういうことをしてよいのか、というよりそのようなことが出来る境涯におれはすでに在るのかという、自分をあらためて眺めなおしてみたいような甘い感動が江藤の心を浸《ひた》した。が、江藤は、だまっていた。某はそういう江藤の心がわかるのか、

「先生はだまってふところ手をしてくださってよろしゅうございます。拙者がすべて取りはからいます」

と、江戸育ちらしい早口で言い、すべてのみこんだ顔で江藤のもとをさがった。某は、それを実現した。十日ほど経ってから某は江藤の供をして他行《たぎょう》した帰り、「ちょっと先生、そこまで」と江藤を浅草三筋町までつれてゆき、商家の隠宅といった普請の家の前に足をとめると、「かねて申しあげておきました御休息所なるものは」と、あとは無言で格子戸を五本の指でそっとさした。「ここでございます」

江藤は、そのような、ごく他愛もないいきさつから、小禄を得た。

この間《かん》、江藤は多忙であった。その頭脳とその体をこれほどまでに酷使せねばなら

ぬ男は東京中にもいなかったであろう。かれはさきに東京にもどるや、太政大臣《だじょう》——首相——三条実美《さねとみ》に懇望され、

「中弁」

という官職についた。副首相格の岩倉具視も、「江藤が中弁になってくれなければ、政府は櫓のない船と同様になる」といった。この二人の公卿は、もはや役者をひいきするような態度でたれよりも江藤に肩入れした。新政府には政治家は多数いたが、政務の実務家は、ひょっとすると江藤のほかにはいないのではないかとおもわれるようなありさまであった。江藤はこの二人の公卿にとって盲人の杖のようなものであった。この任官にともない、江藤は従《じゅ》五位に叙《じょ》せられた。もはや旧大名に匹敵する位階である。

登り坂の人間というものには、魔力が働いているような時期があるのかもしれない。江藤は佐賀に帰って勢力を得、佐賀を出て大雨の東京に上陸するといきなり巨館を得、官位を得、さらには妾まで得てしまった。これらの富貴のすべてが、あっというほどの短い時間内に江藤にむかって殺到した。江藤はあやうく身も心も浮きあがりそうな実感を、一日のうちに何度も味わった。たとえば、毎朝桜田邸の玄関を出ようとするときは、草履《ぞうり》とりの手が飛び、草履がそろう。夕刻、邸に戻ると、門前から下

僕が走り、玄関にむかって、

「おかえりーっ」

と叫ぶのである。玄関へあがると式台《しきだい》から廊下の両わきにかけて門下生どもが居流れ、手をついて頭をさげる。

（このあいだまでの貧書生が）

と、おのれの境遇の変化におびえる気持がおこるのだが、おびえてはかえってひとは見苦しくおもうだろうと思い、さまざまに自分の姿勢を考えつつこのあたらしい環境に堪えつづけた。しかし江藤が所詮は一介の書生にすぎぬということは、かれ自身、この環境を自分にふさわしいものとは思わず、むしろ白眼で見、

（富貴はつまるところ浮雲のようなものだ）

という孟子の言葉をつねにまわりの者に言い、その普段着も外出着も相変らず古着屋で買いつづけているというところにささやかながらうかがえた。江藤は門人にもいった、

「私は富貴を望んだのではない。仕事を望んだにすぎぬ。いまの富貴はその仕事にともなう飾りであり、飾りとして位階がついてきているにすぎぬ」

「仕事といえば」

とも、江藤は別な機会にいった。

「これほど危険な仕事もない」

その日が、きた。

かれが東京にもどった明治二年十二月二十日、江藤は懸案の廃藩置県のことなどを藩主鍋島直大《なおひろ》、藩父同閑叟《かんそう》に相談すべく溜池の藩邸——そこに閑叟は常住している——に伺候した。

閑叟はこのところほとんど病臥している。江藤がきたというので床《とこ》をはらわせ、衣服をあらため、対面した。

——家臣に対し、それほどのことをなさらずともよろしゅうございましょう。

と、侍医がとめたが、閑叟は、「家臣であるというのは鍋島家の私事である。江藤新平はすでに朝臣《あそん》であり、かれを疎略にすることは朝廷に対して畏《おそ》れ多し」といった。

話が終ったあと、閑叟は江藤をもてなすために酒を出させた。

「摂津の西宮から回漕《かいそう》されてきた酒である。存分にすごすように」

と、閑叟は病中ながらみずから杯をあげて座を去らなかった。

江藤はつい、酒量以上に過ごした。席を辞し、御門を出、駕籠に身を入れたときはすでに夜であった。駕籠は、佐賀からもってきたそれである。駕籠わきには黒沢鐘次郎《かねじろう》というまだ十五歳の若者が、細《ほそ》元服の髪を結《ゆ》った姿で挟箱《はさみばこ》をかついでつき従った。駕籠さきを下僕が駈けてゆく。持っている提灯には、

「太政官」

という文字が筆太に書かれており、この文字の前には日本国中に住む何者といえども道を避けるはずであった。

駈けて一丁も行ったあたり、ちょうど琴平神社の鳥居の前を通りすぎようとしたとき、石燈籠のかげから人影が湧き出たのを黒沢が目撃した。声も出なかった。それでも黒沢の目はこの怪漢が黒覆面に大刀を背にしているという異風な姿だけをとらえた。さらに怪漢は一人ではなく、路傍のあちこちから湧き出た。

当の江藤は酔いが首筋までまわっており、大刀をかかえ、ほとんど前後もなくねむっていた。駕籠が地に投げだされたとき、その衝撃で江藤は目がさめた。たまたま引戸をあけてあったために、その右の窓のむこうに白刃がきらめくのを見ることができた。

「刺客。——」

と、江藤はとっさにおもった。この九月、京の宿で大村益次郎が刺客に襲われ、十

一月、大坂の陸軍病院で死歿したばかりであった。江藤は、わが身の不用意さをおもった。なぜこの危険な時期、駕籠を用いたか、その駕籠もこのような塗り駕籠でなく、そのあたりの辻駕籠にでも乗っておれば左右どちらの垂れを排してでも容易に地上にころがり落ちることができるのだが、この駕籠は板でかこわれていた。蹴破らねばならなかった。江藤はせまい駕籠のなかで右側に肩を保《も》たせ、両脚を曲げ、力まかせに左側を蹴った。破れた。そのとき白刃が駕籠をつらぬき、江藤の左肩の肉を裂き、血をあごにむかって飛ばした。江藤はころがり出、すぐ立ちあがって脇差を抜いた。剣客であればこのあたりの心得はあったろうが、江藤は多少狼狽して大刀を駕籠のなかに置きわすれた。

剣の心得もないというのにこの男のすさまじさは、この脇差を片手頭上にかざして曲者のほうに突進しはじめたことであった。

「無礼であろう」

と、吠えた。吠えて相手を威伏せしめようとした。背後からの一刀が江藤の右腰を撃ったが、江藤は感じなかった。さらに右側から襲ってきた剣が、江藤の右ひじを傷つけたがかまわずに突き進んだ。さらに背後から背をまっすぐに斬りおろした太刀があったが、さいわい背肉をわずかに裂いただけで江藤の突進をとめるまでには至らなかった。

「無礼であろう」

と再度叫んだとき、相手はどういうわけかにわかにさがり、つづいて数人さがり、足音も轟ろに闇のむこうに消え去った。

「黒沢」

江藤は少年をよんだが、あたりにいない。駕籠舁《か》きも逃げた。江藤はやむなく血みどろのまま琴平神社から溜池藩邸までのあいだをひとりで歩かねばならなかった。血が、黒八丈五ツ紋の粗末な羽織のたもとに溜まり、肩に重いほどであった。

(門人とはいえ、何と頼りにならぬものだ)

と、歩きつつおもった。封建徳川体制は去年崩れ去ったが、そのころの主従であれば、駕籠わきの従者は死を賭して主人を守ろうとしたであろう。それを否定したあたらしい時代にあっては、人間の上下関係は上司と下僚、師と弟子のほかなく、その関係はこのような場になればこうももろいものであることを江藤は傷の痛さのなかで知らされねばならなかった。

ようやく、溜池の屋敷の御門の前まできたとき、意外な様子の人影がそこにいた。

その人影はその落ちつかぬ様子からみて曲者の一派らしく、江藤のそばに近づいてきて、

「どうげんぐあいじゃったか。討ったか」

と、あきらかに佐賀弁でもって問いかけてきた。仲間と思っているらしかった。策士たる江藤のおもしろさは、この瞬間、水のように落ちついてしまったことであった。かれは偽装し、

「討ちとった。わしが江藤を仕止めた。したが、暗くてそちらが見えぬ。誰じゃ」

と、名をききだそうとした。二人は近づいてきたが、どうも江藤の様子をおかしく思い顔をのぞきこむべく提灯をあげた。灯に、江藤の盛りあがったひたいが照らされた。

「わかったか」

江藤は虎のように口をあけ、「わしは江藤新平だ」と、わめいた。

相手は仰天し、逃げた。

江藤は翌日自邸にもどり、ひきつづき藩医の治療を受けたが、傷よりも出血が甚しかったために一時はその生命も気づかわれた。

この桜田に戻った翌々日、門人が枕頭《ちんとう》で、

「下手人が相わかりましてござります」

と、江藤に告げた。

江藤がすでに察していたとおり、下手人は足軽であった。人数は六人という。かれが国もとにあって足軽の家禄を召しあげたことを恨みとし、六人が代表になり、血盟して国もとを発し、東京ではずっと江藤のすきをうかがっていたという。逮捕の早かったのは、そこが佐賀藩であった。かれらは佐賀人らしく法を怖れ、それぞれみずから溜池藩邸に名乗って出たという。

「それでこそ佐賀ン者である」

と、法に順《したが》うことを好む江藤は、斬られたことについての恨みよりも、法の前でそのように可憐《かれん》な刺客たちの態度に感動し、

「死一等を減ぜられたい」

と、同志島義勇を通して鍋島閑叟にまで申し出た。が、閑叟のほうが江藤よりもより政治的であった。閑叟は、新政府の大官が自分の家臣によって刺撃されたことを大いにおそれ、

「上《かみ》に対して、鍋島家としてつつしまねばならぬ。在朝の功臣を刺さんとしたるこ

と、その罪、断じて恕《ゆる》すべからず」

とし、ことごとく死罪にした。旧藩時代、閑叟はつねに藩士の罪に対して寛大をもってのぞみ、死罪を避け、脱藩者の江藤に対してすら死一等を減じたはずであったのに、この峻烈な処置は閑叟の生涯を通じても異例のことであり、かつては佐幕とみられた鍋島家がいまはいかに天子の政権に対して恭順であるかを形において示そうとしたものであるにちがいなかった。

病床の江藤は、閑叟のおそれる「時の勢い」のなかにいた。朝廷からはその枕頭に見舞いの使いが差遣され、金子若干がさしくだされた。

蓄妾問答

一

江藤の傷は、五六ヵ所である。そのうち左肩の傷がもっとも重く、このため右を下にして寝ざるをえない。しかし三十六歳の強壮な生命力がそうさせるのか癒りは意外に早く、正月をすぎたころにはもう床の上に起きあがって物を書けるようになっていた。

ときに、妙なことをいう。

「国家も、この傷と同じごとあるですな」

と、見舞いにきた岩倉具視《ともみ》に江藤はいきなりいうのである。岩倉はおどろき、

「なにが？」

と、きいた。——外傷と国家とどういうつながりがあるのか。

「つまり、外傷は病気ではない、ということでござりまする」

（あたりまえのことではないか）

と、岩倉はおもったが、江藤は病臥しながらそのことを懸命に考えていたらしく、この平凡な理屈を熱っぽく語りはじめた。

江藤のいうところは要するに、病いは生命のおとろえであり、これを国家社会にたとえれば秩序という生命体が血管もぼろぼろになるほどに衰えてしまえば、どのような名医が妙薬を盛ってもその死をふせぐことはできぬ。「それはあたかも先年崩壊した徳川幕府がそれでござりました。あの徳川幕府に対し、フランス国がはなはだ肩入れし、智力、財力、軍事力をあのように投入いたしましたが、ついに再起できんじゃったわけで」

「ところが」

と、江藤はつづけた。

「いまあらたに生誕つかまつりましたこの日本国は、それがしの体と同様わかわかしゅうござる。これほどの傷を負いながら、体みずからがそれを癒す力をもち、事実、日に日に傷口をふさぎつつあります。それゆえに」

江藤はいった。

「どのような外科手術をこの新生国家に加えましょうとも、その傷に堪えられましょう」

岩倉は、江藤のいう意味がやっとわかった。版籍奉還から廃藩置県にかけての一連の大手術というものであった。この改革はもはや政策というようななまぬるいものではなく、それそのものが一大革命ともいうべきものであったが、いまの日本はこの重傷に十分堪えられるだろう、というのである。

(この男は、変っている)

岩倉は舌を巻く思いで、それをおもった。江藤という男は、呼吸をする間もすきまもなく国家について考え、国家ということ以外にものを考えたことがないのではあるまいか。

「とにかく、加療を専一にしてくれ」

と岩倉は言い、辞し去った。そのあと、江藤はひとり横臥し、

「小禄《ころく》――」

と、つぶやいた。この療養の日々のなかで、日に何度か、その名をひそかにつぶやくのである。江藤がはじめて持った妾の名であった。

(あわれなやつだ)

と、名をつぶやくたびに思わざるをえない。江藤は、国家のことよりもいまは小禄のことを想いつづけている。

（小禄は、哀れである）

なぜ哀れなのか、江藤自身にもこの自分の感情がよくわからなかったが、とにかくその浅草三筋町に住む者の名や顔、目の動き、指のしぐさ、声、などを想うたびに胸がうずくのである。これは世間並みにいえば恋と名づくべきものであるかもしれなかったが、江藤自身にいわせれば「否」というであろう。

（孟子のいう惻隠《そくいん》の情――見るに忍びざる想い――である）

渾身《こんしん》が漢学的教養と、漢詩的美意識でできあがっている江藤は婦人に対して欲望とあわれみをはげしく持つにしても、恋というようなたおやかな感情をもつことを自分にゆるしていない。恋などというものは、江藤にすれば国学者が弄《もてあそ》ぶ王朝婦人の文学や浄瑠璃、芝居、それに異人の詩の世界のものであった。

江藤における小禄の存在は、それを露骨にいえば、

「かのおんなを召しかかえた」

ということであった。これが、士大夫たる者の態度である。

妾という存在は士大夫にとっていわば家族に準ずべき者であり、単に家族が一人ふ

えたということであり、恋のように目の色を変えてさわぐことではない。事実、物事に律儀なこの男は、浅草三筋町の件については役所にとどけておいた。それがこの当時の慣習といえば慣習であった。とくに政府の大官の場合、公式な強制はないにせよ、それを届け出るほうがのぞましいであろう。それによって日常どこにいるかという所在も明確になるし、子が出生すれば他の嫡子とのあいだでの相続の関係もあきらかになる。もっともこの時代、届け出の書式もなかったから、江藤は同僚の副島種臣《そえじまたねおみ》まで、

——当人の名は小禄、休息所の場所はこれである。君の備忘帳に記入しておいてもらいたい。

と、耳打ちしておいた程度にすぎない。

——ところが。

と、病床の江藤はおもう。江藤はその小禄の宅に三度しか行ってやっていないのである。行くいとまもないほどに多忙であったことにもよるが、それよりも小禄を得た早々に刺客に遭い、このように臥せ、立居も不随なからだになりはてているということが、もっともじかな理由であった。

(早くよくなって小禄のもとにゆきたい)

という、嬰児が母乳をほしがるように火でもついたような想いが日々募《つの》り、それが鬱念になり、鬱念がかたちを変えて、

（行ってやれないから哀れだ）

という先刻来の感情になっているのであろう。哀れなのは小禄ではなく、傷を負って行こうにも行けぬ病臥中の江藤自身こそそうであるはずだったが、江藤は——この時代の男どものたれでもがそうであるように——自分を哀れなものであるとしては考えたこともない。

二月の半ばになり、晴れた日がつづいた。医師はやっと外出をゆるした。江藤はその日に床《とこ》をあげさせ、例の古着の羽織をひっかけ、

「三筋町にゆく」

と、門人に言いのこして屋敷を出た。供は連れず、ひとりで足ばやに歩いた。

ちなみにこのころ江藤はすでに桜田邸から出て、かつて同藩の島義勇が買っておいた飯田町の旧旗本屋敷をゆずりうけ、そこへ移り、東京での居所としている。なにぶん江藤は居所の付近の地理すらわからず、東京でのひとり歩きはむりであった。このため、浅草三筋町までゆくのに、何度もたずねながら歩いた。ひとつはうまれつきで

もあった。どういうものか、江藤のあたまには方角の感覚がない。桜田邸に住んでいたころ、近所まで戻ってきてどうしてもわからず、

――太政官《だじょうかん》に出仕している江藤中丞《じょう》の屋敷はどこか。

と、近所の者にたずねまわってやっとおのれの屋敷にたどりついたことがしばしばであった。ひとがそのことをわらうと、

――おれは犬猫じゃ無か。

といった。江藤にいわせると、地理に通暁している生物はまず鳥である。ついで犬猫のたぐいである。人間のなかで犬猫から遠い者ほど霊妙な智恵を持っているが、持っている者は不幸にして地理の感覚に欠けている、という。たとえそうであるにしても、この霊妙な智恵者は不自由であった。

「浅草の鳥越明神はどこか」

と、江藤は行商人に出遭うたびにきいてゆく。最初たいていの者は、「浅草？　そいつは遠いや」といった。みなそんなぞんざいな言葉で問いに答えたのは、江藤の風体《ふうてい》からみて、どう察しても新政府の大官とは思えず、せいぜい食いつめの中年書生としかみえなかったからであろう。

やっと浅草の西福寺まできた。この寺も目標のひとつとして覚えていたのだが、そ

のあたりの辻番できくと、「あんたどこから来なすった」とけげんそうに言い、「こりゃ行きすぎだよ」という。やっと最後の目標である鳥越明神の鳥居の前まできた。が、来はしたが、かんじんの小禄の住む家はどこであるのか、それを忘れてしまった。

——わしの妾の家はどこだ。

とは、まさかきけないであろう。江藤は自信のないまま、三筋町のせまい路を上下した。このあたりは江戸のころとすこしも変っておらず、旗本の御書院番組の組屋敷がずっとつづいている。あちこちに櫛《くし》の歯がぬけたように空屋敷があるのは徳川家達について静岡へ移住した者の屋敷であろう。

（それにしても）

江藤は歩きながらおもった。

（市中一般に標札を出させねばならぬな。そういう命令を出す必要がある）

ちなみに江戸のころは商家は看板を出して何々屋であることを明示していたが、武家屋敷にあっては標札のようなものを出さない。このため辻番にでも屋敷の当主の姓をきかぬかぎりわからなかったが、その習慣が、なおもつづいている。

（はて、ここの家かな？）

とおもい、ずかずか入ったところ、玄関に見も知らぬ老人が顔を出して、御用は？ ときかれた。江藤はにがい顔で一礼し、だまって路上に出た。ふたたび歩く。

（やむをえぬ。待たねばならぬ）

と、江藤は観念した。待つというのは、辻で待つことであった。待てば、小禄か、それとも彼女が使っている小女でも通りかかるのではあるまいか。江藤は腰のきせるを抜き、立ちながら喫んだ。

一時間ほど、辻で立った。

そのころ、小禄は家にいて昼の食事をし、小女にもそれを済まさせ、そのあと、片付けの水仕事をした。おかげで肩が凝った。

「仕つけない洗いものなどなさるからですよ」

と、小女は小禄をからかいつつ、「いつものを、よんで参りましょうか」といった。あんまのことである。小禄は、隔日ごとに西福寺の東の裏店まで揉み療治の者をよばせにゆく。よぶことにした。小女は、日和下駄を鳴らして家を出た。が、なにほども経たぬのに駈けもどってきて、

——大変です。

と、三和土《たたき》から奥にむかって叫びあげた。小禄があわてて出てくると、いいえ、旦那さまです、辻に立っていらっしゃいます、「それもこわいお顔で」と妖怪でも見たような表情でいった。小禄は、信じられなかった。

「辻で？　まさか」

とにかく小禄は小女の下駄をつっかけて家の前の路上まで走り出てみた。なるほど、ほんのそこの路上に、小女がいうとおり江藤がいた。目を据《す》え、あたりを睥睨《へいげい》するような人相で立っている。小禄はこれがどういう事態を意味するのかわからなかったが、とにかく化粧だけはせねばならず、下駄をとばして家のなかに駈けこみ、あとは小女に「いいかね、どういうご機嫌だか知らないけど、損ずるんじゃないよ」といって、江藤を連れてくるよう命じた。

（あれほど変ったお人がいるだろうか）

と、鏡の前でえりをぬきながらおもった。

（つまり、田舎者なのだろう）

江戸では、思考法のちがう人間のことをそう言う。奇態な者に出遭っても、そう思うことによってたいていの江戸人もそうであるように小禄も妙に気が落ちついた。

「どうせばけものなんだから」と、ひそかにおもった。箱根から西にはばけものが棲《す》んでいる。発想法も論理も、世に処してゆく暮らしのとりきめもすっかりちがった人間が棲んでおり、そういう手合いはけっちゃくのところはばけものなのさと小禄の姉芸者たちは言っていたが、それにしても江藤はばけもの仲間のなかでも特別なばけものらしい。小禄はそうおもった。

やがて、江藤が入ってきた。いきなり、腹がへっている、と凄味のきいた声でいった。小禄は小女をせきたてて支度をさせた。ぬかりはなかった。いつでも銅《あか》製の小釜に一人前分の洗い米を入れてあり、江藤の不意の帰宅にそなえている。それが、姉芸者たちに教えられた囲われ者のたしなみであった。たしなみといえば陰膳も絶やさなかった。きょうは一椀のめしと和《あ》えもの、干魚がちまちまとそなえてある。江藤はそれをちらりとみて、「めしが出来るまでその陰膳を食ってしまおう」

といった。小禄は、閉口した。陰膳を食うやつがあるだろうか。

ほどなく、膳がととのった。

小禄は給仕をした。先刻、あまりあわてていたため江藤の容態をきく機会《しお》を失っていたが、いまあらためてそれを質問した。江藤は患部である右肩をちょっとあげてみせ、

「こうすれば、痛む」

「まだ？」

小禄は、心配そうな表情を作った。

「しかしながら、すでに傷はふさがった。膿《うみ》は、繃帯をかえるごとにすこし付着している。その程度だ」

と、江藤らしく正確にいった。

「生霊《いきりょう》になってでも」と、小禄はいった、「お屋敷へ飛んで行って看病しとうござんした」と目に情《じょう》をこめると、江藤は正直に感動し、箸をとめた。頬にみるみる血がのぼっていた。

（やさしいことをいう）

小禄は、さらにきいた。先刻、なぜ辻に立っていたのかということである。

「あれか」

江藤はにがい顔で漬物に箸をのばした。

「べつに深い仔細《しさい》はない」

道に迷った一件について逐一すじを立てて説明した。小禄は、はじけるように笑いだした。それで何刻《なんとき》ほど立っていなすったのでございます、ときくと、

「何刻ちゅうことはなか。半刻（一時間）ほどじゃったか」

と江藤は答えた。小禄は江藤の気の長さにあきれた。自分か小女が発見せねばこの佐賀者は日が暮れるまで待つつもりであったのか。

「ふしぎでございますねえ」と、小禄がいった。

「なぜ旦那様ほどお利口な方が、道や家にかぎってお忘れなさるんでござんしょ」

「これは癖だな」

江藤は、飯に茶を注《つ》がせながらいった。この癖さえなければあの彰義隊さわぎのときも、大村益次郎の下向《げこう》を待たず自分がいくさを買って出て殲滅《せんめつ》している、とおもった。

二

岩倉具視の賜邸《してい》は、日比谷門外にある。江藤はその後数日たって、岩倉をたずねた。

「ほう、もう外出ができるのか」

と、岩倉は玄関で江藤をむかえるなり、いそぎ南庭に面した閑所に招《しょう》じ入れた。庭は、まだ冬枯れている。

——呼ぶまで、来てはならぬ。

と、家の者にも命じた。密談であった。

岩倉は、察している。江藤新平がたずねてきた用件をである。「できたか」

岩倉は身を乗りだし、江藤がたずさえてきている風呂敷包みを見た。かねて岩倉は江藤に対し、今後どのような日本国を作りあげるべきかという、とほうもなく大きな主題による立案を依頼していた。江藤が立案する、岩倉が政治化する、それだけで日本国の制度ができあがるという、きわめて簡単な政治機構のなかでこの明治三年の日本は動こうとしている。

「ご披見《ひけん》ねがわしく」

と、江藤は、ぶあつい立案書を渡した。岩倉は、それを黙読しはじめた。岩倉が一章を読むごとに江藤は説明した。

「いまの日本では、つぶれます」

と江藤はいった。いまの日本は版籍奉還によって大名はその名称だけは消滅したが、しかし実質はそのままであり、これを一挙に廃藩置県にもってゆかなければならないというのが江藤の結論である。そのため反革命の内乱が各地に起ろうともこの廃藩置県を断行せねば東京政府も日本もほろびるという。

江藤は、この時代の人間にしてはめずらしく数字をもって物事を考えたり、他人を

説得したりする能力をもっていた。立案書にもそのことに触れているが、

「考えてもご覧あれ、わが国の歳入はわずかに千百万石にすぎませぬ」

といった。岩倉は目をみはった。岩倉ら倒幕の巨魁《きよかい》たちは日本国が生みだす年間収入も知らなかった。江藤はなぜ千百万石かという数字の基礎をあきらかにした。大名の数が二百六十五藩ある。その石高総数が九百十八万石。旧天領の四十一県が四十七万石、三府が四万石。これを金額になおすと、一石五両の計算で、

「わずか五千五百万両にすぎませぬ」

江藤はいう、たったこれだけの金で世界の強国をむこうにまわして一個の強国をつくりあげるなどは、夢のごときもの。

(なるほど夢だ)

と、岩倉はいまさらながら戦慄せざるをえない。岩倉らは往年、おおぜいの志士と相連繋《れんけい》しつつ日本の危機を叫び、幕府を罵倒し、ついに無能政権である徳川幕府をくつがえして新生国家を誕生させ、いまは戊辰《ぼしん》の砲煙もようやくおさまったが、しかしあらためて「日本とはなにか」ということを金額で表現すると年間わずか五千五百万両の国、ということになるのである。

「この貧困さは、立国の基礎を米に置いてきたからでござる」

と、江藤はいう。産業は農業しかなく租税は米でとってきた、そこにこの貧困の原因がある、と江藤は説きすすめる。つづいて、よろしく産業を興してそれをもって立国の基礎にせねばなりませぬ、と言い、「これをいまにして覆《くつがえ》すにはきわめて難事でありますが、しかしそれをせねば日本国はほろびるほかありませぬ」――何ヲモッテ富強ヲ謀リ億兆（国民）ヲ保護センヤ――。

「ところでさらに、こまったことには」

と、江藤はいう。

日本には華族とか士族（旧足軽の卒族をふくむ）とかというまことにこまった者がおりまする、という。華族とは明治二年の版籍奉還に際して大名の呼称がなくなり、そのかわりとしてこのような呼称を、江藤のこの当時では使われている。のちの公侯《こうこう》伯子男《はくしだん》でなく、ここでは「旧大名」をさす。その華族も士族も、名義（版籍）こそ天皇に奉還したが、さだめられた家禄は既得権として新国家からもらっているのである。その額はばく大なもので、それを金額になおすと、

「二千七百三十一万六千四百五両でござる」

と、江藤はいった。それだけのものが国家収入五千五百万両から天引きで出てゆく。残りは、四捨五入して二千八百万両ほどでしかない。

「嗤《わら》うべき現状でござる」

と、江藤はいった。いまこれを没収することはできないにしても、これをかれらの年収とせず、一時金を出して家産とし、これに税金をかけて逐次国家に吸収してゆく以外に日本国家が生きてゆく道はない、という。要するに右の処置をふくめ断固として廃藩置県をせよ、と江藤は説くのである。

ちなみに江藤は「廃藩置県」という、その事じたいがすでに大革命といえる案については、先覚者であった。

「江藤という男は一調子とびはなれた議論をする人物で」

と、板垣退助はのちに語っている。彰義隊征伐より前に江藤は江戸城で板垣退助に会ったときにこの廃藩置県という私見をひそかに明かし、「天下がしずまればいそぎやらねばならぬのは藩の廃止である」といったところ、そのころはまだ素朴な武人にすぎなかった板垣は仰天し、「なぐってやろうかとおもった」と語っている。当時さほどの革命政見ももたなかった板垣にすればそのように腹が立ったのも当然であったであろう。この戊辰《ぼしん》の征戦にしても板垣は土佐藩の兵をひきい、土佐藩の金で戦費をつくりだしている。「戦争がおわれば藩は廃止だ」といわれれば藩こそいい面《つら》の皮でであり、なぐってやろうかと思うのも当然であり、この感情は薩長においてもむろんかわりがない。

「江藤、これをやれば日本中が大荒れに荒れるな」

と、岩倉はいった。戊辰戦争で賊軍にまわった藩——会津、越後長岡、出羽庄内藩——は問題はない。かれらは藩主が生かされているだけでも朝廷の慈悲だとおもっている。また途中まで反抗し、形勢をみて官軍に恭順した東北諸藩も首《こうべ》をたれて服するだろう。問題は官軍主力の薩長両藩であった。倒幕・維新というのは建武中興のように公卿がやったわけでもなくフランス革命のように平民がやったわけでもなく、もっぱらこの両藩が、自藩の藩庫をかたむけ、藩士の血液を注ぎこんでかろうじてあがないえた変革であることはたれでも知っている。それがいま功を奏し新政府が樹立するや、その新政府が、薩長もふくめて日本中の藩と侍階級をつぶすとなればどうであろう。

「長州藩は、おそらく承知するでしょう」

と、政治感覚にとぼしい江藤にしてはめずらしくかんのするどいことをいった。長州藩は、革命藩であった。なぜならば幕末、幕府の討伐を受けたがために全藩が死にものぐるいになり、このためふるい階級制度がゆらぎ、ついには藩ぐるみやぶれかぶれの暴徒のようになり、その暴徒を下級藩士出身の志士たちがにぎり、統御し、藩主をひきずってついに薩摩と手をにぎって倒幕戦に勝った。しかし薩摩藩は、幕末から維新にかけて一藩整然とうごいてきた。厳密には薩摩で革命の志士といえば西郷隆盛と大久保利通だけであり、その他のこの藩の対外活動家は志士というよりも藩の政治将校のようなものであり、その他藩士たちの大部分の意識ははたして革命であったかどうか。薩摩藩のために幕府をたおすという封建的忠義心から出た意識のほうが濃厚であり、その証拠に、薩摩藩の若い藩主の実父である島津久光は新政府のやることにはことごとく不満で、その言動はいかなる旧弊人よりも保守的であるらしい。

――いずれ薩摩が反乱をおこすだろう。

という極端な予想を、あの彰義隊征伐のあとですでに立てた人物がいる。長州の大村益次郎であり、かれは十年後の西南戦争をどういう根拠からそういう直感をしたのか、とにかくも予言していた。

とにかく、徳川時代を通じても薩摩藩は幕府の隠然たる一敵国であったように、維新後の新政府にとっても巨巌のような存在であった。

「朝廷にとって最大の功労者である薩摩藩に対し、恩賞をやるかわりに腹を切れというようなものだ。余人ならいざ知らず、公卿のわしの口からとても言い出せぬ」

「他の者に運動させて素地を作らせればよろしゅうございましょう。適材はいくらでもおります」

江藤は、佐賀藩の大隈重信の名をあげた。さらに長州藩の伊藤博文の名をあげた。

——伊藤？

岩倉はとっさにその名を思いだせぬらしかったが、やがてうなずいた。足軽あがりながら長州出身の利け者《き》で、いまは旧幕府の領地である兵庫の判事をしているという。ついでながら江藤は、長州人たちが「俊輔」とよびすてているこの伊藤博文という若者と国事を語る会合をもったことがあり、それまで江藤が伊藤に対して抱いていた印象とはちがい、意外な卓見家であることを知った。

「わしは人の悪口はいわぬ男だが」

と伊藤は前置きし、しかし国家のためにいわざるをえぬ、江藤君、当節の英雄豪傑を大いにこきおろそうではないか、と言い、そういったくせにいきなり大久保利通の名を出してほめた。

「大久保は怜悧《れいり》」

と、伊藤はいう。江藤はばかばかしくなり、

「されど無学。文盲に近し」

と、大久保に対してあたまから虫が好かぬ江藤はそうつけくわえた。さて西郷は？

と江藤がきくと、伊藤はすかさず、

「雄魁《ゆうかい》なれど肚《はら》わからず」

といった。西郷はこの当時、国もとに帰って薩摩藩の兵権をにぎったまま静まっていたが、せっかく作ったこの新政府をどの方向にもってゆこうとしているのか、他人の目からはうかがい知ることができない、という意味をいう。江藤は西郷に対しても心よからず思っていたから、この評には賛成であった。

「木戸（孝允）は純良なれども老婆のごとき心配性」

伊藤はそう言い、最後に土佐藩を代表する板垣退助については、

「江藤君、きみが言え」といった。

「直情なれども愚物」

と、江藤はみじかく言った。土佐で西郷同様藩軍をにぎっている板垣については江藤はしばしば風評をきいている。板垣は土佐で、「これからは各藩割拠の時代だ」と、およそ新時代の人間とはおもえないようなことを言っているらしい。ちなみに板垣はこののち自由民権運動の総帥《そうすい》になるが、この時期のかれは後年そういう思想の徒になるとは考えられぬほどに一個の武弁《ぶべん》にすぎなかった。

伊藤はそのあと、

「いま国家を憂える者は、ただ一つのことを考えておればよい。藩を廃し、すべてを中央に集中することだ。これを唱える者はおそらく自藩の者から殺されるが、それ以外に道はない」

といった。江藤は、この長州者が——と内心舌を巻き、以後伊藤という男についてひそかに注目するようになった。

「これを断行するには」

と、江藤は岩倉にいった。新政府たるものは直属軍隊をもたねばなりませぬ、軍隊を東京に集結させ、この政策に対し不穏のうごきをなす藩に対しては即座に出動してうちつぶす必要がござる。政治は威力より発す、威力は武力より発す、この点いまの太政官《だじょうかん》（新政府）はどうでありましょう。

岩倉は、うなずいた。新政府は一兵の直属軍ももっていないのである。

江藤の献白書には、新政府の軍事体制についても述べられているが、江藤のいうのに、とりあえず薩長土肥四藩から親兵を献上させ、それを近衛軍として東京に駐在させ、その威力をもって廃藩置県を断行するにしかず、といった。

「さて、三藩が動くか」

と岩倉が首をかしげたが、江藤はだまっていた。そういう政略については政策家の江藤新平の出る幕ではなく、幕末以来その方面で怪腕をふるってきた岩倉こそそれをすべきであり、あらゆる手段を講じて西郷、木戸、板垣をその方向にうごかすべきであった。

江藤はつぎつぎに制度を立案した。多忙であった。そういうさなか――明治三年三月のなかば、かねてかれがよびよせるべく手配りしたとおり、その母あさ、および妻千代、それに三人の男児が国もとをひきはらって東京に移ってきた。江藤はついに東京で家を成した。かれらが東京についた時刻、江藤は出仕《しゅっし》して屋敷にいなかったが、夕刻帰宅してその母にあいさつし、さらに書斎に妻千代をよび、

「国もとでは、いろいろ苦労であった」

と、声をやさしくねぎらった。

「東京でも、苦労は多かろう」

と言われたが、千代はまだ自分がこの家でどうふるまっていいかわからず、ぼう然としていた。千代は招かれた客のようであり、かつての江藤家とはまるで様相がちがってしまっている。第一、屋敷は佐賀の家老屋敷よりもひろく、それに伴う男女の使用人が多いうえに、主人に直属する書生や食客の数が、名も顔もおぼえきれぬほどに多い。江藤はそれらをこの書斎によび、これは山中、あれは香月、これは朝倉などと

千代にひきあわせたが、千代はだまって頭をさげるだけで、それだけで人当りがしそうに疲れ、名などおぼえきれそうにない。

最後に、唐人《とうじん》まであらわれたのには千代も一驚してしまった。

「これは、楊孝全という」

唐人が中国ふうの拝礼をして出て行ったあと、あれはなにをするおひとでございます、と千代は声をひそめてきいた。

「料理だ」

江藤は、言い忘れていた、といったふうの顔で――当家では食事はいっさい洋式にすることにしている。家族のみならず食客も書生も召使いもみな同様だ。そのために、横浜の西洋人商館につとめていたあの唐人をつれてきて台所の者に作り方を教授させている――といった。

(肉を食わせられるのか)

千代は、青ざめてしまった。夷人《いじん》が獣肉を食うがために穢《けが》れているといわれていたし、千代もむろんそう信じてきた。

が、江藤はこの点でも理詰めであった。江藤にいわせれば日本人は塩菜で米飯を口《こう》腔《こう》にかきこみ、それでもって食事なりとしてきたがために骨柄が矮小《わいしょう》ひ弱になり、すべての点で西洋人に劣るようになっている。いまからでも洋食に切りかえねば世界のなかで自立してゆくことはできぬ、という。

「国家のために食うのだ」

と、江藤はいった。

洋式ひとつでもわかるように、千代にとってこれからの生活はうまれかわった気にならねばとうてい切り凌《しの》いでゆけそうにないとおもわれた。佐賀での千代は、長崎でアメリカ飛脚船に乗ったときから死んでしまったものとおもわなければならない。

「まだひとつある」

と、江藤は、最後に重要なことを申しわたした。

「小禄《ころく》という者を、浅草三筋町に小屋《しょうおく》をもたせ、扶持《ふち》をあたえて召しかかえておる」

「小禄と申すは、ご家来でございますか」

「そなたは思いちがいをしておる。男ではない」

江藤は、厳格な顔でいった。

「側妾《そくしょう》である。これも妻に準ずる者であり、そなたの支配に属する者ゆえ、可愛がってもらわねばならぬ。あす、当屋敷に呼びよせてあいさつさせるゆえ、そなたはうけてやらねばならぬ」

「あの、その者は先刻の唐人と」

と、千代はあまりに多くの事象に一時にぶっつかっているために、頭のなかが混乱してしまっていた。

「……先刻の唐人と」と、もう一度言い、

「一味でございますか」

この質問には、江藤のほうがどぎまぎしてしまった。先刻の唐人と一味なりやとはどういう心境から出た質問だろうと考え、

（つまり、こうか）

と、江藤はおもった。千代はまるで生れたなりの世間知らずで佐賀の田舎で暮らしてきた。洋食も知らねば唐人も知らず、まして妾などは知らずにきて、それがいまいっぺんに押しよせてきたためにことごとくが一味の党類のように思われたのであろう。

「いや、一味ではない」

江藤は説明をせず、それだけを簡潔にいった。

翌日、妾の小禄を屋敷によびよせた。小禄は婦人のくせに羽織をきてやってきた。

千代は、彼女の居間で小禄を引見《いんけん》したとき上座からひたい越しに小禄を見て、なに

よりもそのことにおどろいた。

（女が、羽織を）

ということであり、羽織とは男の用いるものだと千代は信じこんでいたが、東京はどうなっているのであろう。やがてのちに千代は例外があることを知った。江戸ではよほど以前から深川芸者が羽織を着ていたという。それをまねて他の場所の芸者や素人のあいだでもそれを着ることがあるという。しかし、このときは知らなかった。不意に千代は質問してしまった。

——その、お召しものの上に羽織っていなさるのはなんですか。

といったつもりであったが、ひどい佐賀弁のために小禄には聞きとれなかった。

（これも、ばけものだ）

と、小禄はおもった。ばけもののいうことなど理解する必要もなかったから、小禄はさっさと自分がすべきあいさつだけをした。

「小禄でございます。ふつつかな者でございますが、お屋敷の下女同然にお叱り下さいますように」

人のいい千代は、小禄の物腰や言葉づかいのうつくしさに他愛もなく圧倒されてしまい、あいさつを受けて返すこともわすれた。真赤になってだまってしまった。やっと、言った。

「それは、こちらこそ」

と、ばかなことをいった。奥方が妾に下女同然に叱ってくれというのはいくら謙虚が婦人の美徳とはいえおかしいであろう。

千代は、東京へきて西も東もわからない、どうかひきまわしていろいろのことを教えてもらいたい、とも言った。その佐賀ことばは半分も小禄に通じなかった。

「小禄どの、あなたもやはり洋食をおあがりになりますか」

と、千代はきいた。すでに千代は昨夜と今朝、洋食をたべてしまっており、その気味わるさと苦痛のために朝からそのことばかりがあたまのなかにある。

「洋食？」

小禄は、問いかえした。牛の肉《み》のことでござんすかえ？　と言うと、千代はそれを思いだしてえずきのするようで顔でいそがしくうなずき、そうです、と答えた。

小禄も、不浄の物を見たように顔をしかめ手をふり、そんなもの、とかぶりを振り、千代に問いかえした。奥様はおあがりになったのか、ときくと、千代は世にも悲しげな表情でうなずいた。

小禄は不遠慮に声を立て、笑い、

（勝った）

と内心おもった。そういう不浄の物を食って奥様でござると澄ましているのはなんというおかしな女であろう。

「旦那さまが」

と、千代はいった。当家は洋食である、三食ことごとくそれにすると申し渡されている以上仕様ありませぬ、というと、こんどは小禄はおもしろくなくなった。

（旦那さまは、私のほうではそういうことはおっしゃらぬ）

が、小禄はすぐいった。

「三筋町のほうは、神棚がございますもの。そんな不浄のものを煮たきすればこの小禄にどんな罰があたるかもしれませぬ。旦那さまはそういうことをお哀れみになって洋食洋食とはおっしゃらないのでございましょう」

「当家にも神棚はございますよ」

と、千代はさすがに小禄の物の言い方のなかに毒があることに気づいて、不愉快げにだまった。

三

明治三年という年は、江藤にとってまだ形をなさぬ政府に制度をあたえようとする年であった。七月には陸海軍の制度について献白し、閏《うるう》十月には「国法会議」という呼称を考え議院を設置せねばならぬ旨を献白し、同時に憲法を制定すべきことを献白した。が、まだ日本政府の現実は江藤の献白を容れるだけの力をもたず、ほとんどは宿題にまわされた。

明治四年七月、江藤らが奔走した廃藩置県が実現した。このため薩長土三藩の兵を東京に駐屯させ、西郷隆盛、木戸孝允、板垣退助がそれぞれ藩を代表して出京し、万一の反乱にそなえたが意外にもなにごともおこらずについに三百年の封建制が解体し、中央集権制が確立した。これと同時に文部省が設けられた。江藤はその初代長官ともいうべき文部大輔《だゆう》に任ぜられた。江藤はわずか九ヵ月在任し、そのあいだに文部行政の基礎を確立したあと、翌明治五年四月、かれがもっともつよくのぞんでいた司法省に転じ、その大臣ともいうべき司法卿に任じた。江藤新平のこの国の歴史における存在はこの司法卿たることによって重いであろう。

「わしがこの世にうまれてきた意義は、日本に法治国たる基礎を建設することにある」

と、江藤ほど平素無口な男が、妾の小禄にさえこのようなことを洩らした。小禄はこのころになると、江藤という者を、旦那というよりも一個の存在として畏《おそ》れるようになっていた。法とは人を縛るものではないか、その卿となれば日本でもっともおそろしい人物ではないかという素朴な畏怖感が、小禄のような女を滑稽なほどに従順な女にさせ、使っている小女に対しても、小禄は、旦那をなめるんじゃないよ、粗末にしちゃおそろしいよ、と毎日のように言いきかせた。

それまで明治初期の新政府の司法というのは徳川幕府のやり方をほぼ踏襲していた。たとえば幕府の勘定奉行が幕府領の司法権をもっていたように新政府の大蔵省もそのようであり、また幕府が諸大名に司法権をあたえていたように新政府も府県知事がそれをもっていた。しかし中弁《ちゅうべん》(官房長官兼法制局長官のようなもの)時代の江藤はこれを不合理とし、西洋流の司法権を考え、

——司法権は行政から独立させるべきである。

とし、その制度を立案し、ついにそれが採択されるや、江藤自身が司法卿になってこの方面のいっさいを整備することになったのである。

まず、判事と検事を設けた。ただし弁護士はまだ有資格者がいないために設けず、明法《めいほう》という官職を置いた。明法は法律のつくり手であり、のちの法制局にあたるであろう。これを司法省の三官とした。

江藤が書いた司法省の事務分掌は五ヵ条にわかれている。その第一条には「本省は全国の裁判所を総括し、諸般の事務をとる。ただし裁判のことには関係しない」とあり、裁判はあくまでも裁判所の権限で司法省はそれに容喙《ようかい》しないという点、司法行政の近代的基礎としてはみごとなほどであった。ただ司法省のなかで前記の「明法」を中心に法律をつくるという点は、憲法も議会もない現状であるためやむをえなかった。この明法については、

「刑法を作ることもいそがねばならないが、それよりも緊急なのは民法である」

と江藤は言い、かれは司法省をにぎる以前から、かれ自身の主宰のもとに「民法編《へん》纂《さん》会議」を設けて法典の編纂《へんさん》をすすめてきた。

「人間というものは天地の愛子である。この愛子に天寿を全うさせるのが国家の役目である」

とすでに安政三年、かれが二十三歳のときに書いた論文「図海策」にもあるように民法は民生の大本であり、その点、この江藤ほど法典を起草作成するについての適任者はいないであろう。ただかれはこれほど西洋文明に理解をもちながら洋学はいっさい知らず、このため西洋諸国の民法を自分の目で読むことができなかった。もっとも江藤は痛痒《つうよう》を感じなかった。かれはそういう文字を解読できる秀才たちをその幕下に

あつめていた。そのもっともすぐれた者は箕作麟祥《みつくりりんしょう》であった。旧幕時代、蕃書取調所教授であった洋学者箕作阮甫《みつくりげんぽ》を祖父にもち、早くから英学と仏学をおさめ、最初は開成所御用掛であったが、江藤にひきぬかれて外国法律の翻訳に専従した（明治二十一年法学博士になり、同二十九年行政裁判所長官、同三十年男爵を授けられる）。さらにドイツ語関係では加藤弘之《ひろゆき》もいた。加藤は但馬出石《いずし》藩の出身で、旧幕時代オランダ語をもって、幕府につかえ、蕃所取調所の教授になったが、そのころにわかに決意し当時たれもそれをやらなかったドイツ語の独習を志し、ついに唯一のドイツ通になって維新をむかえたが、新政府は加藤の学殖を必要とし、これを「政体律令取調御用」という官職をあたえ、江藤に属さしめた（のち東京大学総長）。それらの秀才たちのほかに、江藤は法律関係の専門家である御傭外国人を数人もっていた。そのなかに仏人ジョルジュ・ブスケがいた。

江藤は、このブスケと毎日のようにして会った。ついでながら江藤はすでに箕作麟祥が翻訳したフランス民法を精読しぬいており、その条文をほとんど諳《そらん》ずるほどであったから、ブスケにすれば江藤がもっとも手ごわい話相手であった。

江藤は民法の相続法について検討をすすめていたとき、ブスケをよび、

「わが日本は、フランスの相続法を採らず、独自の方法をえらぶつもりでいる。すな

わち嫡男相続である」

といった。家の財産は長男一人に相続させ他の子供にはあたえないというもので、この条項ははるかな後年、太平洋戦争の終了後、新民法にきりかわるまでの長期間、日本民法の一特徴となった。

これにはブスケもおどろき、

「日本国家はせっかく近代的郡県制度になったというのに、家だけは封建ということになるではありませんか。矛盾である」

といった。が、江藤はゆずらず、

「貴国のように富強の国とは日本はちがう。日本は個人の家産がすくないためにこれをすべての子供にわけてはみな貧賤に落つるのみである。たとえばここに商家あり、家産八百両とすれば、これを四人にわけて二百両になる。すでに親の代にくらべれば小商人である。次代においてこの二百両をさらに四人にわければ商売のもとでにもならない。フランスと国富がちがうため、この場合はフランス法は参考にならない」

というと、ブスケはするどく江藤の矛盾をついてきた。

「すると日本では子供はみな親の分前だけで衣食するのか。たとえわずかなわけ前とはいえそれを殖やすだけの智力労力を使わないのか」などと大いに弁じたが、江藤は

最後に、

「家だけは封建の組立のほうがよい。日本はそれをとる」

と、論理を超越したところで断をくだし、ブスケの口を封じた。

ある日、江藤はブスケをよび、江藤が立法しつつある婚姻法について討論した。ブスケはいきなり、

「妾をどうする」

と切りこんだ。ブスケは、日本や中国の習慣のなかの妾という位置にかねてから関心をもち、それを研究していた。ブスケは、江藤というこの司法卿が封建的家族主義を近代民法のなかに組み入れようとしていることがわかっているだけに、妾をどうする、というかれの質問は、「妾にまで法律の保護をあたえるつもりか」という意味をこめていた。

「妾というのは」

と、江藤はその、日本における発生と存在理由を説きはじめた。説きながら、論理の透明さを愛するこの論客は、むろん小禄のことは瞬時も念頭にのぼらない。ただ、「それは必要であった」と説く。正室がかならずしも嫡男を生むとはかぎらないのである。江藤は豊臣秀吉の閨室の例をあげた。正室には子がなく、側室の淀殿が男子を

生んだ。淀殿はこのため後継者の生母として単なる側室の位置から昇り、第二夫人ともいうべき位置を得た。徳川期における将軍家も大名家も同様であり、正室よりも側室が男子を生む場合が多い。もし閨庭《けいてい》の婦人が正室ひとりであるとすれば日本におけるほとんどの名家はその跡を絶っているであろう。蓄妾の風は日本における千年二千年の風であり、妾にして男子をうめばその位置が上昇するということも日本における慣習法というべきものである。いまもそれは生きている、と江藤はいった。

「司法卿は」

とブスケはいった。

「すでに相続法において封建制を残すといわれた。さらに妾は相続に関する重要な存在であるといわれた。されば当然、それを制度化するといわれるわけか」

「考えている」

江藤は、ブスケの論理の前に、表情が苦しくなった。江藤は「日本第一の弁舌家」といわれ、のちに法官としてその論理のするどさをうたわれた河野敏鎌《とがま》でさえ「江藤という男に対しては何事を論じても論破せられぬということはない。この人物に議論をもって勝つことは何人といえどもむりである」と言い、また江藤と親しい御傭外国人のなかのある者も、「日本人のなかで江藤だけは毛色が変っている。かれはヨーロッパのすぐれた論理家の風がある」とさえ評していたが、しかしその江藤も、法理論できたえたブスケの理屈立てとその迫まり方には大いに動揺し、ついには無言になった。

「江藤卿、閣下はもともとむりをしている」

と、ブスケが救いを出した。革命をいくつか経験した上で出来あがっているフランス民法を土台にしてそこへ封建的相続法というものを無理やりにねじこんだところから妾の問題も出てきている、とブスケはいう。「相続法の矛盾という弱味を背負いこんでいる以上、私が江藤卿でもこの論戦には負けざるをえないだろう」と笑い、「ところで」といった。

「蓄妾の風を、日本の美風であると江藤卿は心得ているのか」

「美風か醜風かを私は論じているのではなく、それが存在する理由をのべている」

「いや」

ブスケはいった。

「嫡男相続は知らず、この妾に関してだけは美風か醜風かで論ずべき事柄である。もし妾に法律上の位置をあたえるという民法を日本が制定すれば、西洋のキリスト教国は日本というものをよほど無気味な国としてうけとるだろう」

「日本はキリスト教国ではない」

「しかし、日本としては地球上にあるかぎり、永遠にキリスト教国と国交し、貿易し、共存してゆかねばならぬではないか。妾のことが国家の安危に関するというならいざ知らず、さもなければことさら隣人をして不快がらせる法律をつくる必要はないではないか」

「負けた」

と、江藤は筆を投げた。民法に組み入れる思案をすてた以上、江藤の法家的気分からいえば積極的にこの蓄妾の風を禁止する覚悟をした。上は当然、公卿、旧大名家にまで及ぶことであり、どのような排撃をうけるかわからなかったが、とにかくもここ数年のあいだには断固としてこの禁止を立法化し、違反の者に対しては容赦なく法をもってさばくつもりであった。

帰路、三筋町に立ち寄った。この江藤の風変りなことはこの三筋町において、

「小禄、申すべきことがある」

と、辞色をあらためて言ったことである。

「この家はきょうよりそのほうの所有《もの》だ。調度から庭木一本にいたるまでそのほうのものである」

小禄はおどろいた。理由をきいた。江藤はだまっていた。

（これで、妾ではない）

小禄は、独立の人格である。男子の付属物でない以上、妾ではなくいわば江藤との関係は対等の情人情婦というべきものである。そのかわりもし小禄とのあいだに子をなしても、その子は江藤家の一族たり得ないであろう。

ちなみに江藤のこの蓄妾禁止法はついに出されることなくおわったが、江藤自身は小禄を最後まで妾とあつかわず、小禄に女児ひとりができたときもそれを江藤家に入れず、余人にもいわなかった。もっともその女児は七ヵ月で夭折《ようせつ》している。

長閥退治

一

横浜から、外遊する者が出てゆく。その見送りが、前日から横浜にあつまった。江藤新平も、その見送り人のなかにいた。

——日本史上かつてなかったことだ。

と、送られる者も送る者も、この壮挙に昂奮しきっていた。日本史どころか、おそらく世界史上、こんなことはかつてなかったことであろう。見送る側の江藤もそうおもいながら、人ごみのなかを歩いていた。

明治四年十一月十二日のことである。

できあがったばかりの日本政府の要人の八割までが国務を離れ、日本をはなれ、地球を一周してはるばる欧米の文明社会を見学にゆくという企てであった。そのあいだの政務は当然ながら停止する。しかしながら、とにかくも西洋とはどういうものであるかを政府首脳が知らないかぎり、今後の日本のかじはとりようがなかった。

行く者のなかでめだっているのはこの国の新政権の事実上の首相である大久保利通であり、さらには四年前の革命の最大の立物《たてもの》のひとりであった木戸孝允、それに新政権の権威上の代表のひとりである右大臣岩倉具視であった。

随員の顔ぶれは、多彩であった。主として工業関係を視察する者として工部大輔《だゆう》伊藤博文、司法関係の視察者としては司法大輔佐々木高行以下五人、外務関係は外務少輔《しょう》《ゆう》山口尚芳以下十人、軍事方面では陸軍少将山田顕義、そのほか租税、地方自治、造船、鉄道などあらゆる分野の政府要人がおり、灯台の専門家までこのなかにふくまれていた。総員四十八名である。

それだけではなかった。この壮挙を幸い、私費その他の費用で留学したり視察したりしようとする者も多く、そのなかには前田、黒田、鍋島、蜂須賀、奥平、伊達、毛利、鳥居、吉川といった旧大名家の相続者や、清水谷、坊城、万里小路《までのこうじ》、武者小路といった公卿もまじっており、それらをあわせると百名を越えていた。

——日本が空《から》になる。

と、ささやく者がいたが、事実そうであったであろう。

これらを、一隻の船がはこぶ。アメリカ船アメリカ号で、四五五四トン（一等客室三〇、二等一六）の外輪蒸気船である。

かれらはこの日朝八時、横浜の県庁に集合し、同十時県庁出発、馬車をつらねて波止場へゆき、ランチに乗った。

「乗りうつるときの混雑、叫喚ぶりは、外国人にはずかしかった」

と、土佐出身の政客佐々木高行がその日記にかいている。このとき神奈川砲台から十九発、十五発の祝砲がとどろき、かれらの前途を祝した。正午、船は錨《いかり》をぬいて出港した。

それを見送っての帰路、留守政府の首相格である西郷隆盛は、

「船が去《い》きもしたが、あン船が沈みもしたら日本もずいぶんおもしろうなりもそ」

と冗談をいった。この冗談は冗談とも、まこととも
とれぬぶきみさがあり、またたくまに留守居の大官たちのあいだにひろがった。

江藤も、きいた。

かれは横浜から東京まで小蒸気船で帰ったが、船中無言をつづけ、かたわらのひとが江藤の顔色がわるすぎることにおどろき、

「ご気分がおわるいのではないか」

とのぞきこんだくらいであった。江藤は物事を考えはじめると呼吸《いき》までほそくなる男で当然、顔色もわるくなった。

「どうもなか」

と小声でいったが、胸中はどうもないどころではなかった。かれにすれば政府首脳の留守中、できれば大波乱をおこして、

――薩長を。

と考えつづけている。薩長勢力をきりくずす、ということであった。戊辰《ぼしん》の倒幕と革命は、薩長によって成立した。その第二革命ともいうべき明治四年七月の廃藩置県も、薩長の結束とその隠然たる武力によって成立した。かれらがその果実として政府内の要職をほとんど二藩で独占するということも当然であるかもしれない。

が、江藤はその当然がゆるせなかった。

(このままてておけば、あの両勢力はいよいよはびこる)

とみている。

薩長両派は、薩長おたがいの内部でこそ仲がわるく相抗争していたが、他の勢力

——たとえば土佐、肥前——がこれに抵抗しようとする場合、即座に結束して、共同の利益をまもるためにすさまじく反撃した。

新政府の人事配置については、かれら薩長はつねに智恵をしぼった。長官が薩人であるばあいは次官は長人《ちょうじん》であった。長官が長人であるときは次官は薩人であり、次官以下の人事もそのように石垣のような力学構造で組みあげられ、あたかも城塁のようになっていた。

長州閥は総帥は木戸孝允であり、この理想家肌の木戸は観念のうえでこそ藩閥人事を否定していたが、しかし現実政治ではそうもいかず、ある日、幕夜、大久保の私邸をたずね、

——ちかごろの政府人事をみるに、薩人のみ多く、長州人の数がすくなすぎる。

と苦情を申し入れ、その論拠として文久三年いらい長州人が維新成立のためにいかに血をながしてきたかという流血の歴史をくどくどと述べ、それがあまりに長時間にわたったために大久保は頭痛を催したほどであった。木戸の論理からすれば、政府内における役職占有率は流血の量によるべきであるということになるようであった。

大久保は薩摩系官僚の総帥であったが、木戸同様かれ自身がこの革命を手作りでつくりあげたという実感があるだけに、俗吏のような藩閥意識はなかった。しかしその

大久保でさえ、他人から薩長横暴を攻撃されるとき、

――それはまちがっている。

と、公然、藩閥を弁護した。大久保にすれば薩長の結束と武力があってはじめて成立した政府であり、いま薩長勢力を解散すれば国内に野心家がむらがり立ち、反乱が各地におこり、ついには政府も日本国も崩壊するかもしれない、というものであった。

（大久保がおそれるところのものは反乱だ）

と、江藤はおもっている。かといって江藤は反乱をおこそうとまではおもわず、要するに薩長勢力を伐《き》って大幅にちぢめてしまうことをのみ考えていた。

江藤がしばしば同志の副島種臣《そえじまたねおみ》らにいったことばは、

「長人《ちょうじん》は狡猾であり、薩人は愚鈍である」

ということであった。薩長退治の戦略はその両者のちがいを衝かねばならない、と江藤はいう。長人はぬけめがなく利にも理にもさとく、とうていかれらをだますことができない。そこへゆくと薩人はお人好しである。この薩人を利用し、おだて、それを味方にひきこむことによって長人を政略的に征伐してゆく。

「それが、われら肥前佐賀人の政略でなければならぬ」

と、江藤はつねにいった。攻撃性に富んだ、すさまじい理論であった。が、君子の風《ふう》のある副島はこれをきくたびにへきえきし、

「江藤君、しばらく自重するほうがよかろう。われわれ肥前佐賀人がおだやかにしているからこそ、波風が立たずにすんでいる。いま肥前まで薩長とおなじように権力をあらそえばやがては小党分立して日本は混乱の極にいたる」

といったりした。

が、江藤はこういう君子《くんし》論には不賛成であった。どうせ政治の座に立った以上、権力抗争をおそれていては何事もできないではないか。

ところで。

外遊する側の大久保、木戸らは、留守内閣の連中が勝手な人事や政治をやることをおそれた。このため、十二ヵ条におよぶ念書《ねんしょ》を作成し、ゆく者残る者、ことごとく捺《なつ》印《いん》し署名した。この形式はちょうど戦国時代に流行した誓紙のようなものであり、

「一行が帰国するまで官員の新規採用を停止すること」といったふうのこまかいことまで規定されており、事実上いっさいの重要政務が停止されるのと同然であった。

（ばかなやつらだ）

と、江藤はおもった。

（国家社会はいきものと同然なのだ。かれらは何年外遊する気か知らないが、その間《かん》、いきものに対し、食うなねむるな動くなというのとおなじで、できることではない）

留守居の総帥は公卿の三条実美と薩の西郷隆盛、それに土佐の板垣退助であった。

「西郷も板垣も政務に通じた男でないから、しごとにはならない」

と、参議大隈重信は後年語っている。「だから自分が事実上の総帥のようなものだ」

と大隈はいう。

そのとおり実際の政務をとる支配人は、この肥前佐賀出身の大隈重信であった。大久保利通は、

――大隈ならまちがいはない。

と、信頼しきってまかせた。大隈は佐賀人ながら佐賀閥などはつくらず、かれ一個でうごき、つねに風むきを察しては帆をあげ、きょうは源氏あすは平家といったふうにそのときどきに主人を変えた。いまのところ大隈は大久保に属し、その番頭のような位置にいた。

――大隈、たのむべからず。

と、江藤はこのころには多年同藩でともに勤王活動をしたこの同志に対し、ほとん

ど他人でもみるような冷えた感情をいだきはじめていた。

しかし参議大隈重信にすれば、そのながい政治生活のなかでこの留守内閣時代がもっとも得意であったであろう。

内閣は、旧江戸城にある。

かつて徳川将軍が諸大名を謁見した大広間で、いまは多少の改造をして洋間になっており、参議たちは毎朝登城してそこへ詰めた。

――といって西郷にも板垣にも用などはないのだ。

と、大隈はいう。

大隈の印象によると、この両人は午前中はとにかくも神妙にすわっている。ところが退屈でたまらないらしく、昼めしの時間になるといそいそと別室にしりぞいてゆく。別室には、昼の膳が支度されている。西郷と板垣とはそこでながながとめしを食い、めしを食いおわったあと、もはや内閣の席にもどらず、その食事室で二人で雑談をやる。

「なにをいったい、話をしているのか」

と、江藤新平は、大隈にきいた。大隈はそのいかつい顔つきに似合わず腰や口のかるがるしい男で、

——わしが斥候としてみてきてやる。

と言い、用ありげな顔で食事室に入っていくと、西郷と板垣は戊辰戦争のころの戦争ばなしに興じていた。そのあと、ふたたび大隈が用をつくって入ってゆくと、こんどはすもうの話をしていた。

「あのふたりは、弁当を食いにくるだけだ」

と、大隈は聞えよがしにいった。

両人は戦争のはなしとすもうの話がよほどすきらしく、来る日も来る日もそうであった。

——よくまあ、飽きぬことよ。

と大隈は江藤にいった。江藤は、

「すでに用がなくなってしまった人間なのだ」

といった。倒幕こそ西郷と板垣が演じた最大の仕事であり、両人ともそれに生命を燃焼しきってしまったらしく、いまは過去を語ることと趣味道楽を語ること以外に興味の対象がないらしい、と江藤は観察していた。

が、西郷と板垣にすれば、

——俗務は小才子《こざいし》どもにまかせる。

ということであったであろう。かれらは天下を糾合《きゅうごう》して物事をやることに適していたが日常行政上のちまちました事務などは関心のそとであった。そのようなことにはふしぎに肥前佐賀人たちに才能があった。

西郷はある日、

——大隈どん。

と、食事室から出てきて、大隈の席に寄ってきた。自分の判《はん》をもっていた。

「これは俺《おれ》の印形《いんぎょう》でごわすが、どうぞ自由に使うてくだされ」

というのである。西郷のいうところは、貴殿《おはん》は政務に巧者なようじゃ、さればおはんのすることについてはこの西郷に異議はごわせん、必要なときにはこの印形を使うてもらいたい、ということであった。大隈はあきれた。

(これは、あほうか)

と大隈はおもったが、しかしそれが西郷の本音《ほんね》であった。俗務は俗吏にやらせておくにかぎる、ということであり、さらにいまひとつは西郷は、大隈と机をならべて一つ場所にすわっていることが堪えがたかった。西郷は大隈という男のむきだしな功名主義が、どうにも我慢がならず、かねがねきらっていた。結局は食事室で、正直者の風韻《ふういん》をもつ板垣を相手にむだ口をたたいているほうが、この革命の元勲にとってはずっと心神の保養になったのであろう。

江藤新平が司法卿になったのは、この年ではない。翌明治五年四月二十五日である。

二

この人事については、多少のうらばなしがあった。

もともと、司法省ができたのは江藤の発案によるものであったが、しかしその初代の卿《きょう》は江藤ではなく、土佐閥代表の佐々木高行であった。高行、のちの侯爵。通称は三四郎と言い、幕末における土佐藩の藩官僚である。土佐藩は幕末においては下士出身の脱藩志士が風雲に活躍し、多くは死に、その流血のおかげでかつての佐幕藩であったこの藩が、明治政府において薩長に次ぐ待遇をうけた。その時運のおかげで政府の大官の座にのしあがってきたのは、多くはこの藩の上士であった。佐々木高行も、そのひとりである。佐々木は幕末のころ、藩命によって長崎に駐在した。長崎を根拠地としている坂本竜馬の海援隊に接触し、浪士結社である海援隊に藩の資金が入るにつれてその資金代表として仕事をした。やがて坂本とその同志中岡慎太郎が横死したあと、その政治的名声の相続者のひとりになり、新政府にむかえられた。

その佐々木高行が、こんどの洋行組に加わって日本を留守にしている。

「佐々木にはどうにもならぬ頑迷さがあり、仕事にならぬ」

という声がかねて司法省の部内にあったが、その洋行をさいわい、

——このさい江藤をむかえよう。

という声が部内にたかまった。ちなみに司法省には土佐人が多く、佐々木排斥をしているのも土佐人であった。警保頭島本仲道、河野敏鎌《とがま》などであり、かれら土佐系官僚が江藤をむかえるために運動をし、長州閥の巨魁《きょかい》のひとりである井上馨《かおる》にはたらきかけた。

井上馨は、通称聞多《もんた》の名で知られ、その幕末での活躍のすさまじさは、かれの顔や全身にきざまれた刀傷のあとがものがたっている。志士あがりにはめずらしく理財の才があり、大蔵大輔《だゆう》をつとめていた。

大輔は、次官である。卿というのが大臣に相当する。大蔵省のばあい、大蔵卿は薩出身の参議の大久保利通が兼任していたが、外遊する前に大輔の井上にすべてを委《ゆだ》ねた。そういうこともあって、

「留守政界における事実上の宰相は大隈ではなく、大蔵大輔井上馨こそそれである」

という見方すらあり、しかもそれはなかばまとを射た観測であった。なぜならばこ

の当時の大蔵省は後年のこの省よりもはるかに強力で所轄《しょかつ》の幅もひろく、いわば日本の内政の七割がたをにぎっているといってよく、その主管者である井上馨に対しては、

——いま清盛。

というあだなさえあった。この時期の日本における最大の権勢家ということであろう。

土佐系の運動者たちは、その井上に働きかけた。井上は元来無造作な男で、

「きみたちが江藤君を好むというなら、それでいいではないか」

と、簡単に承知した。井上や長州閥の感覚からいえば、もともと司法省のように一国一天下の権力に直接影響のない省については土佐人や肥前佐賀人にまかせておくつもりであったし、その卿が、土佐人であろうと佐賀人であろうとかまわない。

一人だけが、難色を示した。

渋沢栄一という井上の下僚であった。渋沢は旧幕臣であったが、その海外知識と財政感覚を買われて大蔵省に出仕し、この時期、井上の謀臣のような役割りをつとめていた。

——およしになったほうがいいでしょう。

と、かつて一橋慶喜の家来であったこの人物はいった。かれは治乱興亡をくぐりぬけてきただけに独得の人物眼があり、

「江藤というひとはなるほど抜《ぬき》ん出た識見のもちぬしですが、しかしその人物に鋭気がありすぎ、このため精神がつねに中庸《ちゅうよう》を欠いています。偉材ではあってもこれは言論もしくは立案の雄であり、台閣に列して政情を安定させてゆくひとではありませぬ。もしかれを司法卿にすれば国家に波乱がおこりましょう」

といったが、井上は耳を藉《か》さなかった。かれの藩閥政治の感覚からいえば、

――司法卿ぐらいの椅子は、佐賀人や土佐人のおもちゃとしてくれてやってもいい。

というところであったにちがいなかった。

江藤は、司法卿に就任した。

この男のおかしさは、井上馨が西郷をうごかしてかれを司法卿に推挙したということを知っていながら、千代田城の休息室などで井上と顔をあわせてもひとことの礼もいわないことであった。

「すこし、不愛想すぎはしまいか」

と、同郷の副島種臣が言い、「井上に会釈《えしゃく》ぐらいはしておいたほうが無難だ」と忠

告したが江藤は顔色もうごかさず、

「その必要はあるまい」

と言いきった。

江藤にすれば会釈どころか、天が自分に司法卿という大職をあたえてくれたのをさいわい、これを武器として井上馨を真っこうから斬って二つにしてやろうとおもっていた。

副島は、まさか江藤がそういう魂胆を秘めていようとは気づかず、

「政治というのは感情だからな」

といった。政治には感情が重要な部分を占める以上、会釈を欠いたといういわば些《さ》細《さい》な、くだらぬこじれから他日大きな問題が出てくるおそれがある。「だから会釈も政治のひとつだと観念し、会釈すべきものについて会釈しておくがよい」と副島はいうのである。

「いや、会釈せぬのも」

と、江藤はくびをふった。

「政治のひとつだ」

江藤にすれば、他日、井上馨に大鉄槌《てっつい》をうちおろすとき、かえっていま会釈などを

して交情を濃《こま》やかにしておくとやりにくいとおもっている。副島はにわかに察した。江藤のいう意味が、である。

「おぬし、やるのか」

と、声をひそめた。江藤はすばやくうなずいた。

「やる」

「つまり、あの連中を？」

「左様」

江藤の両眼に、急に光りが点じた。江藤はふたたび左様、といってからしばらくだまり、

——天に代って。

といった。天にかわって誅戮《ちゅうりく》を加えるというのであろう。こういうあたり、この時代の国事担当者が多分にそうであったようにどこか芝居めいた呼吸と思い入れがあった。

副島種臣のいう、

「あの連中」

とは、むろん長州人をさしている。長州人は、この当時、藩閥悪の代表のようなも

のとされ、そのほとんどが政権とは利権のことだとおもっているふしがあった。

「長人には金、薩人にはおんな」

ということばがあった。薩摩人は金銭に淡白であるかわりに色欲にはよわく、長州人はこの連中の旧藩がかつて下関や三田尻港を中心とする瀬戸内海交易で大きな現金収入を得ていたことにもつながりがあるのか、金銭の感覚に鋭敏で、そういうものに士族らしい潔癖さがとぼしかった。

かれらは、政権を得た。

「国家というこの苗木をそだてるよりも、かれらはその樹液をすすろうとしている」

と、江藤はそのまわりの佐賀人や、おなじ第三勢力である土佐人たちにいったが、いかに長州人でもそれほどひどいものでないにせよ、金銭については公私の見さかいのつかぬ通癖がかれらにはあった。佐賀系の参議である大木喬任《たかとう》はむしろ長州人のこういう傾向には同情的で、

「かれらは旧藩時代からそうなのだ。べつに悪意があってのことではない」

と、江藤にもいった。

長州藩の会計には、「撫育金《ぶいくきん》」という特別会計があった。沿岸の干拓事業その他の殖産事業から得た金を、藩の普通会計に組み入れず、これを使わず、藩主の手もとに

貯え、これを撫育金と称した。討幕の資金はこの会計によってまかなわれたといってよく、長崎で軍艦を買い入れるにしても奇兵隊を創設するにしてもまた京都で宮廷抱きこみの工作をするにしても、みなこの会計から金が出てゆく。しかもこの金をひきだすのは藩主の承諾ひとつがあればよく、その使途については藩の会計官吏の権限外にあった。自然、放埒《ほうらつ》になった。

幕末、この藩の革命派の総帥《そうすい》であった高杉晋作なども、上海へ軍艦を買いにゆくといって数千、数万の金をもちだして長崎であそび、豪遊して蕩尽《とうじん》してしまったことがあった。そういうとき、高杉はいまの大蔵大輔井上馨をよび、

――聞多、たのむ。

と、手をあわせた。井上は年少のころから藩主のおぼえがよかったから、御前を適当にとりつくろって藩主を晦《くらま》し、撫育金から金をひきだし、高杉の遊蕩のあなうめをしたりした。そのたぐいのくせが、新政府になっても井上にも濃厚に残っており、それ以下の長州人にも残っていて、たとえば料亭での払いに窮するとそれを政府会計に転嫁《てんか》してしまうことがかれらのあいだでは豪傑としての腕前のようにされていた。大木喬任はそれを、

――いわば癖なのだ。

といって弁護するのである。

江藤は、大木の弁護論を一笑に付し、

「その癖が国家を崩壊させるとなればどうなる。長州人こそ日本の公敵ではないか」

といった。

江藤は司法卿に任ずるや、すぐ長州系大官に対する密偵組織をつくり、かれらの行動を巨細《こさい》となく内偵させる一方、司法省官吏たる者の士気をたかめるため、

「司法省とはなにごとをすべきところか」

ということにつきすさまじい論文を書き、「司法省の方針を示すの書」と題して部内に配布した。

その冒頭《ぼうとう》に説く。

訟《しょう》を断ずる、敏捷、便利、公直、
獄を折《せっ》する、明白至当にして冤枉《えんおう》なく、
且《かつ》姦悪を為す者は、
必ず捕えて折断、
敢て逃るるを得ざらしむ。

是を本省の職掌とす。

という文章からはじまるもので、この激越さは、一個の官庁の性格を説くといった長官の訓辞にふさわしいものではなく、あたかも戦場に出て大敵を前にした野戦司令官の突撃命令にも似ていた。

三

が、おもわぬ故障がおこった。

予算であった。

立案家の江藤は司法権の充実の方法を考えぬき、とにかくも司法省の機構を拡充して大飛躍を遂げるべく練りに練っていたが、やがて成案を得た。しかしそれを実現するためには多額の予算を必要とした。江藤はこの年の十一月、大蔵省に対し、

九十六万五千七百四十四円

という額を要求した。

年が暮れようとするころ、この額は井上馨によってけずられ、四十五万円という額になった。けずるについて大蔵大輔井上馨は、

——半分でいい。

と、ごく無造作な態度だったという。江藤はそれをきき、激怒した。

「俗吏、なにごとをか知る」

と、かれはその大蔵省の決定額の書類をふたつにひき裂いた。さらに江藤を怒らせる材料が出てきた。

「ほんとうか」

と、江藤はわが耳をうたがったほどであった。陸軍省の要求額は、要求額どおり通ったというのである。

陸軍省は中将山県有朋を頂点とする長州閥の巣窟《そうくつ》であった。長州人たる井上は、長州人たる山県の要求ならば一銭をもけずらずに全額をみとめている。江藤はそうおもった。それだけではなかった。井上の大蔵省の省予算は、江藤でさえ気の遠くなるような巨額であった。

「まるで長州の私政権ではないか」

江藤はすぐ馬車を用意させ、城内にある太政官《だじょうかん》（内閣）へ駈けつけた。おりよく詰間に井上馨がいた。江藤は詰めよった。

「君は、国政をやめよというのか」

と、江藤はまず一喝し、井上がなにか言おうとすると、頭上から、

「君には司法のなんたるかがわかっているのか」

といった。井上はふたたび抗弁しようとしたが、江藤の雄弁に消された。江藤は法治制度の確立がいかに急務かを説き、「法がなければ、国民は相続もできぬ。結婚もできぬ。商法がなければ売買もできぬ」といい、「国民の権利を法律によって規定することなしに国家ということがいえるか。君は長州人である。長州藩が苦心惨澹して幕府をたおしたことはみとめる。しかし幕府を倒して国家をつくったか」

「つくった」

「言うな。君らは名目だけの国家をつくり、君ら長州人があらそって官途についただけのことではないか。官員はできた。しかしどこに国家がある。国民がある」

「江藤君」

井上は両手をあげて江藤のことばをふせごうとした。井上はひとなみ以上の政治感覚のもちぬしであったが、議論の能力がなかった。

「そのように君がいったところで、金がないのだ。われわれは入るを計《はか》って出《いず》るを制している。君の抱負はわかる。しかし経費の増加は国家経済がこれをゆるさぬ」

「経済？」

江藤が、この流行語をとらえてどなったという、当時評判のはなしは、このときである。

「君に経済がわかるか。経済とは経世済民ということばでもわかるとおり、世ヲ経《いとな》ミ民ヲ済《すく》ウということだ。国家経済の本旨は、国家にとって必要かくべからざる経費を按配《あんばい》しつつ出してゆくということだ。君がやっているのは経済にあらず、そろばん勘定である」

井上は、青くなった。

後年、かれは下僚から雷親爺といわれたように気のみじかい男であったが、このときは顔を青ざめさせただけで沈黙していた。やがてかれは、ひとことだけいった。

「経済だかそろばん勘定だかどうかはしらないが、古来ない袖は振れぬというからね」

「出せないのか」

「いま申したとおりだ」

と、井上は立ちあがり、さっさと部屋を出てしまった。江藤は背後から叫んだ。

「井上聞多《もんた》」

と、よびすて、

「君は、いま去ろうとしている。去るはすなわち訣別《けつべつ》断交という意味にわしはとる。わしは君のような国家の賊を台閣から追いはらうまでたたかうぞ」

といった。すさまじい言葉であった。国家の賊、と江藤が叫んだとき、井上はさすがに足をとめた。この一語だけでも、井上は江藤に決闘を申し入れる理由が成りたつが、しかし井上は、

――きちがいめ。

と、捨てぜりふをのこしただけで去った。

ほどなく年があけ、明治六年一月二十四日、江藤新平はにわかに辞表を書き、三条太政大臣にまで提出した。

「これは、たしかに辞表ですか」

と、三条実美がたしかめたほどにその辞表はけたはずれの長文のもので、一冊の小冊子になるほどのものであった。その文中、わが国の法制の確立のいかに急務かということがこまかく書きのべられ、結論としてこの省の予算をけずることは国政をないがしろにするにひとしい、と説かれている。

「司法省のしごとが、それほどに国家の急務であれば、あなたは」

と、三条実美はいった。

「その職を離れず、踏みとどまるべきではないですか」

「いいえ、左様ではございませぬ。辞《や》めることが、この国の司法権の確立のために重要なのでございます」

といった。江藤はこの内閣に大衝撃をあたえようとしていた。そのことがやがてわかった。江藤の下僚である司法大輔《だゆう》福岡孝弟《こうてい》（土佐出身・のち子爵）も江藤の辞表提出の翌日おなじく辞表を出し、さらにその下僚である司法大丞《だいじょう》明法権頭《めいほうごんのかみ》楠田英世（佐賀出身・のち男爵）、警保頭島本仲道（土佐出身）、司法少丞《しょうじょう》渡辺驥《すぐる》（信州松本藩出身）、同丹羽賢（尾張藩出身）もたもとをつらねて辞めた。

司法省は、潰滅したも同然になり、その機能は停止した。

三条実美らは大いに狼狽し、西郷と板垣をよんで相談したが、板垣は、

――さあ。

とくびをかしげるのみで返事をせず、西郷は即座に、

「それは、大隈サンが適任でごわすなあ」

と、みずからが調停役になることを回避した。露骨にいえば、江藤・井上といった小僧の調停には大隈程度がちょうどいいだろうというところであった。事実、大隈は江藤と同藩出身であり、しかも井上馨ともいわば年来の政友といってよかった。

大隈参議はこの時期、大阪にいた。三条はそれをいそぎよびかえした。調停には四ヵ月を要した。結局大隈の調停で五月二日、司法省には八万円を増額し、他の省にもそれぞれ少額ながら増額してこの問題の火の手だけは消しとめた。江藤もその下僚も辞表を撤回した。

井上馨は、おさまらなかった。かれは大いに憤慨し、この改訂案が出てほどもない五月十四日、辞表を提出した。太政官は、これを受理した。

井上は、江藤にやぶれた。

江藤は井上を台閣から追いはらったが、しかしそれだけでは鉾《ほこ》をおさめず、

「姦人を退治するのは、これからである」

と、司法部内の腹心たちに宣言した。井上を下野《げや》させるだけでなく、できればとらえて獄にほうりこみたいというのが、江藤新平というこの驚嘆すべき徹底力をもった男の執念のようなものであった。

姦人とは、井上をさす。

同時に長州人をさす。江藤はすでに、重大な情報をつかんでいた。

四

のちに、

「山城屋和助事件」

といわれた長州軍閥の疑獄が、それであった。

山城屋和助というのは、実名は野村三千三《みちぞう》という。野村は長州藩領玖珂《くが》郡山代という村の漢方医の子で、高杉晋作が奇兵隊を創設し、士分階級以下から志願兵を募集したとき、この男は頭髪をのばして隊士になった。ほどなく一隊の隊長になり、軍監山県狂介（有朋）とともに各地を転戦し、戊辰《ぼしん》戦争がはじまるや、北越で戦った。戦いが終結するや、かれは志を転じ、横浜に出てきて商人になり、屋号を山城屋和助と称した。

「野村は惜しいことをした。あのまま新政府にとどまっても、いきなり陸軍大佐になれたはずだ」

と、長州の連中はうわさをしたが、しかし野村にすれば横浜で生糸貿易をいとなめば巨万の富をきずくことができるのを知っていた。ついに店をひらいたが、資金が足りなかった。

最初、木戸孝允から五百円をかりて銀相場をし、たちまち一万円を得た。しかし一万円では生糸貿易の資金には不足であり、そこでかれの上官であった山県有朋に出させようとした。山県は、長州陸軍が大村益次郎を旧攘夷派の暗殺でうしなってから、にわかにその代表格になり、さほどの人材ではないといわれながらこの当時の陸軍の総帥《そうすい》のような位置にのぼっていた。

——兵部省（のちの陸海軍省）の金を融通してほしい。

と、野村はたのんだ。山県はこのさい、この野村を金づるにしようとおもったのであろう、それを貸した。五十万円という、兵部省の陸軍予算の半分ぐらいに、あたるかもしれぬほどの巨額であった。

野村はこれで生糸相場を張ったが、ときに儲け、ときに損をした。生糸相場は不安定であった。野村は商法の安定を考え、明治五年、当時陸軍大輔であった山県をたずね、

——陸軍省御用達にしてくれないか。

とたのんだ。陸軍に軍需品いっさいをおさめる御用商人になることであり、もしこの許可を得ればばうそのようなたやすさで利益を得ることができる。

山県はすでに野村に毒せられていた。それを承知した。野村——山城屋——の身代

は、みるみるふくれあがり、わずか一二年で横浜一の巨商になった。自然、山県の財産もこの商人が利を得るにつれて大きくなった。

山県が陸軍の長官であるだけに、その下僚の長州系軍人もこれにならい、

——山城屋の富は、いわばおれの金のようなものさ。

と放言する高級軍人があり、将官も佐官もあらそって野村に金を借りに行った。借りるといっても無証文であり、もらうことと同様であった。野村もこれら長州軍人がやってくると、平素陸軍によって巨利を得つづけているために呉れてやらざるをえなかった。このため長州人は閥族ぐるみで野村に寄生するかたちになった。

野村も、たまらなくなった。

ほどなく生糸相場に失敗し、かれが陸軍御用達でもうけている金をことごとくつぎこんでも回復しがたいような悲境に立った。そのうえ、山県の判で借りている公金がすでに六十四万九千円という額にのぼっていた。

野村には、返済能力はなかった。返済の意思もなかった。むしろそういう催促のない借金はすてておいて、海外でべつの活路を見出そうとした。かれは洋行をした。海外市場を見てまわったあげく、どういう心境になったのか、狂ったように各地で豪遊し、湯水のようにもち金をつかいはじめた。ロンドンで英国人の話題になるほどにあ

そび、パリでは一流女優をつれて劇場にあらわれ、競馬場では万金を費消した。

——かの日本人富豪は何者か。

という評判が、ロンドンやパリの日本公館にまでとどいた。野村にとって不幸だったのは、この二つの国に駐在している公使はいずれも薩摩人であることだった。英国は寺島宗則、フランスは鮫島尚信である。かれらは、野村三千三という成りあがりの富豪の名を知らず、その浪費の異常さをあやしんで内偵してみると、長州軍閥に食いついて巨利を博している男であることを知った。かれらは野村の背景に重大な政府部内の腐敗があることを予感し、野村の行状につき、本国政府に詳細な報告をおくった。

外務卿は、佐賀人副島種臣である。副島は硬骨で知られた男で、この種のことがゆるせなかった。すぐ司法卿江藤にしらせた。

江藤はその報告書を三度読み、やがて顔をあげた。両眼が、血走っていた。

「この報告書は、証拠書類としてもらっておく。じつをいうと、この事件は私にとって初耳ではない」

すでに江藤は長州軍閥の腐敗に気づき、偵吏を四方に撒《ま》きちらして横浜での山城屋の内情もあらっていたし、山県有朋以下陸軍首脳や高級軍人の山城屋との関係もほぼつかんでいた。

（長州閥の巨城のひとつは山県である。山県を獄舎にたたきこんでのち井上におよぶ）

と、江藤は方略をたてた。

江藤はまずこの一件を参議の会議にもちだした。この日の出席者は、

三条実美
西郷隆盛
板垣退助
大隈重信
副島種臣
大木喬任
江藤新平

であった。江藤は、この外務省書類をまず提出し、さらにいままで偵査したことを概略のべた。捜索途上で閣議に発表することは容疑者をして証拠湮滅《いんめつ》をはからせることになるかもしれないが、江藤はあえてそれをやった。なにぶんかれの敵は維新の元勲であり、文武の顕官であり、長州閥の大物たちであるため、それに捕縄《ほじょう》をとばすに

は参議——（諸省大臣の上にあって国政の大事を決する者）——たちの了解をとりつけておかねばならなかったからである。

席上、西郷は上体を椅子の背にもたせ、しばらく両眼を見ひらき、ぼうぜんとして江藤の説明をきいていたが、やがて頸すじの骨を折られたような勢いで垂れた。その異常な様子は、まるで西郷が容疑者であるかのようであった。

会議がおわった。

西郷はついに発言せず、会議場を去り、かれの東京での寓居である薬研《やげん》堀の屋敷にもどった。

十五日のあいだ、西郷は出仕せず、ひとのうわさでは毎日昼寝ばかりしているという。西郷の心境は、だれにもわからなかった。

事件は連鎖するものらしい。西郷不在の十五日のあいだに、江藤の手もとからあらたな疑獄があばかれた。こんども長州軍閥に関するものであった。「三谷三九郎の一件」といわれるものが、それである。

こんどのそれも進行中の山城屋和助事件と同質のもので、軍人と政商の結託であった。三谷三九郎は、旧幕時代、江戸の長州藩邸の出入り商人で、その後曲折を経たあげく、維新後は山県有朋のひいきを受け、兵部省御用からひきつづいて陸軍省会計御用掛になり、陸軍の公金を私的にあずかって商法にまわし、一時に三井をしのぐほどのいきおいになったが、番頭が思惑《おもわく》をして預り公金に手をつけ、三十万円の穴をあけた。これが司法省の内偵で発見された。三谷三九郎はこれにおどろき、とりあえず補《ほ》塡《てん》したが、またあらたに五万円の使いこみがあらわれ、ついに三谷にも補塡の能力がなくなり、事態が公けになった。江藤がしらべたところでは、この最後の使途不明金五万円は、三谷の直接責任ではなく、長州軍人が山城屋のばあいと同様、三谷の金庫に蟻《あり》のようにたかっていたための食いつぶしと知れた。

「三谷の件は些少《さしよう》、問題は山城屋和助の一件にある。これを白日のもとにさらせ」

と、江藤は警保頭である土佐人島本仲道を督励し、その部の全力をもってこれを捜査させつつあった。

この間《かん》、西郷は出てこない。太政官から使いが行っても、

——あすあたり、出仕しもそかな。

というのみで、要領を得ず、出てきもしなかった。やがて西郷は時勢にいやけがさし、どうやら隠棲するつもりらしいといううわさが流れた。

江藤は、あいかわらず多忙だった。

激戦場で部下を叱咤《しつた》する気鋭の戦闘指揮官のように部内のあちこちを飛びまわって

は直接のさしずをくだしたりしていたが、意外なことがおこった。

薩摩系軍人がうごきはじめたのである。

元来、明治初期の陸軍にあっては、長州人が軍政を担当し、薩摩人はそれをきらい、出先部隊の各級指揮官になっていた。その出先において若い士官をにぎっている実力者が、少将桐野利秋であった。かれらは長州軍閥の腐敗に激昂し、桐野らは軍隊をうごかして山県有朋ら長州の元凶どもを叩っ斬ってしまう、というのである。

（いよいよ愚鈍の薩《さつ》をして狡猾の長《ちょう》を討たしめるときがきた）

と江藤はおもったが、しかし薩摩軍人をここで暴発させてしまえば司法省の出る幕がなくなり、その威権は失墜し、日本の法治主義は十年は遅れてしまうとおもった。

（西郷をうごかしておさえさせねばならない）

と、江藤はおもった。江藤は西郷と同職の参議とはいえ、その威望はいわしと鯨ほどにちがっていることをかれ自身も知っていたから、かれが直接西郷を説くことは不可能にちかく、ここは、西郷につぐ元勲とされている板垣退助をうごかすしかなかった。

江藤は板垣の屋敷へ走り、この、戊辰のころは官軍の大将として中仙道から関東に征戦し、会津若松城をおとした土佐人を説いた。

と、板垣はすぐさま言い、江藤に多くを語らせなかった。かれもまた維新いらいとどまるところを知らぬ長州人の腐敗について憤慨し、このところ太政官に出仕しても他人と談笑せず、元来の胃弱であることも手伝ってか、太政官での昼食も箸をとることがまれであった。

板垣は薬研堀まで徒歩で行って、西郷の屋敷に入った。門を入っておもわず足が早くなった。大きな松がある。根が、土に露《あらわ》れていた。それに靴のつまさきをひっかけ、体が前へとび、はげしく転倒した。はずみでわき腹を撃ち、しばらく起きあがれなかった。

西郷は、奥にいた。

それへ、国からのぼってきたばかりの年少の書生が駈けこんできて、門内の路上に洋服をきた痩身の男がころがっておりますがいかがはからいましょう、とくだらぬことをきいた。

「瀬戸口はいないのか」

と、西郷は馴れた書生の名をいった。瀬戸口はあいにく厠にいた。

こんなさわぎのなかで、板垣が起きあがった。掌の泥をズボンでぬぐい、玄関に立つと、西郷みずからが出てきた。西郷はだまって板垣を奥の座敷に招《しょう》じ入れた。

「そこへ寝ころびなされ。――私も」

と、西郷は体をねじらせて両手をつき、長くのびようとした。薩摩では親密な客に対する待遇として、枕をあたえたがいに寝ころびながら話す風習があった。

「いや、そういう気にはなれない」

と、板垣は膝をくずさず、きょうの要件はお聞きおよびのあの件についてである、善後策はどうするか、私としてはあくまで姦邪は姦邪として追及したいが、大人《たいじん》の腹の底をきいておきたい、というと、西郷は起きあがった。

そのあと、茶をのんだり、たばこ盆をひきよせたりした。たばこを二三服吸いおわってきせるをながめ、ながい沈黙のあと、

「私は北海道へでもいって」

と、うわさどおりのことを言いだした。北海道へでも行って農夫になり、世をすててしまいたいというのである。

西郷にすれば、こういう貪官《どんかん》汚吏をつくるために新政府をつくったのではない、といいたかったのであろう。嘉永以来の風雲のなかで奔走し、ついに幕府を倒し、戊辰戦争を遂行し、敵味方数万の流血のすえようやく政府の基礎ができあがったとき、長

州人たちははやくも理想をうしない、この政権に巣食い、利権のしるを吸うことに熱中しはじめている。なんのための倒幕であり維新であったかということをおもうと、西郷は自分の前半生がむなしくなったのであろう。

——世を捨てる。

というのは、西郷の一種の持病のようなものであった。その前半生においても、たとえば安政の弾圧時代には僧月照と相抱いて薩摩潟《がた》に身を投じているし、その後、二度の遠島や再出仕の時期を通じ、主筋の島津久光との感情のゆきちがいなどの要素もからんで何度かこの衝動に駆られ、まわりのひとびとをてこずらせてきた。

板垣は、そういう西郷の性癖をよく知っている。

というより、この場合、ここに及んで西郷がそういうことを言いだしたことにむしょうに腹が立ってきた。貪官退治をやれば当然、国内の政治秩序に大混乱を生ずる。それを収拾できる者は、巨大な声望をもつ西郷ただひとりだけではないか。その西郷が世をすてて北海道の荒野に身をかくすとなれば、維新秩序はもはや崩壊するしかない。

「無責任すぎる」

と、板垣は、声を張りあげた。

西郷はおどろいて瞼《まぶた》をあげた。

「左様ではござらんか。大人ひとりが身を清うするのはよい。塵《ちり》をはらって去る。しかしそれがためにあとに残された一国一天下がつぶれるとなれば、罪は奈辺《なへん》にある。大人にあり、ということになる。考えてもごらんあれ。幕末以来いくたの先輩、同志の士が」

と、板垣の声がふるえはじめた。

後年、板垣がみずから語った談話どおりにこのときの会話をはこぶと、
回顧すればわが先輩同志の士が、回天の大志を齎《もた》らして空しく国難に斃《たお》れたのは、生き残れるわれら同志がかならずその志を継いで維新の大業を成就してくれるだろうと信じて瞑目《めいもく》したろうと思う。しかるにもしわれらにして、国政を贓官《ぞうかん》汚吏の手にゆだね、坐《いなが》ら国家の危急をかえりみざるがごときことがあったならば、われらはなんの面目あって地下の先輩同志に見《まみ》ゆることができるのであろう。

板垣のそのことばがまだおわらぬうちに、板垣のいうところでは、「西郷ノ面色ハ

朱ヲ漲《みなぎ》ラシ、肥大ナル体軀《たいく》ハ戦キ顫《おのの》イ《ふる》、座床、タメニ震動シタ」という。座床震動した、というのは板垣の修辞ではなく、板垣は「むかしばなしに、加藤清正が伏見城中ではじめて論語の講義をきき、その講義のなかで、以テ六尺《りくしゃく》ノ孤《こ》ヲ託スベク、以テ百里ノ命ヲ寄スルベク……君子人カ君子人ナリ、というくだりにいたるや、清正は感激のあまり戦慄し、このために殿中が震撼《しんかん》したというが、大丈夫が感動するとあたりが震撼するということが事実あるものだということを知った」と語っている。

事態は熟した。

江藤は、この当時の表現でいえば「明法《めいほう》の将軍」になり、やいばをかざして敵にむかって、斬りこむだけのところまで漕ぎつけた。

尾去沢事件

一

余談ながら。——

幕末、長州藩はその倒幕攘夷活動のためにほとんど滅亡するきわまで追いつめられた。しかしからくも堪え、やがて薩摩藩と連合することによって活路をひらき、ついに幕府をたおした。革命の、いわば主役といっていい。

が、明治政府ができるや、この藩人ほど天下から憎まれたものはないであろう。長州人の多くは革命者の潔癖さをうしない、権力と利権の漁《あさ》り手になった。かれらは薩摩人からでさえ、

——平家。

とよばれた。この時期、大蔵卿の井上馨《かおる》が清盛とよばれていたことに対し、三十五

歳の陸軍中将山県有朋については「小清盛」とよぶ者もいた。江藤は、政商山城屋和助（野村三千三）にからむ陸軍汚職事件を急追し、この「小清盛」をまず追いおとそうとした。

山県有朋はおどろき、パリで豪遊中のこの政商にいそぎ帰国せよという旨の電報をうった。野村はあわただしく帰国し、すぐ陸軍省に山県をたずね、両人しめしあわせ、帳簿を一部つくりかえて、すでにその問題の金は野村から陸軍省に返済しおえている、というふうにとりつくろった。

が、江藤はその報告をうけたとき、

「長人《ちょう》は、その程度の知恵でおれを昏《くら》まそうとしている」

と、つぶやき、すぐ司法卿室に担当官をあつめ、非常の決断をあきらかにした。

――一国ノ司法ノ府タル権能ヲモッテ、陸軍省ノアラユル帳簿ヲオサエ、会計ノコトゴトクヲ調査スル。

というものであった。

この情報が陸軍省にきこえると、上下は大さわぎになった。山県はすぐ事件関係帳簿を焼かせるとともに長州系軍人たちに使いを走らせ、野村から借りている金の証文を焼きすてさせたりした。

　が、問題は現金の不足であった。江藤が会計査察をして金庫の金額をしらべれば、「山城屋和助はすでに陸軍省に返済している」というその欺瞞《ぎまん》があきらかになる。山県は野村に対し、いそぎ現金をそろえることを命じた。が、野村の能力はすでに尽きはてており、あとはかれ自身が死ぬしかなかった。「おれが死ねば証拠もなくなる」と野村が腹心の者にもらしたのは、この年の十一月二十八日である。翌朝、野村は陸軍省に出頭し、その応接室でみずから香を焚き、やがて床《ゆか》にすわり、用意の短刀をもって腹を左から一文字に割《さ》き、さらに臍の下から切りおろして十文字腹を切り、絶命した。辞世の歌があった。

「ほまれある越路《こしじ》の雪と消えもせず永らえてこそ恥しきかな」

というものであった。ほまれある越路というのは、野村の戊辰《ぼしん》戦争での軍功をさす。野村はかつて長州奇兵隊の幹部として北越に遠征し、長岡藩と激戦した。そのときに死んでおればこういう恥もなかったものを、というのが歌の意味であろう。

　野村は死んだが、薩摩系軍人の桐野利秋らは山県の責任を追求し、ついにこの男も陸軍大輔《だゆう》の職を退《ひ》かざるをえなくなった。

　さらにこれよりも大きな長州人疑獄の調査が、江藤の手もとですすめられている。

――ご身辺には十分お気をつけられたい。

という忠告を江藤にする者が多かった。長州人が刺客を放って江藤を殺すかもしれないということであり、ありうることであった。が、江藤はそのつど笑い、

「そうなれば長州閥は以前の幕府とかわらない。まだ幕府には政見があった。その政見のもとで刺客が動いたが、いまの長州閥の腐敗は利権によるものである。私欲である。私欲のために刺客を養うとなれば、以前の幕府よりおとる。長州人も恥じてそこまではすまい」

といった。

こうしたある日、江藤は浅草三筋町の小禄《ころく》のもとで酒をのんでいた。小禄が注ぐ。江藤は杯を唇にあて、つねに思案し、ほんの少量ずつ飲む。つばとともに飲む。そういう飲みかたであった。

「人が。――」

と、小禄が障子のそとを見あげてさわいだときも、江藤は目を杯にふせたままであった。やがて顔をあげた。

「人が、どこにいる」

「ほら。あの屋根の上に」

と、小禄がいった。江藤の場所から見えなかった。小禄はうろたえ、江藤の手をとって自分の場所まで移動させた。

なるほど、人がいる。隣家の屋根のうえで寝ころんでいるのである。風体《ふうてい》から察すると書生らしい。

――みるからに寒そうだ。

と、江藤はおもった。陽は屋根いっぱいに照っているが、風があるらしく樹木が休みなくゆれている。最初、江藤は刺客かとおもい、目をほそくして観察したが、しかし屋上の男はその想像からおよそ遠かった。顔を天に曝《さら》し、四肢をひろげ、不用心そのもののすがたでねむっていた。

「見張りじゃありませんか」

と、小禄はいった。小禄の想像ではあの男は刺客から命ぜられた江藤の見張りかなんかで、一晩じゅう当家を見張っているうちにうとうとねむくなり、とうとう陽が高くなってもあのようにねむり呆《ほう》けているのだ、という。

小禄はその男を素材《たね》に落語《はなし》の与太郎かなんぞを想像してしまい、多少不謹慎かとおもったが、くすくす笑いだしてしまった。もっとも自分の不謹慎をわるいとおもい、「きっとあれでござんすよ、そうにちがいありません」とかえって強調した。

「江戸にはあんな、噺《はなし》に出てくるようなとんまがいますからね」

といったが、江藤は笑わない。江藤には江戸育ちの小禄のような、ひとや世間を茶にする感覚が欠けていた。

（この旦那は田舎者なんだ）

と小禄はおもいなおし、急に真顔にもどって、どういたしましょう、巡邏《おまわり》をよびましょうか、というと、江藤はかぶりをふった。

「つれてこい」

「えっ、ここへ？」

小禄はもう、逃げ腰になった。およしなさいましよ、あんなやつを。なにを仕出かすかわかりゃしませんよ、と、掌を胸のあたりでいそがしく動かした。江藤は黙殺した。

「わしの名を出してもいい」

結局、小女がその使者に立った。

やがて、その書生らしい男は屋根から消え、ほどもなく階段をきしませて二階座敷にあがってきた。

両あごが張って元来丸顔の骨相なのだろうが、栄養が不足しているせいか頬肉が削《そ》げ、そのくぼみに不精ひげがはえて異様な面相になっている。が、両眼のきわだった涼しさが、この若者の資質のなにごとかを証拠だてていた。

「長野県士族福島範治です」

と、書生はわるびれずに名乗った。江藤はたまたま階下でつくっていた牡丹餅を重箱いっぱいに盛らせてもって来させ、書生にすすめた。書生はかたく辞退した。

「きらいか」

「いいえ。食うべきではないから食わぬまでです」

という。いかに相手が政府の大官であろうと、恵まれるいわれもないのにこれは頂戴できぬ、と言いながらも、眼もとにぶのあつい愛嬌があり、筋張った理屈をいって、それを快としているような性格でもないらしい。江藤はさらにすすめ、書生の気分をほぐすためにみずからも食った。書生は、やがてその牡丹餅を手にとった。頬張ると、たちまち嚥下《えんげ》した。よほど空腹なようであった。

「君はなぜ屋根の上に寝ていたのか」

ときくと、書生は苦笑し、夜具を売ってしまったので寒くて屋内では寝られない。やむなく昨夜は徹夜して書物をよみ、陽が出てからその陽によって暖をとるために屋根の上に寝ていたのです、といった。

聞くと、早稲田の北門社で勉強していたが学資がつづかずに退塾してしまったという。夜具を売ったことについては、どうしても買いたい書物があったのでそうしたのだ、という。一つきけば一つだけ答えるだけで、他はいわない。江藤はいよいよ好感をもち、質問をかさねた。しだいにこの書生の経歴がわかってきた。

信州松本藩の福島安広というひとの子で、まだ十四五のころに江戸に出、幕府の講武所に入ってオランダ式の兵学教育をうけたが、維新後窮迫し、浮浪人のような生活をつづけ、一時大学南校にも籍をおいたが、これも学資がつづかずやめざるをえなかった。

——わかった。

というふうに、江藤ははげしく点頭した。これ以上その窮迫ばなしをきくことに江藤は堪えられなかった。江藤にはそういうところがあった。

「君のための夜具と兵糧と学資は、このわしに受けもたせよ」

と言い、ためらうこの若者をむりやりに説得して飯田町の屋敷に書生として置くことにし、その身分を保障するために司法省に出仕《しゅっし》させることにした。書生は語学ができた。旧幕時代に習ったオランダ語だけでなく、英語もフランス語もすこしはできた。司法省にはこの当時、外国の法律の翻訳のための仕事が山ほどあった。

この書生は戸籍法が出たときに名を変え、福島安正と名乗った。のち陸軍省出仕に転じ、翻訳の仕事をしていたが、明治十年の西南ノ役には征討軍書記生として従軍した。この戦役がおわってから、陸軍はこの男の語学力を買い、軍籍に入れ、いきなり陸軍中尉にした。のち少佐に進み、ベルリンの公使館付武官になったときは十ヵ国語を読みかきすることができた。そのドイツにおける任が満ちた明治二十五年、帰国するにあたり、騎馬旅行をもってそれをしようとし、単騎シベリヤを横断して世界中の話題になった。かれはついに陸軍におけるどういう学校も出なかったが、その軍事的才能によって日清・日露の両戦役での派遣軍の参謀になり、陸軍大将にすすみ、大正八年病歿した。

江藤は、この書生を愛した。

あるとき、江藤家でこの書生が腹痛をおこした。江藤は役所から帰ってこれを知り、書生部屋に入るなり、つききりの看病をした。書生の腹をあたためようとし、家人に飯をたかせ、それをみずから布でつつんで書生の腹にあてがい、飯が冷えてくるとまた焚かせ、何度かそれをくりかえし、ついにあけ方まで看病をつづけた。

江藤には、そういうところがあった。福島安正はこの江藤の恩がわすれられず、その死後は自宅に江藤の霊を招《しょう》じ、ひそかに神棚にまつって毎日礼拝していたという。

――人間は国家によって保護さるべきであり、保護をうける当然の権利をもっている。

という思想が江藤の精神に定着したのは明治以前のことではない。明治以後、外国とくにフランスの憲法や民法を知るにおよんでそういう思想に達した。言いかえればこの思想も、反薩長感情のあらわれの一つであるといえぬことはなかった。維新の主役であった薩長は、維新成立後も権力主義の気分が濃厚であったが、脇役にまわされた土佐派、佐賀派の連中のほうがむしろこの維新の意義を、人民の権利の誕生といったふうに受けとろうとした。土佐派はやがて自由民権運動に奔《はし》るが、佐賀派の一代表である江藤はおなじ気分を法治主義のなかに生かそうとした。その気分が、司法卿という、江戸時代の老中以上の権力をもつ大官でありながら、書生の介抱を徹夜でやるという行動をとらせ、朝《ちょう》にあっては薩長派が瞠目《どうもく》するような人民擁護の法令をつぎつぎに施行した。そのうちもっとも江藤らしい法令は、

地方人民にして、官庁より迫害を受くる者は、進んで府県裁判所、もしくは司法省裁判所に出訴すべし。

――司法省達第四十六号――

というものであった。江藤が見聞したところでは明治政府の官員は中央、地方ともに権勢がつよすぎ、なかには往年の悪代官以上の暴威をふるっている者もある。江藤はそれらを見聞するごとに悲憤した。ついにかれらを弾劾《だんがい》し、人民を救済する法令をつくろうとし、みずから右の法文を起草し、太政官に認承をもとめた。参議たちのなかには、

——官員を弾劾すれば政府の威信が傷つく。これは国権を衰弱せしむる悪法である。

と反対する者もあったが、江藤は「国権とはなにか」と説き、「人民を愛せず正義を守らざる政府はかならずほろぶ」と論じ、ついに押しきって天下に施行した。

この当時、人民どもは政府のことを、

——お上《かみ》。

と言い、お上の御威光をおそれることが人民としての正しい態度とされており、この点、江戸時代の感覚とすこしもかわらない。そういう一般の気分から察して、はたしてこの法令が出たからといって訴え出てくるかどうかが疑問であった。

「案ずるにはおよばぬ。すべて当分の出方、やり方ひとつにかかっている」

と、江藤は司法省幹部に言い、いかにささいな事柄であろうと出訴があればかならずとりあげるよう、かつまたそれを怠る者があれば躊躇なく処罰する、と厳命した。

江藤のいうとおりであった。効果がすぐあらわれた。というより、江藤すら思いもよらなかった意外なほどの重大事件が、この一片の法令によって、あかるみにひき出されてきた。

二

のち、

「尾去沢《おさるさわ》鉱山事件」

として記憶されたのが、それである。

尾去沢は、陸中（秋田・岩手両県にまたがる）にあり、古来南部藩の所領であった。この山中から銅を産し、少量ながら金も産する。江戸のころの地理書にも、「尾去沢は繁昌《はんじょう》の銅山であり、むかしから掘りつくされるということがない。この山中で採掘に従事している者は三千余人で、南部藩の台所はこの銅山によってまかなわれるところが大きい」とある。

戊辰《ぼしん》戦争のとき、南部藩は会津藩に加担して新政府に抵抗した。が、やぶれ、その戦後処置として高二十万石から一挙に七万石を削られたうえ、七十万両というばく大な償金を新政府にさしださざるをえなくなった。ただされ藩財政は窮迫しきっているのに、そのような大金がない。窮したあまり、これを横浜の外人商社から借りることにした。これがこの事件の発端である。

藩は、横浜の外人商社とはなんのつながりもなかったから、その奔走方を村井茂兵衛という藩の御用商人に一任した。村井はいわば鉱山資本家で、旧幕時代から南部藩所有の尾去沢銅山から産出する銅を精煉し、大坂や横浜に支店を持って手びろくそれを売っていた。

村井茂兵衛はさっそく横浜へ飛び、外人資本と話をつけて、七十万両借用の契約をした。そこまではなにごともなくすぎた。

が、村井が外商と契約をしてから、藩の方針が一変してしまったのである。

「一国の内乱による賠償金を、外国資本からかりるというのは不都合ではないか」

という意見が藩内でにわかに勢力を占め、ついに借款《しゃっかん》の一件が水に流れた。その旨、村井に通達があった。困惑したのは、村井であった。契約を破棄する以上、外人に対し違約金を支払わなければならない。契約書にはその旨が明記されており、金額は二万五千両という大金である。

村井は、藩に泣きついた。藩吏はそういう商行為の慣習には無知であったからいまさらながら狼狽し、かといって藩にそれだけの金があるわけでなく、せっぱ詰まったあげく、

——そのほうが一時たてかえよ。

と命じた。村井はそうせざるを得なくなり、工面して、二万五千両をつくり、それを横浜の外商に支払った。村井の手もとには南部藩の借金証文がのこっただけであった。これだけでなく村井は旧幕以来、藩からずいぶんの大金を借りあげられていた。そういう証文だけが村井の蔵に堆積《たいせき》し、

——御一新とはいえ、このままでは首を縊《くく》るほかみちがない。

と、村井はこの当時言った。ただ南部藩はこの村井に対し、多少の酬《むくい》をした。尾去沢銅山の採掘権をあたえたのである。

そういう村井茂兵衛に、さらに不幸がやってきた。

明治四年の廃藩置県であった。

藩が、なくなるという。村井にとっては金を貸しつづけた南部藩という借り手がこの地上から消滅することであり、これほどの打撃はなかった。

が、多少の救いはあった。廃藩置県というのは行政的には三百諸侯の政権を中央政

府一手におさめることであったが、財政的には諸藩がかかえている財産（負債をふくめて）をも中央政府におさめ、大蔵省がそれを管轄することになる。要するに村井茂兵衛にすれば、南部藩の旧債は大蔵省で支払ってもらえるということになる。

村井は盛岡から東京へゆき、大蔵省に出頭して、

「おそれながら左記のごとくねがいあげます」

という旨の陳情書を上提すると、大蔵省は意外な態度をとった。

ついでながら、時の大蔵大輔《だゆう》は、長州人井上馨《かおる》である。

井上馨はどういう魂胆があったか、村井の再三の面会懇請にも応ぜず、下僚をして、応対せしめた。下僚の応対は、冷淡そのものであった。

——なにを世迷いごとを申しにきたか。

といわんばかりの態度をとり、「いずれ上《かみ》にあって吟味なさるゆえ、それまで沙汰を待て」と申しわたした。村井はおどろき、新政府筋の知るべをうごかして運動してみたが、大蔵省の態度はかわらない。

そのうち、「沙汰」がくだった。いそぎ出頭せよ、という。村井が出頭すると、係官がいきなり、

——そのほう、虚偽の申し立てをしたな。

と、いった。

係官のいうのは「そのほう、南部藩に金を貸したなどというのは真っ赤ないつわり、逆に南部藩からそのほうは金を借りていたではないか。黒白すりかえて上《かみ》を瞞着《まんちゃく》するか」ということであった。村井は、あまりのことにあきれ、しばらく係官の顔をみつめたまま声も出なかった。やがて、

——なにを証拠に左様おおせられます。

というと、証拠が見たいか、と係官は言いやがて下僚に言いつけて「証拠」をもって来させた。旧南部藩の会計書類があった。そこに村井茂兵衛の筆蹟で書かれた証文がいくつか出てきた。妙な形式であった。

たとえば二万五千両という金額を書き、その横に、

「右、内借《ないしゃく》し奉り候」

と、村井自身が書いている。まぎれもなく藩から村井が金を借りたことになる。

が、これには理由があった。藩が町人から借金をする場合、殿様に金を貸すというのはおそれ多いということで形式は逆に書く。町人が借りているようにする。それが旧幕時代の南部藩の会計上の慣習であり、この特殊な慣習についての証言が必要ならば旧南部藩の役人をよびだして大蔵省がききただせばいいであろう。それほどまでしな

くても、この慣習は他の多くの藩でもとられてきているから、それらの藩債整理をしている大蔵省としては、十分に知っておらねばならぬ財務常識であった。

村井は、懸命に陳弁した。

が、大蔵省の係官は、

「借の文字がつかわれている以上、いかなる抗弁もゆるされぬ」

と言いきり、村井を退《さが》らせた。ひきつづき大蔵省は村井の出頭を命じ、重大な沙汰をくだした。

その沙汰をきき、村井は天地がくつがえったかとおもうほどの衝撃をうけた。藩への貸し金がすべて村井の負債として決定され、その総計は円に換算して「五万五千四百円である」という。村井は貧血をおこしたのか、紋付袴のまま大蔵省の床《ゆか》に折りくずれた。やがて顔をあげて哀訴した。

――それはあまりにひどうございます。お貸し申した金をお返し願えぬばかりか、それをわたくしめの負債であると申されるのは、なんという没義道《もぎどう》。……

係官は答えず、たまたま村井が口走った「没義道」ということばをとりあげ、

「村井茂兵衛、不謹慎であろう」

と怒号した。天皇の威権をもって国政をとる大蔵省内で、こともあろうに御沙汰に

対し没義道ということばをつかうとはゆるしがたい。

「とり消せ。とり消さねばただではすむまいぞ」と、大声でいった。村井は動顚《どうてん》し、とにかくこれ以上この役所にいてはこの一身がどうなるかわからぬとおもい、この日は逃げるようにひきさがった。

が、あの沙汰についてはどうにも泣き寝入りができなかった。第一、五万五千四百円というような巨額の金を支払えるような能力はこの男になかった。このため、政府部内でさらに有力な伝手《つて》はないかとさがした。

この点、村井は戊辰のときに朝敵にまわった南部藩の商人だけに不利であった。南部藩から新政府の要人など半人も出ていなかった。

さらにはまた井上馨を独裁者とする大蔵省のほうも、相手が南部藩の商人であるということで、むしろどう料理してもかまわぬという、たかをくくったところがあった。奥羽連盟はかつて薩長に抗し、時代の敗者になった。自然薩長人のあいだには奥州を軽侮する気分があり、「白河以北一山百文」ということばすらささやかれているときであった。時代のあらゆる条件が村井に非であった。

村井茂兵衛が対策に窮しているとき、それをおっかぶせるようにあらたな沙汰が大蔵省からくだった。厳密には沙汰ではなく、処置であった。村井がもっている盛岡の本店、横浜支店、大阪支店に執達吏が派遣され、かれの名義にかかるあらゆる財産が差しおさえられた。その財産のなかでも、かれに残された唯一の換金性のあるものは尾去沢銅山であった。

これについて大蔵省はかつてないほど迅速な行動力を発揮した。他の財産をもふくめて尾去沢銅山を没収し、競売に付した。

村井は東京へ走り、大蔵省に泣訴した。せめて父祖伝来の鉱山業だけは継続させてほしい。尾去沢銅山をかえしていただきたい、と言い、

「金も払います。いまその能力はございませぬが、もし尾去沢さえ私めの手で稼動させていただければ、年賦にてお支払い申しあげます。なにとぞお慈悲をたまわり五ヵ年の年賦をおゆるしくださりますように」

と懇願したが、大蔵省はとりあわなかった。

もはやここまで追いつめられてしまえば、村井茂兵衛も最後の決断をせざるをえない。いままで村井は後難をおそれつづけた。村井の印象では「官」というのは豺狼《さいろう》のようなもので、こちらの態度がわるければよりいっそうの難儀を吹っかけてくる。このためひたすらお上《かみ》に恐れ入りつづけ、その慈悲にすがりにすがる態度できたが、もはやこれ以上はどうなるものでもない。村井は決意をした。あてつけに死のうとおも

った。死ぬについて何度も覚悟をあらためていたところ、ひとが意外なことを教えてくれた。江藤司法卿が出した「司法省達第四十六号」という法令である。村井はその法文を何度も読んだ。「地方人民にして官庁より迫害を受くる者は――」という、「進んで府県裁判所もしくは司法省裁判所に出訴すべし」

最初は、まさか、とおもった。官が、こういうことをするはずがない。が、人をやって司法裁判所に問いあわせてみると、事実だという。

この出訴については、村井家のひとびとはことごとく反対した。

「大蔵省も司法省も、官である以上、ぐるである。こういう法令を出してわなにかけようとしているのだ」

というのである。が、村井茂兵衛にすればもはやここまでくれば出訴してもしなくても死にまさる没落はすでに決定している。これ以上、わなにかかったところでどういうことがあるか、と言い、出訴の朝、法華経一巻をあげ、下帯から襦袢まで新調のものを身につけ、司法裁判所に出頭して所定の書類をさしだした。

司法裁判所は、それを受理した。しかし事が重大であるため、江藤まで上申した。

江藤はまさかこの世でそういうことがあるとは最初は信じられず、

――その人物、精神の様子はどうか。

と、わざわざ係官に村井の身辺を内偵させたほどであった。やがて村井が正常人であることがわかり、そうときまった以上、江藤は司法卿というこの国の最高官でありながら、みずからこの市井《しせい》人の訴願についての審理にあたることにした。

江藤は退庁時限のあと役所に籠城し、この事件についての書類いっさいを読んだとき、血がひき、顔面が青ざめ、かたわらの朱筆をとることができぬほど手がふるえた。

（古来、これほど悪徳暴慢な政府があっただろうか）

とおもった。孟子は悪政のことを虎狼といった。人を襲い、人肉を食うという点では、悪政の害は虎狼よりもはなはだしいというが、その信じられぬほどの悪政がいま、成立したばかりの明治政府において進行している。この政府をつくるために嘉永・安政以来、かぞえきれぬほどの志士が殉難したが、かれら壮夫の霊たちはこの政府の状態をどうみているであろう。江藤は正義心が過剰すぎた。このためみずからこの事件解決の指揮者たろうとし、警保頭島本仲道をよび、その決意をうちあけた。

「司法省の全力をあげてこの事件の調査をする。ただしある段階までは極秘で進める」

といった。極秘でなければ大蔵省の長州人たちは、陸軍省がそうであったようにふたたび証拠を湮滅《いんめつ》しようとしたり、内実を糊塗《こと》したりするにちがいない。

　幸い、司法省には長州人はいなかった。佐賀人と土佐人が多く、この警保頭島本仲道も土佐人であった。

「その点、洩れる気づかいはないとおもうが内偵中はとくに留意するように」

　といった。島本はその点は承知したが、しかし司法卿みずから陣頭に立つということについては懐疑的であった。

「あとで、禍根を残しますまいか」

　島本は、江藤のためにいっている。江藤は島本などのような吏僚でなく、卿として台閣に立っているからには政治家であり、である以上、長州人たちは江藤の行動に対してのみは政治的に観るであろう。たとえば、「佐賀人江藤は長州退治のためにこの問題を提供した。その下心は権力をうばわんとするにある」といってさわぐにちがいない。というふうに見られれば江藤の将来のためにならないのではないか。が、この島本の忠告をきくや、江藤は色をなし、

「君は、土佐人ではないか」

　と、はげしくいった。幕末、土佐の志士のうち難に斃《たお》れた者は数をかぞえることができぬほど多い。かれらの心事はどうであったか。かれらは将来の栄達を見越したが

ゆえに奔走したのか。

「そうではあるまい。正気の発するところ、憤りのおもむくところ、かれらはやむにやまれずして死地に踏み入《い》った。われわれは無事生《せい》をながらえ、官爵を得た。われわれ生者の目的は死士の遺志をつぐにある」

このことばに島本は発憤し、

「御存念、相わかりました。島本拙者もこの一件に職を賭しましょう」

といった。島本は偵吏団をもっている。は偵吏団をもっている。そのなかから長州色の少い者を選抜し、あらゆる手段をつくして大蔵省の内情をあらうことにした。

江藤は、この件についてはおなじ佐賀出身の参議副島種臣《そえじまたねおみ》と同大木喬任《たかとう》にだけは耳うちした。

「この事件には、奥ノ院に魔王がいる」

と、江藤は大木にいった。これが江藤の観察であった。いかに大蔵省の官員どもが佞吏《ねいり》であろうとも、村井の私有財産を没収するにあたってあれほど精密な計画性をもち、あれほど執拗に事を運んでゆくはずがない。かならず奥に魔王がいるはずだ、魔王が小吏どもの背後から糸をひいている、といった。

「君はすこし激しすぎている」

と、大木喬任はいった。大木は佐賀勤王党のあがりながらいざ新政府に仕えるとひとがおどろくほど温和な能吏型の人物になった。いつも中庸の感覚をうしなわず、つねに感情を包み、自分の職掌以外のことにはほとんど口出しをしない。

「正義は結構だが、心情がそう昂揚してしまっては物事の判断をあやまるかもしれない。たとえば君はいま魔王というが」

と、おだやかにいった。

「それがたとえ魔王であっても、この一件の場合、魔王にとって何の利益がある。村井茂兵衛の尾去沢銅山を官が没収しても魔王個人においてはなんの利益もないはずだ」

（そのことだ）

と、江藤はおもった。なるほど、尾去沢銅山を競売に付した金は国庫に入るのである。いわばかれは国庫をうるおしている。その点では責めるべきではない。が、それにしてもあのやり方は酷烈にすぎた。その酷烈さをつぶさに検討すると、なにか、単に国家財政のやりくり以外に別な意図がかくされているような気がする。ただしこれは江藤のかんであり、調べがまだ初動の段階にある以上、立証するすべがない。

――大木は風雲の野気をうしなった。

と、あとで江藤は副島種臣にこぼした。たしかに大木喬任は変ったであろう。

「あれほど維新後性格の一変した男もない」

と、後年、おなじ佐賀派の大隈重信も語っている。維新前、佐賀藩で「佐賀の三平」といわれた。大木民平、江藤新平、古賀一平である。つまりそのころ「勤王の民平」と異名をとった時代の大木喬任はどういう喧嘩の場にのぞんでも相手を制圧するだけの腕力気力をもっていたし、議論の場でもつねに率先して智弁をふるい、相手を屈服させた。が、維新後、新政府の要人となるとどう翻心《ほんしん》したか深く自分を蔵《ぞう》してい つの場合も腸《はらわた》をみせることはせず、事を処理するに慎重な態度をとり、ものごとを立案してもみずからそれをやらず、岩倉具視、木戸孝允といった元勲たちに献策し、表むきは元勲たちに花をもたせつつ、つねに自分はかげにまわってめだたぬようにしつづけている。

大木喬任にすればかれがそういう政治姿勢である以上、江藤のこの昂揚は迷惑であったであろう。江藤の義憤にもし同調すれば江藤は大木を盟友として恃《たの》むようになり、そうなれば勢い反長州活動にまきこまれぬとはかぎらない。大木の政治感覚でいえば長州の政治勢力は今後も容易にくずれるものではない。いま江藤の調子に乗ってうかうかと反長州言動をすればやがては自分がほろぼされてしまう。大木はそれをおそれた。大木は技能家であった。かれにすればそういう政治抗争よりもかれがいま文部卿として担当している日本の教育制度の創始と確立という方角のほうがずっとおもしろかったし、現在その一事に没頭しきってもいた。

「あれは能吏に徹しようとしているからね」

と、副島種臣は、たがいの共通の友人のために弁護した。

江藤は、唇をゆがめた。

「君も、大木同様、能吏で甘んじようとしているのか」

「切りかえさなくてもいい」と、この外務卿は江藤をおさえ、「私は能吏になろうにもなれはしない。この副島の関心つねに国家存立の基礎にある。いま君がもちこんでいるこの問題についての私の態度ははっきりしている。この問題をいたずらに政争の具にすることには反対だが、しかし現政府の患部を君が司法権をもって剔抉《てっけつ》することについては支援を惜しまない。事が政治問題化して薩の西郷、土の板垣の応援が必要になってくれれば、わしはそれについての走り使いはいくらでもする」

江藤は、村井茂兵衛にも会った。司法卿たる者が事件の原告とあらかじめ会うなどは、他日裁判が軌道にのったときどう誤解されても仕方のないことであったが、江藤の配慮にはそういう点がつねに欠けていた。

村井は、司法省に出頭し、卿の応接室で待たされた。江藤はすぐその部屋に入った。村井は齢は四十五だというが髪はすでに半白で、目鼻の輪廓がくっきりしていて、どこかスペイン風の顔立ちをおもわせる。ただあごが貧弱で、唇もとがさびしく、どこか気の弱げな、運のわるそうな人相をしていた。さらに重大な欠陥を江藤は発見した。村井のことばであった。この人物は富商の家にうまれたにもかかわらず南部ことばがすこしもぬけず、なにをいっているのか、すこしもわからぬことであった。

「あなたは大蔵省に出頭するとき、いつも一人でしたか」

と、江藤はいった。村井は、はげしく点頭した。かれもまた自分の言葉の欠陥は知っており、このため東京風の言葉ができる横浜支店の番頭をいつもつれているのだが、大蔵省の役人が、

「お上《かみ》に出頭して供を帯同するというのは礼を失するにもほどがある。供はしかるべき場所で待たせておけ」とかれを叱りつけたので、やむなくいつの出頭のときもそのようにした。このため村井はつねに意をつくせなかった。

(哀れすぎる)

と、江藤はそのことにも同情した。このいかにも被害者といった村井茂兵衛の印象が、江藤の闘志をいよいよかきたてさせた。

情報や証拠が、日ごとに島本仲道の机の上に累積した。その情報のなかには、大蔵大輔井上馨——話が、多少前後している。この時点では井上はまだ現職でいる——の私生活に関することも多かった。

その遊興ぶりも傍若無人なもので、ある芝居を見物するのにさじきの数の何割かを買いきり、芸妓をふくめて四十人もで観劇していたという。また大蔵大輔の職にありながら三井など民間大資本の関係者との交際が濃厚すぎる。こういう井上の行状はもはや世間の常識で、江藤もはやくから知っていたし、薩の西郷までが井上のことを、

「三井の番頭さん」

と、よんでいた。日本の大蔵大輔なのか三井の大蔵大輔なのかわからない、というのである。井上馨という人物には多くの美質があったが、元来が革命の剣電弾雨のなかをきりぬけてきた豪傑であり、このため秩序の確立期になると公私を峻別する感覚があいまいで、このあいまいさが、派手な性格のためにきわだって世間にめだつ。めだつことも怖れなかった。もともと井上には世間に遠慮をするという感覚が欠落してもいた。

「だからあれは決してわるい男ではない」

と、江藤に井上弁護論を耳うちする者も出てきた。が、江藤は黙殺した。

(井上の善悪について教えられる必要はない。法の正義のみがそれをきめるのだ)

という気おいこみがあった。法の正義というこの華麗な西洋輸入のことばの裏に、江藤一個の強烈な正義が裏うちされている。

法の正義ということについては、大蔵省関係を内偵している島本仲道は、やや軟化しはじめた。

「法にはかからぬかもしれませぬよ」

と、進行の途中で江藤にいった。村井の証文の「借」の一字を、証文であるかぎり世間一般の「借」という通念で解釈する大蔵省の立場のほうが正しいかもしれない。その大蔵省官吏のやりかたは因業な金貸し同然に酷烈であったかもしれないが、しかし酷烈というだけでは法の正義は発動できない。単に官吏として徳風に欠けるところがあったというだけのことであり、いわば道徳の課題であるにすぎず、司法省の介入すべきことではない。

「かもしれない。しかしかといって村井茂兵衛という一人民の出訴は黙殺できない。たとえ法理上村井がついに道理をうしなおうとも、出訴があったかぎり事理を明快にせねばならない」

といった。江藤もこのころになると、正直なところ、島本の見解にちかづきつつあった。事の発端のころ江藤は大いに公憤を発したが、かといって人情としての正義は、かならずしも法の正義とは合致しないものであることに気づきはじめていた。

三

が、事は江藤の思惑を越えてすすんだ。

尾去沢銅山は結局大蔵省の手で公売されたが、その競争入札の手続きはきわめてあいまいで、結局意外な安値である人物の手に落ちた。

「それが、岡田平蔵という無名の男で」

と、島本仲道は報告した。岡田は東京や大阪の財界ですら名が知られていない。しかも政府に対する条件は二十ヵ年年賦といういわばただ同然の好条件である。村井茂兵衛が最後の陳情で、「五ヵ年年賦にして」と嘆願したとき大蔵省は一議にもおよばず却下したのに、右の岡田平蔵に対してなぜそれほどの好条件をあたえるのであろう。

「じつは、この岡田は長州人で」

と、島本仲道はいった。島本の手で岡田の身辺を洗わせたところ、長州から最近東京にのぼってきて大蔵大輔井上馨の屋敷に出入りし、しきりに利権をあさっている政商志願者だという。井上はその岡田を籠絡《ろうらく》し――と島本は言う――おもてむき岡田の名義をつかって尾去沢銅山を実はかれ自身が入手した、というのである。

島本のしらべでは井上馨はさらに芸がこまかく、鉱山開発の資金についても他からこれを出させようとし、小野組を説いてその資金源とした。

――まさか。

と、江藤はそこまで井上と大蔵省が腐敗しきっていようとはおもえなかった。これが事実なら、政府は無頼漢のあつまりであり、そのやりかたは強請《ゆすり》、詐欺《さぎ》、強盗のたぐいではないか。が、島本によればすべて事実であった。

島本はそれを立証するだけの証拠をもっていた。

「手入れしますか」

と、さすがに島本の声はふるえていた。大蔵省の吏僚や小野組の関係者、それに岡田平蔵程度の者をしょっぴくぐらいならなんでもないが、清盛という異名まである太政官きっての権勢家井上馨を逮捕して獄にたたきこむとなれば天下はくつがえるほどのさわぎになるであろう。維新を樹立させたこの政府の栄光にまでかかわるはずであった。なぜならば井上はかつて幕府を転覆させるに大功のあった長州藩の一代表であり、それが私利をほしいままにしてついに民間鉱山家の持ち山をうばい、自分がその銅山主になりすまし、最後には天網はこれをゆるさず縄目をうけ、獄にくだり、刑をうけるとなれば、長州の革命の功績も栄光も、結局はかれらは政権をうばって利権を得るだけが動機だったのではないかということになる。天下の不平分子はこれに憤って津々浦々で蜂起するにちがいない。

「いかがなされます」

と、島本は、江藤の覚悟のほどを確めた。

江藤はこのとき右腕を机の上にのばしていたが、やがて人さし指を立て、かるく卓上を一打し、

「逮捕する」

といった。さらに江藤はいった。「すべて法に照らし、法の正義によってこれを処断するのみである。その影響がどうであろうと、法官たる者は斟酌《しんしゃく》すべきでない」

島本たちは、勇奮した。

が、江藤はいった。

「ただし、いましばらく待て」

待つという理由は手心を加えるという意図ではない、と江藤はいった。いまの材料だけでは岡田平蔵や大蔵省の下僚は逮捕できても、大蔵大輔井上馨の逮捕は困難であり、たとえ逮捕してもおのれはあずかり知らぬと言いきられてしまってはどうにもならぬ、井上はかならずしっぽを出す、それまでなお極秘で内偵せよ、といったところで。

井上馨のうかつさは、司法省がその能力をあげて自分を監視しているのも気づかず、尾去沢銅山の今後の経営について準備をすすめていた。かれは採掘能力を向上させるため外国から鉱山技師をやとい入れる計画をたて、岡田を傭いぬしとしてその契約も終えた。米国人ルイス・ジンジルという者であった。

さらに、視察をせねばならない。

かれは口実をもうけ、ざっと二ヵ月という長期間東京を留守することにした。同勢は二十人ちかくで、米人もまじっている。馬車をつらねて東京を出発したのは八月八日で、盛岡についたのは、同月二十五日である。県庁は、ときならぬ大官の到来で大さわぎになり、県をあげて供応した。

「奥羽にくだったわが輩の目的は、わが国鉱山事業の実情を調査するにある」

と、井上は県庁でいった。この口実のために盛岡までのあいだにすでに釜石鉱山を見学している。しかし釜石の技師たちは不審におもった。鉱業はなるほど大蔵省の管轄であったが、井上の随員には本省の鉱山技師がひとりも加わっておらず、かれをとりまいているのは、小野組の番頭やえたいの知れぬ利権屋ふうの連中ばかりであった。

二十七日、井上は盛岡を発し、二十九日、問題の尾去沢鉱山に入った。調査の結果は、ほぼ満足すべきものであった。ただ鉱域が複雑で、他人の権利地域とが入りまじっているため、この銅山の地境を明確にするため、大きな榜柱《ぼうちゅう》を用意し、それに、

「従《じゅ》四位井上馨所有地」

と大書し、ふかぶかと打ちこんだ。井上にすればこの「従四位」でもって地元の連中のどぎもをぬくつもりであったであろう。位階というものはどれほど庶民に遠く、どれほど天子に近いかという等級をあらわすものであり、従四位といえば旧制度でいえばすでに昇殿《しょうでん》をゆるされた殿上人《てんじょうびと》であった。

井上が東京に帰ったのは、翌月二十八日である。これよりも早く、江藤は司法省の楼上にありながら、井上が奥羽でなにを喋りなにをしたかについてつぶさに知っていた。むろん、榜柱のことも江藤の知識のなかにふくまれている。司法省の偵吏が、井上の奥羽旅行中、離れずに尾行し、ひと足さきに帰京してそれを報告したのである。

江藤は、井上が帝都に足をふみ入れるやすかさずに拘引するつもりであった。

が、ここに問題があった。

井上のもつ位階である。位階をもつ者は朝臣《あそん》であり、この時代、朝臣の身分保護の厚さは、一般国民の比ではない。たとえばかつて徳川家の旗本に対しては町奉行の司法権がおよばなかったように所定の手続きが必要とされており、とくに井上が現職の顕官である以上、参議の会議にかけ太政大臣《だじょう》の諾否を得なければならなかった。

江藤は、やむなく太政官に上申した。

太政官は、大さわぎになった。参議たちが、緊急に招集された。大木、副島をのぞくほかどの参議にとってもこれは初耳であった。

議事は、紛糾した。

「法の前には何人《なんびと》も平等である」

と、江藤は何度叫んだことであろう。江藤にいわせればこういう議事は無用である。市井《しせい》の車ひきであろうと従四位大蔵大輔《だゆう》であろうと罪をおかせばただちに法の制裁をうける、でなければ一国の正義はほろびる、といった。が、この江藤の意見について、

「それはもっともであり、われわれも大いに同感する。しかしながら日本はまだフラ

ンスのごとく進歩した国民をもっていないことを留意されよ」

といって婉曲《えんきょく》に反対したのは、江藤の旧藩以来の盟友である大木喬任であった。大木はおそらく何者かから江藤を抑止するよう依頼されたのであろう。大木の説はこの政権が樹立してまだほどもなく、天下に不平分子がひしめいている。かつまた国民の民度がひくく、いまの急務はその民度をひきあげてゆくことである。そのとき朝臣たる者の罪が天下にあきらかになれば民心はどう反応するか。太政官は威信をうしない、畏《かしこ》くも天子の御稜威《みいつ》にもかかわる、「しばらく法の執行を停止されよ」というものであった。

江藤はそれをするどく反論したが、どの参議も沈黙している。

（西郷は。――）

と、江藤はすがるようにその方向を見た。が、西郷もだまっている。表情を晦《くら》ますつもりか両眼を閉じ、あたかもねむっているようであった。

正午になった。

西郷はまっさきに立ちあがり、昼食のために休息室へ去ってしまった。板垣も、それにつづいた。他の参議も席を立ち、廊下へ出た。

江藤は昼食をとる気にもなれず、ひとり残った。書類に目をおとしていたが、文字がときどき針のように細くなった。腹が煮えかえるようであり、座にいることもできなくなった。腰を浮かしかけたとき、中弁《ちゅうべん》の職にある者が入ってきて、

――議事はあす再開されることになりました。

といった。太政大臣三条実美の伝言だという。

江藤は、はぐらかされたような気がした。やむなく立ちあがった。

その日の夕刻、江藤が飯田町の屋敷にかえると、この太政官における実際上の首相ともいうべき参議大隈重信がやってきた。

「旧藩いらいの同志として、肚をうち割って語りたい」

と、大隈はいう。

――たれに頼まれた。

と江藤が大隈を見つめたままいうと、大隈はいっそうに大きな目を剝《む》いて江藤を見つめかえし、「たれにも頼まれやせぬ、この八太郎の料簡《りょうけん》ひとつでやってきている」という。

「あの件は、難航するぞ」

と、大隈はいった。

「君は賛成か不賛成か」

江藤は、煙管《きせる》にたばこをつめたまま、火もつけずにいった。

「賛成よ」

大隈はいう。しかし、という。法律だけでは解決できない。これは政治で解決せねばならず、その政治というものは元来時間のかかるものじゃ、といった。

——問題は、西郷にある。

と、大隈はいう。

大隈は、西郷に会ってきた。西郷は大蔵省の首領とその吏僚の腐敗には悲憤し、「私は戊辰以前に死ぬべき人間であったが、死所を得なかったがためについにこのような世の中を見てしまった」と、くりかえし言ったという。かといってこの事件を江藤のように法律万能で剔《えぐ》り井上を獄にたたきこんでしまうことには西郷は不賛成であった。

「西郷の肚の底を察するに」

と、大隈はいった。

当の井上一個のことよりも井上の背後にある長州勢力のことのみを計算している。

「冷厳に事実をみれば」と大隈はいう。この明治政府は薩長の軍事力で成立し、いまなお薩長の力で政権が保護されている。いまかりに薩長がこの世から消滅すれば政府は蜃気楼《しんきろう》のごとく消え、逆徒は四方におこるであろう。西郷はそう見ている。このための薩の代表である西郷は、長《ちょう》といがみあうことを欲しない。「薩長はつねは仲悪《あ》しき兄弟《けいてい》のごとくであるが」と、大隈はいう、「他の勢力に対しては一枚岩の岩盤のごとくになるのは、そういう事情によるものだ」

と、大隈は言い、

「西郷は厭世感を発するほどに井上とこの事件を好んでいない。しかし政治はべつである。かれはかならず井上大蔵大輔を救う」

「しかし、正義はどうなるか」

と、江藤は低い、しかし妥協をゆるさぬ語気をこめていった。江藤の信念では一国一社会の第一義は正義ということであった。大隈は「わかっている」とうなずき、

「しかし君は書生ではあるまい。卿《ミニスター》であるはずだ」

といった。

江藤はさらに、副島からも説得をうけた。副島はあたらしい事実をもってきた。

「井上馨は、辞職する」

といった。君はこれをもってなっとくせよ、と副島はいったが、江藤は答えず、他のことを思った。

（井上は辞職して平人にくだる。すかさず逮捕して刑に処すればよい）

その顔色を副島は機敏に察し、

——新平。

と、その通称をよんだ。

「角を矯《た》めて牛を殺すということがある。いまのところ残念ながら法律よりも政権のほうが大事な時期だ。十年待て。十年待てば、世の中も落ちつく。教育が普及し、民度もあがる。君が理想とするような政府もできるだろう」

「いま、できぬか」

と、江藤は不意に叫んだのは、旧佐賀士族を糾合してそれを一個の軍事的政治的勢力とし、薩長の勢力にくさびを打ちこみ、それによってこの政権内での正論を確立し保護するというのはどうであろう。

（いや、これは妄想か）

と、江藤は同時におもった。薩長は藩ぐるみ革命の戦火をくぐってきたために人心は結束しているが、佐賀藩はそうではない。一個の団結した政治勢力に仕立てあげるのは、いますぐではとうてい無理であった。

征韓の一件

一

この前後、江藤新平は一個の魔術的な政論にとりつかれている。

「征韓論」

である。韓国ヲ征伐セヨという、ただそれだけの素朴単純な政論だが、しかし幕末いらいの激情と怨念と、そして内政的な権謀がこの政論に籠められ、それがためにこの政論ほど多くのひとびとをおもわぬ運命の方角に駆りたてたものはない。

時の外務卿は、副島種臣《そえじまたねおみ》である。かれは就任そうそう、

「自分の任期中に対韓問題をかたづけたい」

といっていた。

ちなみに韓国は鎖国をしている。日本はこれに対し開国をすすめ、通商条約の締結を希望しつづけてきたが、韓国は門戸をひらかず、ちょうど嘉永以前の徳川幕府がそうであったようににべもなくこれをはねつけてきた。

事は、明治元年に発している。維新が成立して京都に新政権ができるや、木戸孝允が発議して、

「いま日本は大政一新した。この大事実を隣国に告げ、旧交を復せねばならないが、この外交についてはとりあえず対馬藩にそれをやってもらおう」

ということになった。

韓国外交については、豊臣時代から徳川期を通じて、その地理関係から対馬藩（宗《そう》氏・十万石）がそれを担当する慣例になっていた。さっそく同藩から樋口鉄四郎という者が渡鮮し、釜山において王政復古を通告した。

が、鎖国攘夷主義をとる韓国当局はこれを拒絶し、

「貴国の文書の形式が旧例とらがう」

と、意外な口実を設けてこれを論難した。旧例というのは徳川幕府の外交文書の例であり、こんどのあたらしい文書にはさかんに皇室とか、皇上、皇祖とかいったような見なれぬ、つまり天皇に関する文字がでている。そういう異例の文書はうけとれ

ぬ、という。

この場合、対馬藩は複雑な立場にいた。この藩は豊臣・徳川の両代にわたっての日本の大名であったが、同時に韓国が地理的にちかすぎるために代々韓国宮廷から百石の扶持米《ふち》をうけ、臣下の礼をとっていた。自然、韓国に対してつよい態度に出られない。

新政府は直接外交をすることになり、明治三年二月、東京から二人の外務官吏を釜山府に派遣した。この当時、釜山の西郊の草梁《そうりょう》村に、

「倭館《わ》」

というものがあった。朝鮮における対馬藩のいわば公使館というべき屋敷で、敷地は二万坪ほどある。この新政府代表はここに滞在したが、滞在中は屋敷のまわりを韓国がかため、外出することをゆるさなかった。結局、応答は前とかわらない。それのみか韓国当局は日本使節がとまっているこの倭館の門前に文書を貼《は》り、

「かれら日本人は、三百年の旧例を一変した。かれらは自分たちが自分自身の風俗習慣を変えたのみでなく、われわれ隣国にもこれを強いようとしている。みよ、かれらはおのれの姿や風俗まで一変してやってきた。形ヲ変ジ俗ヲ易《か》ユレバ、これはすなわち日本人ではない。われわれの国土に入《い》れるわけにはいかない」

と、公示した。

日本使節は、激怒した。かれらは外務官吏であるとはいえ、根は幕末から維新にかけて白刃のなかを切りぬけてきた革命の士で、外務少録森山茂のごときは天誅組の生き残りであり、外交といえば和するか戦うかという二つの方法しか知らない。

帰国後、まっさきに征韓論をとなえ、副島外務卿にもこれを力説した。

副島は明治五年、外務大丞《だいじょう》花房義質《よしただ》を三度目の正式使節として韓国におくった。この時期、韓国は饑饉で、日本側としてはこれを救済する名目で米を送り、それによって相手の感情をやわらげようとしたが、韓国側の回答は、

「饑饉というのはどこからきいたことか。浪説（デマ）である」

といってつっぱね、そのうえ釜山府の倭館に対しては食糧の供給を禁じ、兵糧攻めにし、このため日本使節は早々にひきはらわざるをえなかった。

いわば、侮辱された。

事実、韓国は、いまもむかしも、かれらがいう倭《わ》（日本）という国や人種を尊敬したことがない。

韓国は古来、独立国ではあったが、人民は中国の姓名を名乗り、中国の庇護をうけ、その文化を師とし、さらにその文化のうけつぎを「倭」に対してしてきた。韓国

の側から「倭」をみればその島民は蛮姓を名乗り、その制度は中華の影響がうすく、その学問（儒教）は浅薄で、朝鮮のように社会習慣にまで溶けこんでおらず、そのような中国中心の基準からみれば野蛮といわざるをえない。さらにまた韓国でいう壬辰《じんしん》丁酉《ていゆう》の役（豊臣秀吉の朝鮮討入り）で国土がはなはだしく荒廃させられた怨みは歴世語りつたえられて消えておらず、そういう「倭」がいまになってなにを血迷ったかにわかに開国し、その風俗をすてて西洋のまねをしはじめたばかりか、それを韓国にまで強《し》いようとしている。笑止である、というのがその感情であり、さらにまたこの「倭」の無礼に対して一も二もなく峻拒し、嘲罵《ちょうば》しえたのは、背後に清《しん》国の武力をたのんでいるからでもあった。

が、「倭」のほうは、

――韓とは、なにものぞ。

とおもっている。古来、朝鮮という半島国家については地理的位置が近接しすぎており、往来ひんぱんで、しかも人種までが類似し、このため厳密な外国意識をもたずに数千年を経てきている。日本にあって外国というものは古来、唐天竺《からてんじく》（中国とインド）のことであり、三国一といえば唐・天竺・日本の三国のなかで一番ということであり、韓というものがふくまれていない。含まれなかったのはあまりにも近縁で他国視できなかったのであろう。かといって相親しむことがなかったのも、近縁すぎたことによるものにちがいない。

この点、韓国こそいい面の皮であった。古来、「倭」のほうは何度かこの半島に侵略した。

幕末、日本に西洋からの侵略についての危険意識が大いにおこり、この国を防衛するについての方策が、多くの識者によって論ぜられた。薩摩藩主島津斉彬の意見がその代表的なものであり、「日本列島はその特異な地理的条件から察するに、海岸防衛などは意味がなく、むしろ積極的に海のむこうにおし出し、北は沿海州から満州、南は濠州までおさえてしまわねば完全な防衛はできない」といった。

この点、江藤新平もかわらない。

かれは幕末から維新にかけての奔走家のすべてがそうであったように、強烈な富国強兵論者であり、それ以外は亡国のみちであるとしており、とくにその若年のころはその傾斜がはなはだしかった。かれは嘉永六年、二十歳で「鄂羅斯《オロス》（ロシヤ）ヲ論《さと》ス」という達文を書き、安政三年、二十三歳で「図海策」を書いた。いずれも同時代の時勢評論の水準をはるかにぬいたもので、その文章の格調の高さ、論理の堅牢さはみごとなほどであったが、その内容は要するに、地球上を震撼《しんかん》せしめている列強の帝国主義に対するには日本もまた帝国主義をもってせねばならない、というものであった。

江藤の思想はその後、多少複雑になった。

とくにかれが日本の法制を確立するため西欧の法律とくに憲法と民法を精密に知るにおよんで、西欧社会の基礎をなしている自由と人権というものを知るにいたったが、かといって他の志士あがりの政客と同様、十九世紀ふうの富国強兵主義者であることにかわりはなく、この点、かれはロシヤ皇帝やプロシャ皇帝の官僚たちとおなじ世紀に属している。

江藤が、外務卿副島種臣《たねおみ》から、

「後日、閣議にのぼせねばならないが、外務省の意向は九割九分、征韓論にかたむきつつある」

というはなしをきいたとき、一も二もなく副島の征韓論に賛成したのは右のような思想経歴と世界史的な風潮が背景になっていた。征せられるべき韓人たちの感情など、江藤は考えなかった。江藤だけでなく、どの日本人の念頭にもなかった。

「武力を揚陸し、一撃、韓国宮廷をこらしめねば、問題が打通しない」

というのが副島の考えであり、じつのところ当初はそれだけであった。韓国をとって植民地にしようなどというしちめんどうな、そういう重大な構想までは初期の征韓論者の多くは描かず、かれらが脳裏にえがいたのは、革命を樹立した新生国家の実力を韓国において試めしたいということであり、いわばあたらしい機構の火砲を考案した発明家が、現実に砲弾を塡《つ》めてそれを試射してみたいという心情に酷似したものであった。この点、風雲をきりぬけてきた革命家たちというものは、どこか小児の気質に似ている。

小児といえば、この時代の日本そのものが小児の心情をもっていた。嘉永六年、米国東インド艦隊の司令長官ペリーにおどされ、そのあと列強の武威に屈していやいやながら通商条約をむすんだ日本は、その屈辱感のために攘夷運動がおこり、その屈辱と危機意識がエネルギーになってついに幕府がたおれ、統一国家がうまれ、欧化方針をとった。列強からうけた屈辱を、自分以下の弱国に対し、かつて列強が日本に加えたおなじやりかたで自分もやってみたいという衝動であった。その意味からいえば征韓論は、この半開国のごく衝動的な発作にすぎない。

「すでにペリーのこともしらべた」

と、この君子をもって知られる外務卿副島種臣がいうのである。かれはすでにアメリカ公使デロンに会い、「韓国に対し、武力威圧をもって、開国させる」という構想

をうちあけ、その賛同を得、

「ついては貴国のペリー提督がわが徳川幕府に対して加えた先例がこのさい参考になる。その記録があれば、当方にみせていただきたい」

というと、アメリカ公使はこれについても快諾し、その書類いっさいを日本の外務官吏に閲覧させた。副島はそれらの記録のなかで、ペリーが、「東洋人は相手の物腰がよわいと知れば尊大になり、強いと知れば服従する。これがため尋常の外交手段ではかれらの軽侮をまねくのみでいささかの効果もない。むしろこれに対して威圧を加え、威服せしめるしかない」という見解をもち、終始それを演出上の主題としてあのような威圧外交をもちい、しかも成功したことを知り、副島はさすがに愉快ではなかった。しかしともかくもペリー方式がこの場合適当であろう。

征韓論は当初、副島と外務省の意見にとどまっていたが、このことが世間にひろがるにつれ、論者が日に日にふえ、「論」にさまざまな説がくわわった。

「ロシヤの南下政策がいずれは朝鮮におよぶことは時日の問題であり、たとえロシヤがこれに遅れをとっても列強がすてておかない。いずれは韓国は外国の属領になる。とすれば日本としては先んじて占領するにしかず」

と、征韓の征は、征伐から征服のけはいに変化しはじめた。

この点、副島には十分の定見があったわけではなかったが、とりあえずペリーふうの武力外交を推進するについておそらく支障になるであろう二つの国について外交上の配慮をした。両国とは、清国とロシヤである。

副島はのち、清国に使いする。そのとき清国と韓国の関係について清国政府の要人にきくと、

「いかにもわが国の属国であるが、しかし古来自主の国で、清国としてはかれの内政外交に干渉はしない」

という回答をえた。この前後、副島はロシヤ公使ビツォフと会見し、「日韓間にもし戦争状態がおこるとすればロシヤはこれに介入するか」ときくと、意外にもビツォフは「介入せず」と答えた。

副島は有能な外務卿であったといえるであろう。これら外政上の処置が十分に講じられつつあるとき、この問題は参議西郷隆盛の発意で、廟議《びょうぎ》に上程された。明治六年六月十二日のことである。

二

むしろ廟議に上程されるのがおそすぎたくらいであった。

この問題はすでに天下の話題になっており、市井《しせい》ですら、

「お上《かみ》からまたご無理なおふれが出る。寅年《とらどし》うまれの者を兵隊にして朝鮮へつれてゆきなさるそうだ」

というわさが東京の府下だけでなく、全国にひろまりつつあった。寅年の者をつれてゆくというのは加藤清正の虎退治を連想してのことであり、この程度がこの当時の庶民の民度であった。

庶民はなお徳川体制ふうの愚民でありつづけているが、「志士」を気どる連中のあいだでは、政府の態度決定をうながすために有志で韓国に上陸し私戦を開始しようと考えている暴発計画者の一団があった。その中心人物は政府のなかにいた。外務大丞《だいじょう》の丸山作楽《さくら》という幕末の志士あがりの男である。丸山は旧島原藩士で、幕末、狂信的攘夷主義者の多かった平田篤胤《あつたね》の神国思想の学派に属し、維新後、官途についたが、新政府の欧化主義が気に入らず、この征韓論をさいわい、政府を戦争にひきずりこみ、そのどさくさに乗じて一挙に政府を転覆しようと考えた。この神国思想家は単に夢想家ではなく現実的な活動能力ももっており、いちはやく横浜のドイツ商人に計画をうちあけ、その商人から軍資金二十万円を借りうけ、汽船の手あてなどをする一方、過激攘夷主義の生き残りや旧佐幕派の不平士族を謀《かたら》って同志の数をふやした。も

っとも事露《あらわ》れて丸山は捕縛され、終身刑に処せられた。

要するに廟議以前において世間のほうがさわぎはじめている。政府としてはむしろ世論に押され、その沸騰《ふっとう》をしずめるということでもこれについての態度をはやく決定せねばならなかった。廟議はこういう時期にひらかれた。ただしこの廟議の時期には、かんじんの外務卿副島種臣は清国に使いをして不在であった。

この六月十二日の廟議に出席した者は、太政《だじょう》大臣三条実美《さねとみ》ほか、六人の参議である。

西郷隆盛（薩）
板垣退助（土）
後藤象二郎（土）
大隈重信（肥前）
大木喬任《たかとう》（肥前）
江藤新平（肥前）

ちなみに、この顔ぶれで日本が運営されている。参議の席は六つであり、このうち旧藩籍でいえば薩は一人、長《ちょう》はナシ、土佐二人、肥前佐賀は三人であり、あたかも佐賀内閣であるかのような観を呈していた。もっともこの薩長過少の奇現象は季節はずれのくるい咲きであることは世間も知っていたし、だれよりも佐賀人自身がよく知っていた。この内閣は維新の元勲である薩の大久保、長の木戸、公卿の岩倉以下、革命政府の首脳たちの外遊中における留守内閣ということでつくられたものであり、しかもそれら外遊中の政府首脳は出発に際し、

――われわれの外遊中の国事はいっさい新規のことを決めざること。

という旨を留守内閣の構成員たちに申し入れ、留守側もそれを承知し、誓約していた。本来ならば征韓論といった、戦争をともなう一国の一大事は当然ながら外遊中の要人たちが帰国後論じ、かつきめるべきであり、留守内閣はそういう権限をもたされていない。それが、本来の筋目であった。

が、これら留守内閣の連中は、大隈と大木をのぞいてはそういう誓約をまもる意思はまるでなく、むしろ留守中にこそ、いままで抑制せざるをえなかった自分の経綸《けいりん》を大きく打ちあげてみたいという欲求をうずくほどにもっていた。その点どの男も吏僚のあがりではない。革命家どもであった。

外務省役人の説明がおわると、まっさきに発言したのは板垣退助であった。

「すでに六年」

と、そういう言葉からかれは演説をはじめた。対韓外交に要した歳月である。明治元年の交渉開始から計算すると、足かけ六年である。その間、日本が得たものは侮辱のみであった、と板垣ははげしく言い、

「よろしく出兵し、京城を占領し、しかるのちに談判におよぶべきである」

と、主張した。

板垣はつねにそうであったが、その議論は書生くさかった。かれの不幸は政治家になったことであった。かれは政治家であるよりも軍人であるところにすぐれた才質があったが、陸海軍を制している薩長閥はこのかつての東山道鎮撫軍の司令官が会津若松城攻めの軍功をもって軍界に乗りこんで来られることをよろこばず、むしろおそれ、たくみにかれを誘導して政界にやったがためにいまは土佐閥の総帥として参議の座にいる。

席上、江藤は、沈黙していた。かれだけでなく大隈重信、大木喬任もだまりこくっていた。これはあるいは佐賀人における会議の作法というべきものかもしれなかった。会議の席でまっさきに口火を切る者には恥が多いという旨のことを、この藩の倫理書である葉隠《はがくれ》がおしえている。

板垣の発言がおわると、すぐさま三条太政大臣にむかって上体をねじむけたのは薩の西郷隆盛である。

西郷は発言すべく背をのばした。椅子が窮屈そうであった。ちなみに西郷は戊辰《ぼしん》戦争がおわって以来、この種の廟議で積極的な発言をする姿勢をとったのははじめてといっていい。さらにかれは病中であった。療養のため弟の従道の渋谷金王町の屋敷でこのところ起居している。きょうは病軀をおして出席した。

「板垣サンはあのように申されるが」

と、西郷はいった。

「ただちに出兵、などとは、よろしくありませぬ。断固としてよろしからず」

きく者は、意外なおもいがした。

(西郷は征韓論者ではなかったのか)

と、江藤も眉をひそめた。たしか、そのようにきいている。

なるほど征韓論という、この時期の日本をわきたたせた政論については、それを先唱した連中は何人もいる。前記丸山作楽やその配下の不平士族がそうであり、他にも外務省や陸軍部内には掃いてすてるほどいたが、西郷はむしろそれらをかれの独特の政見のもとに大きくつつみ、かれみずからがその一手販売元になってこれを推進させようとしているというのは、もっぱらのうわさであった。

西郷は頸《くび》のあたりに血がのぼり、窮屈な襟布《カラー》が肉を嚙んでいる。そういう西郷を、一座は固唾《かたず》をのみ、いまから舞い立とうとする名優を見守るような緊張で見つめている。

「いきなり出兵などは礼なきこと」

と、西郷はいった。

「台閣から人を選び、公明正大なる使節団をここに作り、これを韓国に送り、十分にその蒙をひらき、懇切にその愚をさとし、それでもなおかつ彼がきかざるにおいてはついに堂々の兵を用いる。さればそのときこそ出兵に名《めい》があり、正義が世界にあらわれるというものでござる」

——ホウ。

と、鳥のような声をあげたのは、太政大臣三条実美であった。この上品で無能な日本国首相は、礼をつくすという西郷のことばに感動し、昂奮すらしていた。ただ、不安ではあった。その大使は軍隊をひきいてゆくべきではないか。

「なるほどごもっともなこと。ただその大使たる者は軍をひきい、軍艦に搭乗し、城下の湾に進入されるがおよろしかろうと存ずるが」

「それはよろしくありませぬ」

と、西郷は断定した。

西郷にいわせると、この大使たる者は軍をひきいるどころか、身に一寸の武器を帯びず、あくまでも文明の使いとして京城に乗りこむべきである、ということであった。

「しかし、それは。……危険でござろう。彼が、わが大使にもし害を加えれば」

と、三条はいった。三条だけでなく、韓国の政情からみてこの大使は十中八九殺されるにちがいないとたれしもがおもった。

「左様」

と、西郷はうなずいた。

「殺されるかもしれ申《も》さぬ。そのときこそ、わが国は世界にむかって彼の非を鳴らし、大いに兵を発してこれを討伐し、武力によってその非をさとらしめるのでござる」西郷の本音はこのあたりにあるのであろう。

「しばらく」

と、このとき板垣があわただしく立ちあがり、自分の横にすわっている西郷にむかって、ただいまのご意見に賛成である、といい、さらに三条のほうに一礼し、「先刻のそれがしの申しぶん、料簡《りょうけん》ちがいでござった。ただいまのご意見によって蒙がひらかれ申した」と、前言をとり消した。

ところが、板垣は鉄色に陽やけした小さな顔をあげたまま、なお席にすわろうとしないのである。

——どうなさった。

と、おだやかな三条までが不審のことばを発した。板垣はなにごとか言おうとしているのだが、それがうまく口から出ない。実のところその全権大使に自分をやってくれ、とかれは言おうとしている。

西郷だけがこのときの板垣の気配を察した。板垣のそでをひき、着座させ、すぐ小声で（といっても満座にきこえるほどの声だが）、

——板垣どん、抜けがけはいけもはぬ。朝鮮へはな、このおいがゆかせてもらうつもりでおりもすで。

と、機敏に制した。

西郷の申しぶんは、政略として正しかった。この大使はどうせ殺される。殺されるとすれば殺される者の価値が大きければ大きいほど政略上いいであろう。使者が板垣なら国民は小さくしか沸騰しない。西郷ならば国内はわれるようなさわぎになるにち

がいない。西郷という、この国の国民的英雄がもし京城で殺されるとすれば、どういう頑固な反政府主義者でも武器をとって玄海灘をおしわたろうとするにちがいなかった。西郷は自分の価値を知っていた。

この時期、西郷は死処《ししょ》をさがしていた、といっていい。その理由のひとつは、この人物の性格的、もしくは思想的特徴というべきもので、かれの前半生は、不意におそってくる死と隠遁への衝動が、重要な色調のひとつになっている。維新政府ができると、かれはすぐさまこの政府に絶望した。幕末、革命の戦略家としてはかれほどの現実能力をもった者もすくなかったが、一面、革命家としてはかれほどに理想へのあこがれのつよい体質の人物もめずらしかった。かれが、いわばその手で作った維新政府はできあがってみると、貪官汚吏《どんかんおり》と浅薄な欧化主義者の巣窟《そうくつ》になっており、それひとつだけでもかれは参議の印綬《いんじゅ》をすてて北海道の農夫になろうという衝動をおさえがたかったが、いまひとつかれはおそるべき呪者《じゅしゃ》をその背に背負わされていた。

呪者は、鹿児島郊外の海岸にいる。

旧藩主の実父島津久光である。久光は幕末における薩摩藩の代表であったが、この極端な保守主義者にはおそらく倒幕の意志などはほとんどなかったであろう。西郷や大久保にのせられ、とくに大久保の筋書にのせられてあれこれと殿さま芸を演じまわっているうちにいつのまにか倒幕の主役にされてしまっている自分を発見した。久光にとって倒幕はまだよかった。かれの痛憤のたねは、あたらしくできた政権が攘夷の旗じるしをおろして欧化政策をとったことであった。

久光は殿さまという境遇もあるが、日本の知識人としてはめずらしく好奇心、順応性、がなく、ほとんど信仰的といっていいほどの保守家で、読書は漢籍以外の書物を手にとらず、異人のうわさをきくことも好まず、死にいたるまでまげを切らず、その死を迎えるときも西洋医学の徒をしりぞけ、漢方医に脈をとられつつ死んだ。そういう男が、

——西郷は安禄山《あんろくざん》である。

と、憎みきっている。唐の英雄的な武将で、漢民族ではなく紅毛碧眼の胡人である。正直をよそおって玄宗にとり入り、その寵をうけ、軍隊をまかされて辺境の軍団司令官になったが、やがて叛意をいだき、その軍隊を私兵化し、それをもって玄宗を攻めてついに大燕という新国家をつくり帝位についた。西郷がそれに似ている、と久光がいうのは、安禄山同様大男であること、いかにも正直者らしく装《よそお》うこと、薩軍を私兵化して勝手にうごかし江戸を征したこと、新国家をたてたこと、安禄山のように

皇帝にこそならなかったが、みずから陸軍大将に任じ、参議を兼ねるという旧主をしのぐほどの顕官になったこと、などの諸点であったが、とにかくも久光は偏執的なほどの憎悪を西郷にそそぎ、その側近に事あるごとに反西郷活動をさせている。西郷としては、いっそこの世から消滅したいほどの憂鬱さだった。

「西郷の征韓論は、そういう事情からくる絶望から発している」

と、西郷に対して平素からすこしの同情心ももたない参議大隈重信はこう観測し、後年人にも語っている。西郷における絶望が、この難局にみずからを投ずることによって死処を得ようとさせた、と大隈はいう。大隈は西郷を尊敬したこともなく、愛したこともなかった。つねに冷ややかであったためにつねに西郷の欠陥の観察者になった。

が、西郷には独特の革命理論がある。

「日本の維新の不徹底さは、戦争のやり足りなさにある」

と西郷は江藤などにも話したことがあった。西郷にいわせると、日本人は懦弱《だじゃく》で英仏人やプロシャ人のような国民的気概というものがとぼしい。日本の士農工商をあわせて一個の炎としてもえたたせるにはかつてのフランスやアメリカがそうであったように内戦を徹底的にやりぬく必要があり、国民的気概というのはその焦土のなかからうまれ出るものである、ということであった。西郷は戊辰戦争が数年かかるとみていた。ところが西郷にとって意外であったのは日本人は大勢への順応性がつよく、徳川家直系の大名のほとんどが弓を伏せて官軍になびき、抗戦らしい抗戦をしたのは、会津藩を筆頭に、越後長岡藩と出羽庄内藩ぐらいのものであり、このため戦乱は一年でかたづき、西郷ののぞむ「焦土」にはならず、まるで芝居の舞台がまわるように新時代になってしまった。

西郷にすれば、その「したりぬ」ところを国外にもとめようというのである。西郷の脳裏には多分にかれによって理想化されたナポレオン像があったであろう。ちなみに幕末維新のひとびとは吉田松陰にしてもこの西郷にしても、ナポレオンを帝国主義的征服者《コンクェラー》としてとらえるよりもむしろ自由をとなえた革命家であると信じていた。西郷は旧幕時代からこの人物とジョージ・ワシントンを尊敬し、その名をいうときにはかならず「ナポレオン殿」「ワシントン殿」と敬称をつけるほどであった。もしいまナポレオンが日本にいるとすれば当然征韓論を高唱したにちがいないと西郷はおもった。ただナポレオンと西郷隆盛とのあいだの重大な相違は、ナポレオンならば殺されるために京城に使いをするようなことはしないであろうということであった。西郷はついにナポレオンではないであろう。かれは自分を屠《ほふ》ってしまうことによって、国論を沸騰させようとしていた。

江藤は末座にいる。かれは練達の司法卿であったが、参議としては最新参だったからである。やや伏目になり、左手をコブシにして股間のあたりに置き、右手は仙台平の袴の腰板にさしこみ、右肩をあげたままの姿勢で凝固《ぎょうこ》し、卓上の書類を見つめたままうごかず、最初からひとことの発言もしていない。

江藤は西郷の真意を理解した。しかし三条や板垣のように感動はしなかった。かれ自身は、かれ自身の策謀にいそがしい。

（西郷は、手ひどい反対に遭《あ》うだろう）

ということを考えつづけている。征韓論はひとびとを昂奮させてはいるが、大多数の政府要人はその冒険性をあやぶみ、むしろ一部では積極的な反対論もあることを江藤は知っていた。

（当然、外遊中の連中は反対する。政府の高級吏僚のうち多数を占める長州人たちもおそらく賛成ではあるまい）

要するに官僚派とその頭目である大久保利通は内治派と名づくべき存在であり、さらに大久保などは外遊前から征韓派の軽佻さを憎み、そういう浅薄でいたずらに壮《さか》んなだけの壮士流の議論にはいっさい耳をかたむけたことがない。

(西郷にも、それはわかっている)

と、江藤は当然そうおもう。西郷はわかっているからこそ、岩倉具視以下の外遊中を幸い、この留守内閣によってそのことを実行段階にもちこもうとしているのである。

(これは、薩閥内で大喧嘩がおこる)

と、そうおもった。

西郷と大久保といえば薩摩藩をして倒幕の砲火のなかにたたきこみ、革命の主動勢力に仕立てあげた二大頭目である。両人はおなじ鹿児島城下加治屋町の出身で、大久保は年少のころ家が貧窮なため何度か西郷家で食事をしたことがあるほどの仲であった。幕末奔走期に盟友としてたがいに協《たす》けあい、親友という以上に一個の有機体として活動しついに維新を樹立した。政府部内の薩摩人たちはこの二人をもってかれらの勢力代表とし、このふたりに頼ることによってその身分を保全しえている。そのふたりが争って国論を二つに割れば、当然薩摩閥もふたつに割れる。

（いまが好機だ。――）

と、江藤はおもった。

かれの持論である薩長両閥を打倒してかれのいう第二維新をまねきよせるには、「薩長を分裂させ、薩を抱きこんで長《ちょう》を打たせる」ことであった。征韓論をめぐる賛否両派の対立はおそらく激化するであろう、薩長は二つに割れるであろう、薩もまた西郷と大久保に割れるに相違ない――江藤はその場合、西郷を支援し、他を倒させる。

――ともかくも西郷を支持せねばならぬ。

と江藤はおもった。むろんかれ自身は元来の国勢拡張論者であるがため西郷を支持したところで、その点の矛盾はない。

（西郷の感情は人なみはずれて大きい。あの男がいったん動きはじめれば巨石が坂をおちるがごとく草を薙《な》ぎ、樹をたおし、砂礫《されき》をとばし、どこまでもころがってゆくにちがいない）

江藤はあらためてそういう西郷をながめた。

その巨軀を陸軍大将の制服でつつんだこの薩摩人は、すでに言うべきことを言いおわって口を閉じていたが、なお昂奮がつづいているのか、顔にのぼっている血の色はいよいよ朱《あか》くなっている。一座のほとんどが——江藤でさえも——この維新の象徴とでもいうべき男のこういう精神の波立ちをうつくしいものとして感じ、西郷の血の音を聴き入るようにして沈黙していた。

が、別の感情の男がいる。

この男だけは他の男たちとは精神の音感がちがうようであり、他の男のそういう甘さを冷笑できるだけの批判能力をもち、他の男たちがよりすくなくしか持っていない保身感覚をふんだんに持ち、そして冷静な情勢判断の目をもって自分の動きをきめようとしていた。

大隈重信と、大木喬任《たかとう》である。このふたりだけは、西郷に溺れなかった。西郷よりもやがて日本にもどってくるであろう外遊組のほうを今後の主流と見、そのほうに加担しようとしていた。

大隈は、その大きなのどぼとけをしきりに上下させていたが、やがて、

「しかし、どうでしょうかな」

と、ばくぜんと一座を見た。が、すでに征韓論に加担している一座は、大隈がそれに水をさしそうな気配を感じて、わざと大隈のほうを見なかった。大隈は黙殺されそうになった。

「なにが」

と、江藤だけが、相手になった。大隈が猛然とそれにとりついた。佐賀勤王党以来のふるい仲だけに、大隈としては江藤ならば相手にしやすい。

「なにがではない」

と、大隈は江藤に対《むか》った。

「いまの遣韓《けんかん》大使派遣の件だ。西郷どのはいますぐにでも本朝《ほんちょう》を出発したいとおっしゃるが、われわれが約束したことをおわすれになっているようだ」

「なんの約束かね」

と、江藤はつい、大隈のための狂言まわしの役割をつとめるようなかたちになった。

「江藤君」

と、大隈はいった。

「君は新参だから知るまいが、われわれは、外遊する諸卿が出発するにあたって固い約束をしたはずである。かれらが帰国するまで外政上の重大事はきめず、内政上の改革はなさず、と」

大隈は喋りだした。喋りだすととまらないたちの男で、世界の大勢を説き、古今の例をひいて征韓論が時期尚早であることを説き、さらにまた約束論にもどり、岩倉大使の帰国を待ってきめても決しておそくはない、といった。それをきいて、上座の三条太政大臣があきらかに動揺しはじめた。

西郷は、卓子の上に右掌を置いた。埃《ほこり》を拭くように大きく輪を描いてなで、

「無用なことを言われる」

と、いった。

「何事もせざることが約定《やくじょう》なりと大隈サンは申されるが、日本政府だけがたとえとどまっていようとも、国民は動き、地球はうごいている」

「それはわかっております。しかし外遊中の諸卿が」

「諸卿諸卿といわれるが、かれらがわれらの主人ではありますまい。あるいは大隈サンにとって主人かもしれないが、この吉之助にとっては主人ではありません」

西郷の表現のくせで、たいていは諧謔《かいぎゃく》で物事を表現したが、ときに諧謔の辛味がき き、皮肉になった。この場合、この言葉は大隈にとっても外遊組にとっても痛烈であった。維新生き残りの元勲といえば西郷が第一等であることは世間がみとめている。その第一等が第二等以下の連中の帰国を待ってその指示をあおぐという筋合いはないであろう。

「大隈サン、ここに居ながれている諸卿はことごと参議でごわす。参議の五月人形ではごわせん」

結局、大隈はにがい顔で沈黙した。

三

西郷はすでに遣韓大使として渡海するつもりになっており、彼地《かのち》の地理、風俗、政情、軍事力などをあらかじめ知るため、かれの門下生ともいうべき薩人別府晋介（陸軍少佐）、同池上四郎を朝鮮から満州にかけて視察させるべく出発させた。板垣もこれをきき、

――土佐からも出しましょう。

と、かれの影響下にある土佐人北村長兵衛（陸軍中佐）と武市熊吉（陸軍大尉）を派遣した。このあたり、薩摩と言い土佐といっても、その郷党藩閥のつよさは旧藩のころとさほどかわらず、このはなしをきいた江藤はたまたま司法省の一室で昼食をとっていたが、しばらく箸をとめ、咀嚼《そしやく》をわすれたほどの不愉快をおぼえた。

――政府がそれを選び、政府の命令によって派遣するのが筋みちではないか。この国家は西郷、板垣の国家ではない。

と、吐きすてるようにつぶやき、それ以上に食事がのどを通らず、食器をさげさせた。あの第一回廟議から時がたつにつれ、江藤の心象《しんしょう》のなかでの征韓論はすでに敵は朝鮮ではなく、その本音である藩閥退治のほうにいよいよかたむきつつある。

この時期、江藤はそれまで濃密な仲とはいえなかった西郷に接近したいとおもった。が、方法がなかった。薩人でもない江藤が、いかに同僚の参議同士とはいえ、公用もなく西郷の住まいを訪ねるというのは不自然であった。

そういう江藤にとって都合のよいことに西郷の健康があの廟議以来はなはだ快調を欠いているといううわさをきいた。

(見舞おう)

とおもった。思ったその日に出かけた。

渋谷金王町の西郷の寄宿さきにゆくと、門内に犬が二頭つながれている。江藤をみると、その二頭がはげしく吠え、繋《つな》ぎ緒のながい一頭のごときは緒いっぱいに躍りはね、江藤の胸もとまでせまろうとした。江藤の人相は大きなひたいの下で両眼が光りすぎている。よほどう
ろんとみたにちがいなかった。

西郷は奥で臥《ね》ていたが、江藤の来訪をきいて夏衣装ながらも紋服をつけ、座敷に出た。汗が首すじをぬらしていた。

江藤は見舞いのことばをのべ、

「きのうは、ホフマンが差しくだされましたるそうで」

と、いった。

ホフマンというのは政府がドイツからまねいた医師で、大学南校で内科学を講義するかたわら、宮中の侍医をもつとめている。宮中では西郷の病状をきき、この西洋医をこの寓居《ぐうきょ》にさしむけられたことを江藤はきいていた。

「はい」

と、西郷は大声で返事をし、うなずいた。この人物は年下の江藤に対しても鄭重《ていちょう》で、いちいち返事をし、かるく頭をさげてからものをいった。西郷のいうところでは、このところ頭痛、肩の痛み、それに胸痛までともなってはなはだ難渋し、灸治《きゅうじ》なども致しておりましたが、なかなかよか験《げん》がありませぬ。ところがきのう、はからざる天恩に浴し、ホフマンの治療をうけましたところ、きょうは肩や胸の痛みも薄らいだかとも思われ、息をついております、といった。さらに、

「ホフマン殿の申されるところでは」

と、西郷はいう。これはちかごろ脂肪《あぶらみ》がからだにふえましたゆえ、そのあぶらみが血路（血管）を圧《あっ》し、ふさぎ、そのため血のめぐりわるくなり、それによって痛所も

でき申すという理でござるそうで、そのためにはあぶらみをどのようにしても除《と》らねばなりませぬ。とるためには節食はもとよりのことでござるが、すぐには効果がなく、とりあえずは瀉薬《しややく》を用いております。

「瀉薬を」

「はい。瀉薬で日に五度も六度もくだしております。すこし、痩せ申《も》したろう」

と、西郷は自分の顔を指さした。そういわれて江藤はしさいに西郷の顔をみた。ふつうならば病人への気やすめのために、「左様、そういえばすこしは」などと愛想を言ってやるべきところだったが、この点、江藤は正直者で、

「いや、いっこうにお痩せになってはおりませぬ」

と、にべもなかった。

西郷は、無言でうなずいた。

そのあと、江藤は本題に入った。征韓論のはなしをきりだしたが、西郷はこんどはうなずくばかりで自分の意見をいわず、江藤の話題に乗ろうとしない。この点、西郷は江藤よりもはるかに人間通であり、世間の生理を知りぬいていた。かれは政論というものを座談のあいだではつとめて避けていた。もしそれをすれば西郷の談話はかならず世間を奔《はし》ってほうぼうに伝えられ、それが伝達されるうちにすこしずつまちがっ

てゆき、受けとるほうも、それぞれの立場でそれを自分の都合のよいように歪曲《わいきょく》するということを知っていた。

江藤には西郷のそういう配慮がわからない。多少の失望をおぼえ、(元来がそうだが、どうもこの大男には肚《はら》のわからぬ所がある)と、平素そう感じている西郷の一面についての印象をわずかに濃くした。

時間が、無意味にすすんでいる。

遣韓大使の派遣につき、西郷はできるだけはやく決定されることを望みつづけてきたが、三条太政大臣はあの廟議のあと時が経つにつれてこの一件が容易ならぬものであることに気づきはじめた。大隈があとでそれを三条におしえこんだのであろう。たとえば財政の面でこの政府はほとんど破産寸前の状態にあり、とうてい外征できるような実力はないことも財政家の大隈は三条におしえたにちがいなかった。このため、「ともかくも副島外務卿が清国からもどってから」ということで最終の決定は延期されたが、実際は三条実美としては、

——岩倉大使がもどってから。

という気分のほうがつよくなっていた。江藤の観察では、岩倉具視が欧州からもど

ってからということは実際には征韓論をつぶすということとおなじ意味であり、

（西郷はあわれだ）

とおもった。西郷は干《ほ》し曝《ざら》しになっていた。

が、西郷は無為にすごしていたわけではなかった。

じつは、大久保利通が帰国している。

欧米を巡訪しつつある大使岩倉具視、副使木戸孝允、同大久保利通以下のぼう大な人数の派遣団が日本を離れてからすでに二年ちかくになろうとしているが、これ以上予定の巡訪をつづけることは国内の政情がゆるさなくなっていることを岩倉は知った。本国からもできるだけ早く帰国するようにとの要請がとどいている。が、切りあげは不可能であった。日本国の正式使節としては、それを受け入れるべく待ちうけている各国の好意を無視する勇気がなかった。岩倉は、ふたりの副使である木戸と大久保を帰国させようとした。木戸はすなおに帰国するにはその性格が屈折しすぎており、この本国からの要請を不愉快とし、自分は自分で見ねばならぬところがある、として単独行動をとった。木戸はロシヤへの視察の旅にのぼった。帰路はイタリヤの政情もみようとした。当然、帰国は七月の末あたりになるであろう。

大久保はこの点、意外に従順だった。かれはベルリンを最後にそのあとの予定をきりすて、マルセーユから船に乗った。日本にもどったのは五月二十六日であり、いわゆる「第一回征韓論廟議」のおこなわれた六月十二日にはむろん日本にいる。が、いないのと同然だった。

かれは帰国すると同時に病気を申したて、家にひきこもり、いかなる会議にも出ず、自分が大蔵卿として主管している大蔵省にも出ず、あらゆる公的な場所から自分を隔離した。大蔵省はかれの不在中、大隈重信が代務をしていたが、その大隈が職務をひきわたすべく大久保の私邸をたずねたときも、本心かどうか、このまま隠遁したいのだ、と言い、

「とりあえず従前どおり、代務をつづけてもらいたい」

と言い張り、大隈を承知させた。

——大久保も悪人である。

と、かつて西郷を安禄山だといった旧主の島津久光が、鹿児島でしきりにそれを言い、新政府に対し、「あの連中をやめさせてもらいたい」などと言っていたから、この時期の大久保の心境は陰鬱であった。それにもまして不愉快であったのは、あれほど約束をかわしたにもかかわらず、留守内閣の連中が大きな内政改革をつぎつぎとやり、江藤や後藤といった連中を勝手に参議にし、さらに重大なことは国運を左右する

ような遣韓大使の件を議し、副島の帰国を待ってそれを決定しようと意気ごんでいることであった。大久保はヨーロッパ文明の実体をみて日本がいかに未開であり国力がひ弱《よわ》であるかをあらためて知り、さらに先進諸国の制度や施設でいそぎとり入れねばならぬことどもを旅行中に整理し、帰国すればそれを実行したいと思いつづけていたが、ところが国に帰ってみると、かつての同志であった西郷がその名声に乗じて対外戦争の気分を朝野に煽《あお》り、このできあがったばかりの国家を焦土にしようとしている。大久保はこのあまりの乱脈——かれはそう思った——に一時はほとんど絶望した。

が、思いなおした。かれは自分のもっている政治力のすべてをあげてこれを阻止しようと決意し、そのために病いと称し、公的なものとの接触をいっさい絶った。絶った理由は、ひとつにはそういう場所に出れば征韓論についての言質《げんち》をとられるおそれがあるためであり、いまひとつは大久保一人の手では阻止できないからであった。かれは岩倉大使をはじめ使節団の一行が帰ってくるのをまち、それを軍勢としてこの政情のなかにたたきこみ、一挙に事態を旋回せしめようとしていた。

むろん、その間、情報だけは間断なく得ていた。情報の提供者に事は欠かなかった。たとえば政府要人では参議大隈重信がいた。大久保はそれらの情報によって、参議連中の一人一人の肚の中を骨髄まで見通すことができた。

（西郷のいくさ好きは、これは病いだ。仕方がない）

と、大久保は西郷を知りぬいているだけに寛大であった。また西郷とともに征韓論をかつぎまわっている板垣についても大久保はゆるすことができた。板垣の人柄は単純で、思考には一定の規則があり、その規則をのみこめば板垣がいまなにを考えているかがたれにもわかることであり、しかもその政治力は小さく、土佐人に対してもさほどの統率力はない。

大久保には、たれよりも江藤新平が憎かった。

（あの男だけはちがう。なにを考えての征韓論だか。——）

と、江藤という男が自分と酷似した体質であるために大久保はその肚のうちを腑分け図でも見るように見ることができた。じつは外征に名を藉《か》りてこの政府を崩壊させようとしているのであろうということはまぎれもないことであり、それは江藤自身のことばがかれの行動のすべてを解くかぎになっている。江藤はかつて、「薩人は愚かであり、長人は狡猾《こうかつ》である。薩人をだまして長人を討ちくずすほか、政権改造の道はない」と佐賀系の要人たちにいった。江藤はこの点、つねに軽率であった。このことばが他に洩れずにいるはずがなく、すでに大久保の耳に入ってしまっており、大久保は終生、江藤を解釈する場合、この言葉をかぎにした。

七月二十三日、木戸孝允が、ロシヤからイタリヤをまわって単身日本に帰ってきた。

木戸がこの留守中の政情を不快としたのは大久保以上であり、とくに征韓論については国家を危くするものである、とし、公然反対を表明した。この長州の総帥である木戸が帰国してほどなく、薩摩系官僚の総帥である大久保は東京を離れた。

「静養のため、近畿の名所旧跡をまわりたい」

というのが、その理由であった。途中、箱根で数泊し、ついでに富士登山をこころみた。そのあと近江へゆき、大和へゆき、悠々と日をすごし、さらに和泉や紀州へゆき、そのあたりの山々で、薩人が好むところの鉄砲猟をしてまわった。むろん岩倉の帰国までのあいだの時を稼ぐためであり、この点、この大久保の遊覧旅行ほど、かれの生涯を通じて重要な政治行動はなかったであろう。

大久保は、東京の政局をまったく無視した。

——おそらく、隠退をするのではないか。

と、江藤などは、大久保のこの行動をみて、そう信じた。

巨魁

一

以後、江藤の生涯を決定する人物として、大久保利通が濃厚なくまどりをもって登場する。この稿は、この蒼白の顔をもった人物について触れてゆかねばならない。江藤は、みずからの能力を重く見すぎる癖《へき》がある。自然、かれの政敵である大久保の力量を軽視しすぎるかたむきがあったが、しかし江藤以外の同時代のひとびとは(大久保とふるい盟友である西郷でさえも。また江藤とおなじ佐賀人である大隈や副島をはじめとして)、大久保の力量については、それを語るときは息をひそめてそれを仰ぐほどの態度を示し、容易ならざる評価をこの人物にあたえていた。

大久保のたたずまいについては、旧幕臣で洋学者であった福地桜痴《おうち》が、あたかも北洋の氷塊に逢うがごとし。

といっている。ちなみに福地は岩倉具視《ともみ》や大久保の外遊の随員に加わり、おもに通訳のしごとをし、そういうことで大久保を識《し》った。福地はいう。「大久保公は、渾身《こんしん》これ政治家である。およそ政治家に必要である冷血の多きこと、私はいまだ公のごとき人をみなかったのである。公の顔色をのぞみ、その風采を仰ぐごとに私はあたかも北洋の氷塊に逢うがごとき感をおぼえたので、このことを塩田三郎君、小松済治君らに話したところ、諸氏もまた同様の想いをなすものであるといった。平常沈黙されて、言語挙動を慎重にし、容易に笑顔を見せられたことがなかった」

大久保はこの稿のこの時期よりもすこしあと、自分の手で内務省をつくり、その卿になった。

大久保が内務省にいるかいないか、省内のしずかさでたれでもわかったという。大久保は毎朝馬車でかよう。内務省の玄関で降り、その靴音が廊下にひびきはじめると、いままで談笑していた吏僚たちはあわててそれをやめ、省内は深山幽谷のようにしずまりかえったといわれる。

大久保利通、通称は一蔵。

天保元年、鹿児島城下にうまる、というから、この征韓論の時期には四十三歳になる。西郷とは幼いころからのつながりだが、齢は大久保のほうが三つわかい。生家は、たがいに近所であった。城下に甲突川《こうつき》という川がながれており、それが西にむかって流れをまげた南の土堤下に下級武士七十軒あまりの居住区があり、加治屋町とよばれた。大久保は少年のころ、父が藩の政治犯になり流罪になったために家が貧窮し、このため西郷の家に昼めしを食いにゆくことが多かった。そういうとき、「一蔵どん」はいつのまにか入ってきて西郷の弟たちの座にわりこみ、だまって茶わんをとりあげ黙々と食っていたといわれる。西郷との今生《こんじょう》の縁のふかさがわかるであろう。かれらはそういういわば兄弟に近い間柄から出発して相互に影響しあいつつやがて革命化してゆく。幕末の風雲期にあっては西郷は薩藩の外交を担当し、おもに京で奔走し、一方大久保は鹿児島にあり、藩父の島津久光の信頼を得つつ、京の西郷からおくられてくる情勢分析や藩方針案をうけとっては久光の権威にすがってそれを行政化していった。幕末のぎりぎりになると大久保は京へのぼった。どの国のどの革命でも、それが煮つまってゆく最後の段階では物狂いするような陰謀の鬼相を帯びるが、その鬼気せまるような陰謀の推進役としては西郷より大久保のほうが適役であった。だけでなくかれほどの才能は史上類がないといってよかった。この密謀の相伴役《しょうばん》は公卿の岩倉具視であった。岩倉、大久保の目的は宮廷工作であり、その眼目は幼帝を革命側にひきよせてはなさず、その勅命によって徳川将軍を賊として仕立ててゆくことであった。大久保と岩倉はこの日本史上未曾有《みぞう》の政治的陰謀に成功し、それによって維新が成就した。維新の最終段階における最大の功労者は、岩倉具視、西郷隆盛、大久保利通であったといっていい。

そのことは大久保の敵でさえみとめた。大久保の詭計《きけい》によって政治的劣敗の位置におとされた十五代将軍徳川慶喜は、鳥羽・伏見の戦いの前後、慶喜の首席閣僚であった板倉勝静《かつきよ》から対薩決戦をすすめられたとき、即座に拒否し、
「とても勝つ見込みがない。わが徳川の陣営に西郷・大久保のごとき者がいるか」
といった。慶喜は、対幕政略のことごとくが、この薩摩藩の下級武士あがりのふたりから出ていることを見ぬいていた。

大久保について最大の評価をした者は、松平春嶽《しゅんがく》であろう。春嶽は元越前福井藩主で、幕末維新にかけて特異な政治的地歩を占めたが、晩年、みずから筆をとって「逸事史補」をあらわし、

大久保利通は、古今未曾有の英雄と申すべし。威望凛々《りんりん》霜のごとく、徳望は自然

に備へたり。力量に至つては世界第一ならん。

と、最大級のほめことばをつらねている。

公卿では、西園寺公望が大久保の心酔者であった。晩年の西園寺は一種の皮肉屋で、つねに人物や物事に対してひややかな心境を持《じ》していたが、しかし座談などで大久保のはなしがでると顔色も態度もあらため、「大久保さんがおられなかったなら明治政府はあるいは根底から瓦解《がかい》に終ったかもしれない」といった。

大久保の性情や風貌については、かれに接したたれもがその冷厳《れいげん》と寡黙《かもく》、それに沈毅《ちんき》と思慮の周到さを枕ことばのようにしていう。大風呂敷といわれた土佐出身の参議後藤象二郎のような男ですら、

「大久保は議論のしにくい男であった。これと議論を上下すると、まるで岩石にでもぶつかるような心地がした」

といっている。後藤のように人を食った男でも、大久保の人間的威圧をはねかえすことができなかったのにちがいない。

同じ土佐出身の自由民権思想家の中江兆民は、篤介といった書生のころ、大久保の門を七度たたき、フランスに留学のことを歎願し、やっとゆるされた。やがて帰国

し、官費留学者の義務としてそのあいさつとフランスで見聞したことを報告するため大久保をたずねた。大久保はこころよく引見した。兆民は大いに語ったが、むかいあっている大久保は袴のひざをただし、目を閉じ、眠っているのか、聞くがごとく聞かざるがごとくであり、これには兆民のほうが不愉快になった。

「閣下」

と、語気をあらためた。自分は不敏ながら官命を拝して遠く欧州にゆき、ようやく業成って帰国したものでございます。ここに参邸つかまつったのはフランスにおいて学び得たところのものを閣下に報告し、閣下の御知識のたすけにも相成らんかと思うてのことであり、申すまでもなく国家へのご奉公のつもりでおります。でございまするのに、閣下のご様子を拝見するにおねむりになっているかのごとくであり、野生《やせい》といたしましてははなはだその意を得ませぬ、というと、大久保はやっとまぶたをあげ、めずらしく笑顔をひらいた。

「いや、醒《さ》めている」

というのである。大久保はいう。自分がこのように目を閉じているのは君に満腔《まんこう》の意見を吐きださせるための配慮であり、それだけのことである。……

「つぎを。――」

といって、大久保はふたたびまぶたを閉じたという。

かれの謹厳さは、神秘的なたたずまいにさえなっている。大久保の内務卿時代の内務卿の官室というのは「神殿のようであった」といわれる。どういう男が、大久保に異論をもち、それを砕くつもりで押しかけていってもこの室に入ると、議論をはじめるどころか結局は大久保の威厳にすくみあがるだけで退室したという。

内務省の吏僚が、この室に案件をもって入ってゆく。まず書類をさし出し、ひきさがって大久保が読むのを待つ。やがてゆるされてそれを口頭で説明する。大久保はそれに対していっさい議論をしなかった。裁断をくだすだけであった。かれの裁断のことばは三通りしかなかった。

——承知しました。

これが、即決のときであった。ちなみにかれは下僚に対してもそのような丁寧さでいう。即決できないばあいの大久保のことばも、判でおしたようにきまっていた。

——御評議になりましょう。

それであった。また案件を却下するときは、

——それはいけませぬ。

といった。「それはいけませせぬ」がひとたび出たばあいは岩が割れてしまったようであり、そのあと誰がどのように陳情してもその拒否はゆらがなかった。

そういう内務卿時代の大久保の印象を、一アメリカ人が語りのこしている。神戸監獄の嘱託医であったジョン・C・ベリーで、ベリーは日本の監獄の環境衛生を改良するために努力し、ついに大久保へ直接陳情すべく東上し、面会をゆるされた。

自分は内務省にゆき、ヒンハム公使の紹介状に自分の名刺をそえて卿に面会をもとめたところ、すぐさま質素で広い控え室に通された。椅子に腰をおろそうとした拍子にむこうの扉がひらき、ひとりの偉丈夫が入ってきた。自分はおどろいて立ちあがった。偉丈夫――大久保利通卿――は近づいてきた。その思慮ぶかげな、まじめでおもおもしい顔にまず自分は打たれた。卿の両肩はすこしく前にかがみ、頭も心もち前にたれており、あたかも重大な国家の責任が全身によりかかっているというぐあいであった。(中略)卿は自分が日本にきてはじめて遭遇したもっとも偉大で剛毅な人格であった。

参議江藤新平の政敵(というより、最後にはついに人間としての仇敵のようになるが）である大久保利通は、そういう男であった。

ちなみに、大久保はこの時期、国家の最高官である参議ではない。かれはその下位の「卿」であった。大蔵卿であった。卿《ミニスター》は、各省の最高責任者でのちの大臣に相当するが、征韓論のような国家の最高方針に関するものともなれば卿よりも上の参議の手にゆだねられる。この制度は、フランス革命以前のフランスの政治組織に学んだものであろう。ルイ十四世の下における最高の政治参加者である参議は三人であった。その参議の下に、外務や陸海軍をつかさどる担当卿がいた。大久保は大蔵の担当卿であった。

もっとも、かといって大久保の権勢がその程度であったということではない。大久保は維新政府成立当時、すでに参与（参議の旧称）であったし、いつでもかれ自身がその気にさえなればその職につくことができたが、しかしそれをしなかったのは参議になって実務から離れるよりも、卿として大蔵省の機構を確立することがこの新国家にとって急務であるとかれが思ったからであった。この当時大蔵省の権能はほとんど政府そのもので、のちの内務省や農商務省の機能をかね、初期のころは司法権を所有しており、したがって大蔵卿であることは事実上の首相であるというにひとしかった。

大久保は、地位にはこだわらなかった。こだわらずとも、
——この新国家は、おれがつくった。
という意識があり、世間もそうおもっており、さらに大久保にとって強力なことは、かれにはこの権勢を利用して私腹を肥やそうという念がまったくなかったことであった。これが大久保の権勢をさらに強大にした。ひとびとは大久保のその清廉《せいれん》をおそれ、あがめざるをえなかったのである。

こういう点、大久保には、政治家よりも芸術家の例があてはまるであろう。画家がその制作しつつあるその作品に全霊をうちこみ、その出来ばえにすべての責任をもつように、大久保はこの政権という巨大な作品に、身のうちのふるえるような責任をもちつづけている。

そのかれが、この未完成品を完成させるために外遊した。その外遊によって得たかれのとりあえずの結論は、内務省をつくって内政を整備するということであり、一方ではいま破綻《はたん》寸前にあるといっていい国家財政のたてなおしをすることであった。

ちなみに、かれは漸進《ぜんしん》主義であった。

「自分の政治上の格言はひとつしかない」
と、かつてかれは、かれに会いにきた長崎税関長の高橋新吉に語っている。

大久保は言う、——孔子は「過ぎたるはなお及ばざるがごとし」と申された。しかし私はこの孔子のことばに異論がある。というより、なまぬるいと思う。政治にとって「やりすぎ」ほどわるいものはない。「やりたらぬ」のほうがはるかに良好である。これにつき徳川東照公《とうしょうこう》は——と、大久保は徳川家康のことをそのように敬称をつけてよび——東照公は「大変革のあった直後はなによりも事態を整理し、守成をしてゆくことが大事である」といわれたが、御一新の大変動のあとで政治をしつつあるわれわれはこの言葉を味わわねばならない。やりすぎてはならない。さらに思うことは、大元《げん》帝国を興した宰相である耶律楚材《やりつそざい》のことばである。「一利を興すは一害をのぞくに如《し》かず」と、耶律楚材はいう。自分の政治のやりかたも、一利をおこすよりも一害をのぞくという消極的方法をとってゆく。それが、国家という生きものをあつかううえでもっとも大事なことである。

そういう男である。

このような大久保利通が、ながい外遊から帰ってきて、かれ自身の国家であるはずのこの国の現実を見たとき、どのような衝撃をうけ、どのような反感をもったかは、およそ察せられるであろう。

——人間ほどゆだんのならぬものはない。

と、大久保はおもったにちがいない。外遊にあたって留守組とのあいだにかわした誓約は、外遊組がかえるまでなにごとも新規なことはせぬということであった。ところが、国の外景がかわるまでに諸制度がかれら留守組によって変えられてしまっていたばかりか、参議もやたらとふやされていた。たとえば、江藤新平であった。大久保にとって小僧としか思えぬ江藤が外遊中に司法卿になったばかりか、司法権の集中と独立をはかり、大久保がもっている大蔵省から司法権をうばってしまっていた。さらに大久保が自分の留守中の代理を命じておいた大蔵大輔《だゆう》井上馨《かおる》の汚職を摘発し、ついには井上をその職からたたき出すまでのことをしている。国家の目鼻だちが変わるほどの変化である。

それだけでも大久保には不愉快であるのに、江藤ら留守組の参議たちは西郷の征韓論を支持し、それに油をそそいで天下の世論として燃えたたせ、ついには三条太政大《だじょう》臣にせまって西郷を遣韓《けんかん》大使とするという議決の段階まで漕ぎつけてしまっていた。

狂気の沙汰である。

（かれらは国家をこわそうとしている）

とおもった。戦争をおこせば財政の上からでもこの国はつぶれてしまう。

大久保はかれの全能力をあげてこれを阻止しようとした。このため政友である岩倉具視の帰国を待った。やがて岩倉は帰国した。明治六年九月十三日である。

大久保はさっそく太政大臣三条実美と右大臣岩倉具視に長文の意見書を提出した。

「およそ国家を経略するということは深慮遠謀によるものでなければならない」という意味の文章からはじまるもので、ぜんぶで七つの項目にわかれている。第一条は政府の基礎かたまらず、国内に不平の徒多く、もしこういう時期に外征をおこせば内乱の発生は必至であるという内憂論。

第二条は、財政上のことを説く。この国家はすでに外国から借金が五百万円もあり、それを返済するめども立っていないうえ、毎年の歳出は歳入をうわまわっており、もしこのうえ戦争をするとなればその巨額な戦費を外債にもとめねばならず、そうなればもはや国家財政は破産せざるをえず、国家は倒れざるをえない。

第三条は、政府の機構がまだかたまらず、もし戦争ともなればその戦費のためにこれら各省の機構整備や事業はすべてうちきらざるをえない。国家としての成長が頓挫《とんざ》する、という説。

第四条は、日本の経済が、経済ともいえぬことを説く。日本には米以外に産業がない。ふつう外国との貿易は国内で生産した産物を売り、それによって外国から物を買う、これが健全な姿であるが、日本に産業がないため、つねに手持ちの金貨をもって外国の物を買わねばならず、このためただささえ金貨が流出しつつあるときに、もし戦争になれば、金貨は底をつくであろう。

第五、第六条は、列強の野心を説いている。アジアでもっとも威望のある国は英国である。維新成立後、日本は英国と深い縁があり、多くの金を借りている。もし戦費調達のために外債をおこすとなれば英国でおこす以外になく、その外債も結局は焦げつき、これの取り立てのために英国はかならずわが国に侵入し、内政に介入し、場合によっては領土の租借《そしゃく》を申し入れる。インドが英国のために独立をうしなったのも、インド諸侯が英国商社から借金で兵器を買い、この兵器でたがいに戦い、ついに支払い不能になって国土を英国に渡すにいたったがためであった。

第七条は、わが国の国際間における位置のひくさを説く。旧幕時代に各国と結んだ条約ははなはだしく不平等な条約で、これがため英仏のごときはわが国をみること属国のようである。このような不平等条約をかかえて、それを是正しようともせず、かえって隣国に攻めこむなどは、国際常識からしても考えられない。

以上が大久保の意見書の趣旨である。

（岩倉卿にもわかるはずだ）

と、大久保はおもったし、事実、外遊組の主席であった岩倉具視は欧米の実情からみて大久保のいうことの正しさが十分に理解された。

が、留守組には、つめたくあしらわれた。

「一蔵どんは、どうやら薩人にはめずらしいお人らしい」

と、西郷がいったという。薩人にめずらしいという意味は臆病者という意味であった。朝鮮を攻めるのがそれほどこわいか、ということであり、西郷がこれをいったこの場合のかれの外交感覚は、勇敢か臆病かというそういう次元だけにとどまっていた。

この言葉はすぐ大久保の耳に入ったが、しかし大久保は西郷の巨大な美質を知りぬいていただけに、この西郷の愚については寛容であり、

（西郷にあっては、むりはない）

とみていた。西郷はすぐれた革命家であったが、維新後、日本が国際社会に仲間入りしてからはどのようにこの国を近代化してゆけばよいのか、そういう世界知識も感覚も、従ってそれを考えてゆく思考能力もない。ただ日本国内にだけ通用する巨大な名声を西郷は保持しているだけである。

（西郷の尻馬に乗って西郷をたきつけている他の参議こそ、怪しむべきである）

と、大久保は観察していた。

大久保のみるところ、参議といっても、さまざまである。参議の序列からゆけば西郷のつぎに位置し、西郷とともに征韓論に熱をあげているのは板垣退助であったが、これはなにぶんにも一個の直情漢にすぎず、その議論にも深い根などはなく、意とするにたりない。大隈重信、大木喬任《たかとう》は西郷に圧迫されて沈黙しているものの、かれらの明晰《めいせき》な判断力からみても征韓論の愚なることを知っており、大久保の感覚に近い。

問題は、江藤新平である。

（この男だけは、奸人《かんじん》である）

と、大久保はみた。大久保のきくところ、人の評判では江藤は日本第一の頭脳であるという。日本の法制をここまで作りあげたのは江藤の功績であり、外遊の経験はないとはいえ、職務上、秀才翻訳官を多数そのまわりにあつめ、法制顧問である傭い外国人にたえず接触してその意見をきき、いわば欧米社会の知識の豊富さにかけては他の参議はかれの足もとにもおよばない。しかも江藤は財政通でもあり、日本の国家財政がいかにいま危険な状態にあるかを知りぬいている。その江藤が、西郷がひとたび征韓論をとなえるや、狂ったようにそれに唱和し、むしろ西郷以上に過激論を吐いてまわっている。

（目的は他にある）

と、大久保ならずともそれが見えていた。

（日本を危険きわまりない賭けに投ずることによって、薩長政権をつきくずそうとしている）

極端にいえば、日本を外征させ、ロシヤや清国を挑発し、あるいは滅亡するかもしれぬ破綻にまで日本を追いこむことによってこの政権を崩壊させ、そのあとの果実を得ようとしているとしか大久保にはおもえない。江藤とその動きに関するかぎり、大久保は憎悪という感情をぬきにしては見られなくなっている。

むりもなかった。大久保のもとに情報をもたらす政府要人は、江藤から大傷を負わされた者が多い。大蔵大輔《だゆう》であった井上馨《かおる》は江藤によってあやうく獄に投ぜられるところであったし、陸軍の山県有朋も同様で、かれらは大久保が帰国するや、その邸に何度も足をはこび、留守中、江藤の「暴状」について訴え、江藤の野心がどこにあるかを、大久保に注入した。

二

——岩倉大使が帰国するまで。

というのが、この政争の峠とされていた。岩倉の存在が重要なものになってゆく。かれの帰国とともに廟議《びょうぎ》は再開され、征韓派からいえば西郷の遣韓大使の一件は可決され、西郷は玄海灘をわたり、京城におもむく。やがて戦争がやってくるであろう。が、岩倉は乗らなかった。

この悪党といっていいほどに機略に満ちた公卿あがりの政略家は、九月十三日横浜に上陸すると、ただちに参朝して天皇に復奏し、それがおわると、

——五十日のおいとまを賜わりたい。

と、太政大臣三条実美に対し、文書をもって願い出た。理由は、父具慶の死である。かれの老父の死についてはかれがパリにいたときその訃報に接したが、外遊中のことでもあり、服喪ができなかった。帰国早々それをするという。公卿の慣習では父の忌は五十日で、その間《かん》、門を閉じ、魚肉をくらわず酒をのまず調髪せずひげを剃らず音楽をなさず、とあり、要するに世間から自分を隔離することが礼とされていた。岩倉は自分を隔離することによって、「廟議」の開催を五十日のばし、それによって

沸騰《ふっとう》しつつある政情に冷却をあたえようとした。岩倉の謀才にかかれば父の死すら政略の道具になり得た。

政局収拾に苦悶していた太政大臣三条実美にとっては、これほどおどろいたことはなかったであろう。かれは自分の補助役（右大臣）である岩倉の帰国をまちあぐね、岩倉の政治力にひたすら期待をかけつづけていたのである。

三条は、文書をもって岩倉に懇願した。岩倉はやむなく十日にちぢめた。が、三条はなおも文書をもって再考を乞うた。このため岩倉は、

「されば七日間に」

ということであらためて請願し、ゆるされた。

この七日間、岩倉は世間に対して「忌」という黒い幕《とばり》をおろし、その幕にかくれてすさまじいばかりの潜行活動をおこなった。

岩倉の活動にとって、この上もない重宝な奔走者があらわれている。長州出身の男で、工部大輔《だゆう》の伊藤博文がそれであった。伊藤は維新成立のときは二十七歳であり、兵庫県知事になった。その業績と能力をみとめられてやがて中央政府によばれ、明治二年従五位大蔵少輔《しょうゆう》、同四年工部大輔になり、その官職のまま、岩倉らの外遊の随員になった。岩倉とともに帰国し、横浜に上陸したその日から征韓論の火を消すための

活動に入った。

伊藤は要人たちを説きまわり、新情勢をつくりあげてゆく潜行活動者としては最適であった。齢がわかく、腰がかるい。政界の一流的存在とはいえなかったから動きがめだたず、その上に薩の大久保にもうけがよく、長《ちょう》の木戸とも深く、この二大反征韓論を結びつけて気脈を通じさせてゆくということでは伊藤以外の接着剤はなく、それになによりも政客の心を見ぬくうえでこれほど機敏な男はいない。

長州閥の総帥である参議木戸孝允は、外遊組の一人として当然征韓論に反対であり、それについての意見書も上提しているが、ただその反対表現が他の者とはちがっていた。木戸にはその鬱病的性格があり、政局に対してつねに絶望の気持をもらし、帰国後はいっさい公式の場所に出ず、病いと称してひきこもり、ついには参議の職をすてようとし、三条太政大臣に対して辞表を上提した。

「それでは、国家をすてるのとおなじではありませぬか」

と、伊藤は岩倉の意を体し、木戸に辞職を思いとどまるように説いた。木戸の気持はややほぐれ、

「大久保が参議になるなら私も辞職を思いとどまる」

とまで譲歩した。むりもなかった。西郷以下征韓論一色にぬりつぶされている参議

連中のなかに木戸一人が入って行っても袋だたきになるだけであった。

が、大久保は大蔵卿であっても参議ではない。それを参議にせよ、と木戸はいう。岩倉も伊藤も、三条太政大臣でさえ、それが政局打開の希望策であった。希望どころか、伊藤は帰国後、大久保の邸に日参し、大久保を説き、身もだえするようにして参議になってくれることを頼んだ。が、大久保は、

――私には、事情がある。

というのみで、乗らなかった。事情というのは旧藩の主人である島津久光が、西郷と大久保が政府の大官になっているのをきらいつづけている。それを指す。が、伊藤は説きに説いて、ついに、

――木戸が辞意を思いとどまるなら、自分も参議になってもいい。

と、大久保にいわせるところまで漕ぎつけている。

伊藤は、四方八方に足をはこんだ。参議大隈重信とも会った。大隈はすでに大久保派になっており、

「こうとなれば、西郷以外の他の参議を個別に口説いて征韓の旗をおろさせるしかない」

というと、伊藤はそういう迂遠《うえん》な方法ではとても事態は回転せぬ、といった。

「一策がある。われわれの外遊中に参議になったいわゆる新参議をいっせいにやめさせるほうがてっとり早い」

と伊藤はいった。新参議とは、江藤新平、大木喬任、後藤象二郎のことであった。大木と後藤は「つねになまくらでどっちつかずだからよい。しかし江藤はちがう。これを説得することは不可能だから、大木と後藤をまきぞえにして辞めさせる以外にない」というのである。大隈は大いに賛同し、それを三条に対して工作する、と約した。が、結局、大隈は工作しなかった。

ともかく、伊藤は駈けまわり、西郷にちかい薩摩閥のうち、黒田清隆まで反征韓派にひきこみ、この男のほとんど一人の奔走で次第に反征韓派の態勢はかたまってきた。

眼目は簡単であった。征韓論をつぶすためには、その派の参議の数をふやすことであった。そのために大久保と木戸という二枚の駒を伊藤はそろえた。が、まだ不足であった。

「副島《そえじま》君も入れよう」

と、伊藤に言ったのは、大久保である。佐賀人副島種臣は目下、外務卿の職にある。しかし維新成立当時、参与の職にあったからいまあらためて参議に昇格するというのは力量経歴からみて不相応ではない。が、重要な難点は、かれは外務卿として最初に征韓論をとなえた人物であり、いまなお西郷を支持しつづけていることであった。

（気でもふれたか）

と、伊藤は大久保の提案を奇怪におもい、その旨をいうと、

「だから、なおいいのです」

と、大久保はいう。征韓派だから都合がいいというのである。

副島種臣は、硬骨の儒者である。経学者で詩文にすぐれているという点で西郷は早くから副島に敬意をはらっているが、一方、大久保とも親交が深く、大久保は副島から古代中国の経学（政治学）の要諦《ようてい》を聴くことが多かった。

「私は、副島さんなら説得することができる。なぜなら副島さんは理のあるところに服するひとで、それ以外の事情たとえばおのれ一個の利害などでは動かない。いま国内を治めることこそ急務であると説けば、かならず服してくれる」

都合のいいことには、世間は副島外務卿は征韓派だとおもっている。大久保が参議になるについてはかれ一人の昇任人事とあれば世間はそこに政略的な含みがあるとして疑いをもつが、征韓派の副島と抱きあわせならば世間のそういう疑惑を避けること

ができる、というのが、大久保の提案の理由であった。伊藤ほどの男でも、そこまでは読めず、この大久保の深慮に舌を巻く思いがした。

——いっそ、伊藤も参議にしてはどうか。

という意外な意見が出た。提案者は木戸孝允であり、うけとったのは岩倉であった。

木戸はこれを手紙で申しやった。ちなみに幕末から維新にかけての時期、日本の政客たちが意見交換や意思表明をするばあい、たとえそれが隣家でも使いをやって手紙を送るというのが習慣になっている。その理由は、口頭の発言よりも書きもののほうが後日の物的証拠になるからであろう。木戸の岩倉へのこの手紙には、十月二十日(明治六年)の日付が入っている。

伊藤博文儀は、孝允十余年の知己にして、かねてごぞんじのとおり、剛凌《ごうりょう》強直の性質でございます。近来もっぱら意を沈実に用い、細案精思、その力、孝允の同朋(郷党の意か)にはめずらしい存在でありますので、このさいご登用たまわりますれば、かならず御一臂《ご ぴ》の御用も相つとめることと存じ奉ります。まったく虚心をもって右のこと言上いたします。この段、ご採用願いあげるしだいでありま

す。（以上、原文は候文）

岩倉は切れ者の伊藤が参議になれば廟議の席上でどれだけ便利かとおもい大いに賛成したが、独断もゆかず三条実美に相談した。三条には異論がなかった。さらに岩倉は大久保にその旨を申しやると、多少の異論があった。大久保は伊藤の才を好んでいるが、しかし、この男はそれ以上に秩序を好んでおり、

――伊藤はまだ工部大輔《だゆう》ではないか。

ということにこだわった。大輔はのちの各省次官に相当する。その上に卿がいる。卿の階級をとびこして参議にするというのは階級秩序の紊乱《びんらん》であり、大久保は革命という最大の秩序紊乱をやった男ながらこれをもっともきらった。結局は伊藤には「大《だい》内史《ないし》」という職を兼ねさせることで落着した。大内史は官房長官のような職であり、参議でなくともその議場に出席する資格をもつ（もっとも伊藤はこの政局が終了した直後、参議に抜擢《ばってき》された）。

三

この間《かん》、征韓派はほとんどどういう政治工作もしていない。

西郷はただあせって、

——廟議を早くひらかれよ。

と、三条太政大臣に申し入れているばかりであった。もっとも征韓派としてはなすべきことはすでに終っていたといっていい。かれらは外遊組が帰る以前の廟議において多数をもって西郷隆盛の韓国派遣を決定してしまっているし、その決議に押されて三条太政大臣はその段階までの状態を奏上するところまで進み、そこで事態が停止している。あとは帰朝組を入れての廟議の再開をまつばかりであった。

征韓派は政治工作こそしなかったが、巨魁《きょかい》の西郷のまわりでは西郷でさえ制御《せいぎょ》しがたいまでに気勢があがっていた。多くは、陸軍少将桐野利秋ら薩摩系の陸軍軍人で、かれらのなかには酒をのんでは軍刀のつかをたたき、

——外遊帰りの腰ぬけどもをぶった斬りさえすれば事は一挙に解決するのだ。

と、揚言する者があり、そのともすれば暴発しそうになる空気を、西郷ひとりがおさえつづけていた。

——将来、九州に足利尊氏のような者がかならずおこって政府をたおそうとする。

と、すでに明治元年に予言した者がある。このするどすぎるほどの予言を遺《のこ》して死んだのは長州出身の初代兵部《ひょうぶ》大輔大村益次郎であり、予言のなかの九州とは薩摩を指

し、尊氏とは暗に西郷をさす。西郷は、大村に反乱を予言されるほどにその人気は巨大で、個人をもって政府を凌《しの》いでいた。

かれは参議の身で、しかも陸軍大将を兼ねていた。この西郷の当時の陸軍大将は後世のそれと質が異り、あたかも源氏の征夷大将軍といったようなものにやや似ている。一人しか置かれず、その点、唯一絶対職で、兵馬の実権をにぎっていた。大村がおそれたのはこれほどの人気のある者が武権をにぎっているという危険であり、ある種の政治条件と西郷をおだてる者さえあらわれれば西郷幕府をひらくことすら不可能ではないということであった。

大村がもった恐怖は、おなじ長州人である木戸孝允にも伊藤博文にも相続されている。木戸は終生西郷をきらい、かれに心を許さなかったし、伊藤は晩年、あれほど口かずの多く往時を語りながらついに西郷について触れることがなかったのは、口にできぬほどの批判を心の底に秘めていたにちがいない。

しかしこの時期の現実の西郷は、そのようではなかった。かれ自身は一種の赤子《せきし》のような人格で、その大勢力に傲《おご》るようなところはすこしもなく、配下を煽動しようともせず、かれにその気さえあれば都下にクーデターをおこすことができたが、いささかもそれを思わず、ましてその武力を背景に文官政府を圧迫しようともしなかった。

かれは少年が秋祭りを待つような、それにもやや似た期待をもって廟議の再開を待っていたし、半面その祭礼が風雨によって中止になるかもしれぬことを、翼々としておそれていた。こういうあたりの西郷を、幼な友達であり多年の盟友である大久保は知りぬいていたであろう。この点、大久保は木戸や伊藤のような長州人とはちがい、その西郷への理解度は格段に高かったが、しかし西郷の周囲を大久保はおそれた。大久保にいわせれば西郷はすでに他人のものになっている。幕末以来のその幕下《ばっか》である桐野利秋らの過激軍人や薩摩系の不平士族がびっしりと西郷をとりまき、私政府の観をなし、それが西郷の自由な進退をはばむまでになっている。そういうものを含んだ西郷の政治像に対しては、大久保も、かつての大村益次郎とおなじ恐怖を感じつつあり、ゆくゆくはこの私政府を除かなければ太政官政府は成立しがたいとおもうようになっていた。

それはいい。

征韓派のこの時期の怠慢ということについては、江藤新平も責を負わねばならないであろう。

かれは、西郷に加担している。かれが政治工作を担当しなければならなかったが、しかしこの稀代の、といっていい論理家は、つねに峻烈な議論を用意するのみで、反対派の伊藤がそれをやりつつあるような裏面工作をやる能もなく、また関心ももっていなかった。この点、西郷とは別な意味でかれも少年のような男であり、政治は正義と議論でうごくということのみを信じ、その二点についてはたれにも負けぬ自信にあふれていた。

奇妙なことだが、この時期、江藤は西郷の屋敷に一度も訪ねていない。訪ねて政情についてあれこれ談じあうべきであったが、江藤はそういうことは廟議の席上で公論として論ずべきだとおもっていたし、その必要を認めなかった。西郷も同様であった。同様というより、西郷にいたっては江藤という男をも必要としていなかった。西郷はやるとすれば自分でやるとおもっていたし、江藤の力を借りるなど思いもしていない。

たとえば、これよりすこしあと、征韓論問題における西郷の旗色が悪くなったとき、参議板垣退助が、西郷にむかい、たとえ世がどうなろうとも自分は君と志を同じくし行動をともにするつもりである、というと、西郷は大いにその友誼《ゆうぎ》を謝し、しかしながら私の心事は別である、今後の私のゆきかたはいま胸のうちにある、君は君自身のおもうままにせよ、私のことを念頭におくな、といった。いわば、板垣のさしのばした手を鄭重にことわり、にぎろうとしなかった。そのような、つまり西郷の薩人らしい朋党意識からすれば政友の板垣ですらついに土佐人でしかなかったのに、まして肥前佐賀人である江藤に、西郷がどれほどの親近感をもっていたか、臆測するだけでも愚であろう。

ともかく、この時期、江藤はうかつであった。たとえば十月十一日、三条太政大臣から江藤のもとに使いがきて、手紙をもたらした。文章は簡潔で、その文意は、

「いよいよ御清康、大賀に存じます。さて副島外務卿のことであります。参議にご登用という議がありますが、この件いかがお考えでありますか。人物不適当というわけでもないとおもいますから、私と岩倉のふたりが相談し、これを推挙しようとおもっております。ご異存がなければ、至急お返事ください。明朝、そのお返事賜わりますように」

というものであった。

江藤は当然ながらこの同郷の誇るべき人材が自分とおなじ参議になることをよろこび、異存なし、と回答した。それだけであった。なぜ大久保の参議就任と副島のそれとが抱きあわせになって浮び出てきたかというこの問題の政略性を、江藤はとうてい見ぬけない。

すでに十月に入り、それも半ばちかくなった。西郷とその配下たちにすれば、日が

経つことそれ自体が毎日痛憤のたねであった。外遊組という邪魔さえ入らなければ、前回の廟議の決定によって先月（九月）半ばすぎには渡韓しているところであり、かれのこの時期の詩のように、

鶏林城外、涼ヲ追ウテユク

というふうにとっくに京城に入って談判を開始しているであろう。あるいは朝鮮側のために殺されているかもしれなかった。その死によって、西郷がもくろむように日本の国論が沸騰《ふっとう》し、政府もおさえきれず、いまごろは朝鮮遠征軍が仁川《じんせん》あたりに上陸しているかもしれない。

「いったい、いつ廟議を再開なさる」

と、西郷は三条太政大臣にしばしば肉迫し、そのつど三条は当惑し、なま返事をしていたが、ついにたまりかね、

「十月十二日」

という日付けを、西郷に約束し、公示した。

ところが、岩倉とその蔭にいる大久保、伊藤はひそかに三条に異議を申し入れた。

十月十二日では、工作の手はずがすべてそろうというまでにゆかず、かれらにとって都合がわるかった。このため三条はまたも動揺し、十二日の前日になってこれを取り消し、

「十月十四日」

と、二日間の延期をし、この旨を各参議に通知した。西郷は当然立腹したが、それに従うしかなかった。ただこの時期になって反征韓派の策動がよほどすすんでいるらしいというにおいを、濃厚に嗅《か》いだ。このため西郷としてはめずらしく三条に対し、手紙をもって恫喝《どうかつ》している。

「私を韓国へお遣《つか》わしの件、すでに以前の廟議できまり、それをあなたが奏上なさって勅許も得ております。この件、まさか変化することはありますまいな。万一そういうことになれば勅命を軽んずることになり、天下の一大事になります。あなたにあっては決してそのような御動揺はないとは存じますが、世間にはそういう流説もあり、念のために申しあげる次第であります。もしや」

と、西郷は、重大なことを断言した。

「万々一、お変じなさるにおいては、私としては死をもって国友に詫びねばなりませぬ。そのへんのところをご憐察《れんさつ》くださいますように」

西郷が常套的《じょうとう》につかっている国友ということばの国は、国家のことではなかった。国家のばあいには邦家とか、皇国とかといったことばを常用した。国は薩摩のことであり、国友とは薩摩の連中、ということである。具体的には陸軍少将桐野利秋以下の薩系陸軍将校であった。西郷はかれらに対する政治的約束が果たせなくなる以上、かれらに詫びるために自殺する、というのである。

西郷の人柄からみてこれがこけおどしでないことは、三条にもわかった。西郷は自殺するであろう。もし西郷がそれがために自殺すれば、桐野らはすてておくまい。薩人を糾合し、近衛兵をひきい、東京を占領し、三条・岩倉以下の政府要人を追うか、殺すかするにちがいない。

三条はおだやかな人柄で、こういう武士あがりの連中の生き死にをかけた肉迫というものがにが手であった。すぐ岩倉のもとにゆき、訴えた。

「なにもな、驚きなさるこた、ごわへん」

と、おなじ公卿あがりながら幕末以来剛愎《ごうふく》で知られてきた右大臣岩倉具視は、三条を安堵させるためにわざと高笑いした。

「むこうが死ぬ覚悟なら、こっちも死ぬ覚悟でやれば互角《ごかく》というもの」

岩倉はそう言い、味方の主将格である大久保利通が一昨日、岩倉に洩らした心境を三条に伝えた。

それによると、大久保も死ぬつもりだという。米国留学中の第二子大久保彦之助あて、遺書を送ったというのである。大久保のその心事には、十分に理由があった。もし十四日の廟議で西郷と論戦し、かれの征韓論をくだいたばあいは、西郷幕下《ばっか》の壮士や近衛士官は大久保をそのまま生かしておかないであろう。

その廟議が、二日のちにひらかれる。

新装版《しんそうばん》 歳《さい》 月《げつ》 (上)

司馬遼太郎《しばりようたろう》

2005年2月15日第1刷発行

発行者――野間佐和子

発行所――株式会社 講談社

東京都文京区音羽2-12-21 〒112-8001

電話 出版部 (03) 5395-3510

販売部 (03) 5395-5817

業務部 (03) 5395-3615

Printed in Japan

講談社文庫

定価はカバーに表示してあります

デザイン―菊地信義

製版――豊国印刷株式会社

印刷――豊国印刷株式会社

製本――株式会社上島製本所

落丁本・乱丁本は購入書店名を明記のうえ、小社書籍業務部あてにお送りください。送料は小社負担にてお取替えします。なお、この本の内容についてのお問い合わせは文庫出版部あてにお願いいたします。

ISBN4-06-274996-3

講談社文庫刊行の辞

二十一世紀の到来を目睫に望みながら、われわれはいま、人類史上かつて例を見ない巨大な転換期をむかえようとしている。

世界も、日本も、激動の予兆に対する期待とおののきを内に蔵して、未知の時代に歩み入ろうとしている。このときにあたり、創業の人野間清治の「ナショナル・エデュケイター」への志を現代に甦らせようと意図して、われわれはここに古今の文芸作品はいうまでもなく、ひろく人文・社会・自然の諸科学から東西の名著を網羅する、新しい綜合文庫の発刊を決意した。

激動の転換期はまた断絶の時代である。われわれは戦後二十五年間の出版文化のありかたへの深い反省をこめて、この断絶の時代にあえて人間的な持続を求めようとする。いたずらに浮薄な商業主義のあだ花を追い求めることなく、長期にわたって良書に生命をあたえようとつとめるところにしか、今後の出版文化の真の繁栄はあり得ないと信じるからである。

同時にわれわれはこの綜合文庫の刊行を通じて、人文・社会・自然の諸科学が、結局人間の学にほかならないことを立証しようと願っている。かつて知識とは、「汝自身を知る」ことにつきていた。現代社会の瑣末な情報の氾濫のなかから、力強い知識の源泉を掘り起し、技術文明のただなかに、生きた人間の姿を復活させること。それこそわれわれの切なる希求である。

われわれは権威に盲従せず、俗流に媚びることなく、渾然一体となって日本の「草の根」をかたちづくる若く新しい世代の人々に、心をこめてこの新しい綜合文庫をおくり届けたい。それは知識の泉であるとともに感受性のふるさとであり、もっとも有機的に組織され、社会に開かれた万人のための大学をめざしている。大方の支援と協力を衷心より切望してやまない。

一九七一年七月

野間省一

講談社文庫　目録

講談社文庫　目録

司馬遼太郎　俄《にわか》〈浪華遊侠伝〉
司馬遼太郎　北斗の人
司馬遼太郎　妖怪
司馬遼太郎　尻《しり》啖《くら》え孫市
司馬遼太郎　おれは権現
司馬遼太郎　真説宮本武蔵
司馬遼太郎　風の武士 (上)(下)
司馬遼太郎　戦雲の夢
司馬遼太郎　軍師二人
司馬遼太郎　大坂侍
司馬遼太郎　最後の伊賀者
司馬遼太郎　新装版 播磨灘物語 全四冊
司馬遼太郎　新装版 箱根の坂 (上)(中)(下)
司馬遼太郎　新装版 アームストロング砲
司馬遼太郎・海音寺潮五郎　日本歴史を点検する
司馬遼太郎・陳舜臣・金達寿　歴史の交差路にて〈日本・中国・朝鮮〉
司馬遼太郎・井上ひさし　国家・宗教・日本人
柴田錬三郎　〈柴錬三国志〉英雄ここにあり 全三冊
柴田錬三郎　岡っ引どぶ 正・続〈柴錬捕物帖〉

柴田錬三郎　お江戸日本橋 (上)(下)
柴田錬三郎　浪人列伝
柴田錬三郎　剣鬼宮本無三四〈柴錬剣豪譚〉
柴田錬三郎　由井正雪〈柴錬痛快文庫〉
柴田錬三郎　三国志〈柴錬痛快文庫〉
柴田錬三郎　江戸っ子侍 (上)(下)
城山三郎　外食王の飢え
城山三郎　ビッグボーイの生涯〈五島昇その人〉
城山三郎　彼も人の子ナポレオン〈統率者の内側〉
白石一郎　火炎城
白石一郎　鷹ノ羽の城
白石一郎　銭の城
白石一郎　びいどろの城
白石一郎　庖丁ざむらい〈十時半睡事件帖〉
白石一郎　観音妖女〈十時半睡事件帖〉
白石一郎　刀〈十時半睡事件帖〉
白石一郎　犬を飼う武士〈十時半睡事件帖〉
白石一郎　出世長屋〈十時半睡事件帖〉
白石一郎　おんな舟〈十時半睡事件帖〉

白石一郎　海よ島よ〈歴史紀行〉
白石一郎　乱世を斬る〈歴史エッセイ〉
白石一郎　海将 (上)(下)
白石一郎　蒙古襲来〈海から見た歴史〉
志水辰夫　飢えて狼
志水辰夫　裂けて海峡
志水辰夫　散る花もあり
志水辰夫　背《そむ》いて故郷
志水辰夫　オンリィ・イエスタディ
志水辰夫　帰りなん、いざ
志水辰夫　花ならアザミ
島田荘司　占星術殺人事件
島田荘司　殺人ダイヤルを捜せ
島田荘司　火刑都市
島田荘司　網走発遙かなり
島田荘司　御手洗潔の挨拶
島田荘司　死者が飲む水
島田荘司　斜め屋敷の犯罪
島田荘司　ポルシェ911《ナインイレブン》の誘惑

講談社文庫 目録

2004年12月15日現在

「司馬遼太郎記念館」への招待

司馬遼太郎記念館は自宅と隣接地に建てられた安藤忠雄氏設計の建物で構成されている。広さは、約2300平方メートル。2001年11月に開館した。

数々の作品が生まれた自宅の書斎、四季の変化を見せる雑木林風の自宅の庭、高さ11メートル、地下1階から地上2階までの三層吹き抜けの壁面に、資料本や自著本など2万余冊が収納されている大書架、……などから一人の作家の精神を感じ取っていただく構成になっている。展示中心の見る記念館というより、感じる記念館ということを意図した。この空間で、わずかでもいい、ゆとりの時間をもっていただき、来館者ご自身が思い思いにしばし考える時間をもっていただきたい、という願いを込めている。　（館長　上村洋行）

利用案内

所在地　大阪府東大阪市下小阪3丁目11番18号　〒577-0803
TEL　06-6726-3860，06-6726-3859（友の会）
HP　http://www.shibazaidan.or.jp
開館時間　10:00〜17:00（入館受付は16:30まで）
休館日　毎週月曜日（祝日・振替休日の場合は翌日が休館）
特別資料整理期間（9/1〜10）、年末・年始（12/28〜1/4）
※その他臨時に休館することがあります。

入館料

	一般	団体
大人	500円	400円
高・中学生	300円	240円
小学生	200円	160円

※団体は20名以上
※障害者手帳を持参の方は無料

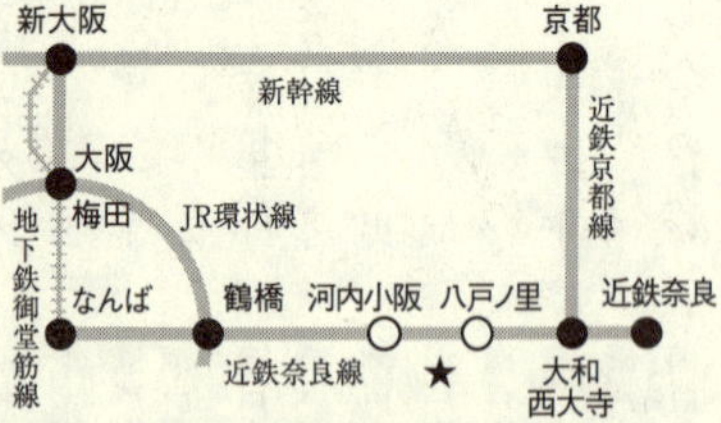

アクセス　近鉄奈良線「河内小阪駅」下車、徒歩12分。「八戸ノ里駅」下車、徒歩8分。
Ⓟ5台　大型バスは近くに無料一時駐車場あり。但し事前にご連絡ください。

記念館友の会　ご案内

友の会は司馬作品を愛し、記念館を支えてくださる会員の皆さんとのコミュニケーションの場です。会員になると、会誌「遼」（年4回発行）をお届けします。また、講演会、交流会、ツアーなど、館の行事に会員価格で参加できるなどの特典があります。

年会費　一般会員3000円　サポート会員1万円　企業サポート会員5万円
お申し込み、お問い合わせは友の会事務局まで
TEL 06-6726-3859　FAX 06-6726-3856